Entre nós dois

Editora Appris Ltda.
1.ª Edição - Copyright© 2023 do autor
Direitos de Edição Reservados à Editora Appris Ltda.

Nenhuma parte desta obra poderá ser utilizada indevidamente, sem estar de acordo com a Lei nº 9.610/98. Se incorreções forem encontradas, serão de exclusiva responsabilidade de seus organizadores. Foi realizado o Depósito Legal na Fundação Biblioteca Nacional, de acordo com as Leis nos 10.994, de 14/12/2004, e 12.192, de 14/01/2010.

Catalogação na Fonte
Elaborado por: Josefina A. S. Guedes
Bibliotecária CRB 9/870

P111e 2023	P., Eric 　　Entre nós dois / Eric P. – 1. ed. – Curitiba : Appris, 2023. 　　264 p. ; 23 cm. 　　ISBN 978-65-250-4629-7 　　1. Ficção brasileira. 2. Mistério. I. Título. 　　　　　　　　　　　　　　　　　　CDD – B869.3

Editora e Livraria Appris Ltda.
Av. Manoel Ribas, 2265 – Mercês
Curitiba/PR – CEP: 80810-002
Tel. (41) 3156 - 4731
www.editoraappris.com.br

Printed in Brazil
Impresso no Brasil

Eric P.

Entre nós dois

Appris editora

FICHA TÉCNICA

EDITORIAL
Augusto Vidal de Andrade Coelho
Sara C. de Andrade Coelho

COMITÊ EDITORIAL
Marli Caetano
Andréa Barbosa Gouveia (UFPR)
Jacques de Lima Ferreira (UP)
Marilda Aparecida Behrens (PUCPR)
Ana El Achkar (UNIVERSO/RJ)
Conrado Moreira Mendes (PUC-MG)
Eliete Correia dos Santos (UEPB)
Fabiano Santos (UERJ/IESP)
Francinete Fernandes de Sousa (UEPB)
Francisco Carlos Duarte (PUCPR)
Francisco de Assis (Fiam-Faam, SP, Brasil)
Juliana Reichert Assunção Tonelli (UEL)
Maria Aparecida Barbosa (USP)
Maria Helena Zamora (PUC-Rio)
Maria Margarida de Andrade (Umack)
Roque Ismael da Costa Güllich (UFFS)
Toni Reis (UFPR)
Valdomiro de Oliveira (UFPR)
Valério Brusamolin (IFPR)

SUPERVISOR DA PRODUÇÃO
Renata Cristina Lopes Miccelli

PRODUÇÃO EDITORIAL
Nicolas da Silva Alves

REVISÃO
Samuel do Prado Donato
Débora Sauaf

DIAGRAMAÇÃO
Renata Cristina Lopes Miccelli

CAPA
Matheus Porfírio

REVISÃO DE PROVA
William Rodrigues

Sumário

A ESTÓRIA...7

PASSOS..12

CONTRATEMPOS...20

A MAGIA DA FARINHA....................................28

NÃO PARE A MÚSICA......................................35

QUEM PINTA OS MALES ESPANTA.....................45

A TORMENTA QUE TRAZ PAZ..........................56

INAÇÃO...67

A INTENSIVA TEMPESTADE.............................76

PARALELO..82

AQUELE DOMINGO.......................................104

ALGIDEZ..115

COMPLACÊNCIA..121

PENSAMENTOS TORTUOSOS...........................132

A ODISSEIA..140

O NOVO VELHO..154

CÉU ABERTO..166

RETROUVAILLES..174

O PEDAÇO DO CORAÇÃO...............................184

QUIETUDE...191

PARA SEMPRE ADOLESCENTES........................201

INTIMIDADES...216

NOSTALGIA..228

REMINISCÊNCIA..246

A estória

Você já acordou e percebeu que o mundo deu mais voltas do que era apropriado? Em um estado totalmente aturdido? A história que me trouxe até aqui agora não é muito relevante, talvez eu a conte depois, talvez você já tenha ouvido alguma parecida com a minha, mas vamos aos fatos mesmo assim;

Tudo começou há alguns meses, quando tive que vir para este apartamento, com quase tudo novo e na companhia de uma pessoa bastante peculiar. Ele era definitivamente muito diferente das pessoas do meu círculo de amigos e familiares.

Acordei mais um dia e, como sempre faço, olhei para o lado e encontrei aquela enorme cama vazia do outro lado, só com a marca bagunçada que uma pessoa havia deitado ali durante a noite. Levantei-me e fiz tudo o que tinha que fazer durante o dia, ou seja, nada. Eu não nasci para isso. Gosto de me movimentar, estudar alguma coisa, trabalhar. Claro que é muito bom tirar férias, mas viver vinte e quatro horas por dia sem fazer nada... não sou uma planta, não quero só tomar sol e fazer fotossíntese.

Então, armada com toda a minha coragem (que, por sinal, não era muita), esperei ele chegar com muita (im)paciência junto com o jantar na cozinha e um vazio tão grande que ressoava.

Ouvi o tilintar das chaves entrando na fechadura e senti meu coração disparar, e no momento em que ele pôs o pé na porta eu corri em sua direção e comecei a falar apressadamente. O homem estava muito sério, como sempre, em uma posição austera esperando que eu terminasse de falar.

— Exatamente o que você quer? — Disse sinceramente, sem desfazer seu rosto cansado e irritado.

— Quero trabalhar, quero fazer alguma coisa, tenho muitas ideias e pos... — Ele fechou minha boca, juntando meus lábios.

— Com o que você quer trabalhar? — Perguntou, soltando a minha boca.

— Posso trabalhar na empresa.

— Ok, comece amanhã.

— Mas eu... — parei antes de continuar discutindo. — Ah, não é justo, eu preparei uma história muito grande.

— OK. — Ele disse sem dar a menor importância, indo para o quarto.

Mas desta vez não seria assim. Eu ia dizer tudo que estava entalado, sem exceção de nada. Era a minha vez de desabafar, e ele ia ouvir tudo, mesmo que eu tivesse que bater nele, ou ele me bater, o que era mais provável.

Respirei fundo novamente e fui para o quarto, peguei a pouca coragem que me restava e comecei.

— Eu não gosto de como as coisas estão indo, e mesmo que você não queira, nós vamos brigar. — Ele saiu do banheiro apenas com as calças e, no momento em que olhei para ele, perdi totalmente a capacidade de formar um pensamento ou uma frase.

— Fala! — Disse áspero, sentando pesadamente na cama.

Eu sei que nossa situação não é a mais convencional que existe, mas achei que, pelo menos, poderíamos ser companheiros.

— Já falei que você pode trabalhar na empresa, não tem mais o que discutir. - Ele se levantou rapidamente e eu com meu corpinho fiquei na frente dele, bloqueando seu caminho.

— Eu ainda não terminei.

— Você pode discutir sozinha se quiser. — Ralhou incisivo e como um animal passou de volta para o banheiro. "Um dia poderei fazer isso", pensei.

[...]

Você vai com o motorista. 8:00h

Acordei e do outro lado da cama estava essa frase, nem dá pra dizer que é um bilhete. Por que ele sai tão cedo se a entrada é às 8h? Mas, hoje nada me para, nada me deixaria triste porque eu ia trabalhar, não ia ficar sozinha o dia todo, que alegria.

Rapidamente levantei da cama, tomei banho e fui escolher minha roupa... Ok, demorou mais do que eu esperava, fiquei entre algo mais relaxado e minha idade ou algo mais executivo. A desvantagem de não ter conversado direito é que eu nem sabia que cargo iria ocupar, então foi mais difícil para escolher as roupas. Mas vamos. Escutei meu coração e escolhi algo da minha idade, muito jovem como aparentemente sou, ou não, nem sei mais.

Fui até a cozinha, tomei meu café da manhã, na verdade estava tão ansiosa que engoli como uma cobra e desci para o estacionamento.

[...]

Não sei se foi pelas circunstâncias, mas hoje esta empresa parecia mais bonita e feliz, entrei animada e havia mais cinco pessoas da minha idade esperando na recepção, gostei!

Foi aí que percebi que não sabia o que dizer porque não sabia o que estava fazendo ali, não podia simplesmente dizer que estava ali para trabalhar do nada.

Então, minha única saída era mandar uma mensagem para ele e e rezar aos céus para que ele respondesse, porque o homem simplesmente se recusava a responder por esse meio.

O que exatamente eu vim fazer aqui? - Entregue às 8h01.

Com quem falo? - Entregue às 8h01

O que eu digo? - Entregue às 8:02.

Pode vir aqui, por favor. - Entregue às 8:02

Eu podia imaginar um leve sorriso se formando em seu rosto, ele tentava escondê-lo, mas eu sei que se divertia com minhas atitudes impulsivas. Não obtive resposta, achei melhor ficar lá, porque talvez aqueles outros estivessem lá pelo mesmo motivo. Em exatamente um minuto o telefone da recepcionista tocou pedindo para subirmos, porque alguém estava esperando por nós.

Chegamos na área administrativa e entramos na sala de reuniões. Já estive lá antes e não gostei nem um pouco, meu corpo inteiro congelou com a memória. Sacudi minha cabeça de todos os pensamentos e me sentei em uma cadeira.

— Parabéns, vocês foram selecionados como estagiários. — Ok, já sei o que vou fazer. — Como vocês ainda não possuem uma área definida, vamos colocá-los em áreas aleatórias e alguns permanecerão como flutuantes, ou seja, uma área diferente a cada dia. Vocês receberão um e-mail com todos os dados de que precisam. Boa sorte! — Instàntaneamente, os telefones começaram a tocar com notificações.

— Ótimo, estou na vice-presidência. — Disse o garoto ao meu lado. — E você?

Fiquei um pouco envergonhada porque meu telefone parecia mais uma bomba, não funcionava para muita coisa.

— Eu... ainda não consegui olhar. — Ele olhou para o meu celular e sorriu.

— Você pode usar o meu. — Cadastrei meu e-mail e pude ver.

— Isso! — Vibrei.

— O que?

— Relações públicas.

— Legal. Posso lhe enviar os dados por mensagem, basta me dar o seu número.

Eu pensei se deveria, ele provavelmente não iria gostar, mas não era inapropriado, era sobre o trabalho. Trocamos informações e, segundos depois, ele entrou. Falou alguma coisa no ouvido do careca que estava conosco e passou um scan na sala, parando o olhar em mim, o que me deu um frio na barriga.

— Bom dia a todos! Bem-vindos à empresa. — E saiu novamente.

— Uou, que assustador. — Exclamou o garoto ao meu lado, em tom cômico. — Olhei para ele sem dizer nada.

Saímos do local seguindo o tal homem careca que eu nem prestei atenção no nome e de relance o vi na porta me chamando para entrar na sua sala.

— Oi. — Minha voz saiu mais hesitante do que eu pretendia.

— Você não vai ficar — disse sem nem olhar para mim.

— Por quê? — Eu fiquei com medo, eu tinha feito alguma coisa? Mudou de ideia? O que aconteceu em meia hora?

— Não vai ficar aqui como estagiária.

— Mas, por quê?

— Não temos outra vaga, você volta quando tiver. - Caminhei até ele e, tocando seu braço levemente, o fiz olhar para mim.

— Não me importo de ser estagiária, vou ser útil, por favor. Se eu tiver que ficar mais um dia...

— Não. — Cortou meu argumento.

— Por favor! — Olhei para ele como nunca havia feito antes.

— Tá. — Disse sem dar importância, querendo não discutir.

Não pude conter minha alegria e o abracei com força e entusiasmo, beijei-o na bochecha e saí da sala para me juntar aos outros.

[...]

— Onde estava? — Perguntou o menino, que ainda não sabia o nome.

— Fui resolver algumas coisas.

— Algum problema?

— Agora tudo bem.

— Essa é a sala do seu chefe.

— Como você sabe?

— O careca que disse, e a propósito, você me deve uma.

— Por quê?

— Eu inventei uma dor de estômago para você, eles iam te demitir no primeiro dia. - Sorri para ele, foi muito espontâneo. — A propósito, meu nome é Eduardo.

— Olivia, meus amigos me chamam de Oli.

— Prazer em conhecê-la. Agora, vai menina. — Me empurrou de leve, apressando-me.

Percebi que já era um pouco tarde e corri em direção a sala, chegando à porta respirei fundo e bati, então ouvi a autorização para entrar.

— Olá, bom dia! Eu sou sua nova estagiária.

— Olá estagiária, meu nome é Liz e sou sua nova chefe. — Sorri amigavelmente, estendendo a mão.

— Desculpe, meu nome é Olivia.

— Tudo bem, Olivia, seja bem-vinda! — Ela voltou para o seu lado da mesa e me olhou discretamente, será que ela sabia de alguma coisa?

Passos

[...]

Estou trabalhando na empresa há mais de uma semana e, até agora, tudo está indo bem. Minha chefe imediata é maravilhosa, muito inteligente e competente. Tentei todos os dias ficar o mais tarde possível trabalhando para não ter que ir para casa encontrar um vazio, paredes frias e ele franzindo a testa, como sempre. Embora que nesses dias eu o tenha notado de maneira bem diferente do habitual, mas ele simplesmente não diz nada, e estou tão feliz com meu novo emprego que nem me importo ou, pelo menos, é o que quero que ele pense.

Todos os dias ele acorda primeiro que eu, chega em casa depois de mim e não nos falamos, parece até que moro sozinha, ou com um poste que nunca presta atenção e nunca está presente em nada. Entretanto, para não tirar todo o crédito, como eu disse antes, ele está tendo atitudes diferentes. Alguns dias quando ele chega e eu estou "dormindo" posso senti-lo me olhando por vários minutos e toques sutis e persistentes no meu corpo. Não tenho certeza, mas acho que ele tem uma urgência e vontade de ter algo mais íntimo e sentir meu corpo mais dele. Levando em conta nossa situação, o homem não está 100% errado. Mas, não posso reclamar dele por isso, sempre respeitou minha vontade e meu espaço, mas acho que sua paciência está acabando.

O fim de semana é extremamente chato. Fico sozinha o tempo todo, mesmo com ele em casa, e espero, com cada célula do meu corpo, a chegada das 8h de segunda-feira. E foi exatamente o que aconteceu, acordei no mesmo horário de sempre (sozinha na cama, de novo), fiz o que tinha que fazer e corri para o trabalho o mais rápido que pude. Estamos desenvolvendo um novo projeto, e estou adorando. A dona Liz está se abrindo e ouvindo minhas ideias e diz que sou muito talentosa e tenho um grande futuro neste negócio. Ponto para mim.

Entre nós dois

— Acho que você ainda não sabe da fofoca. — Eduardo disse, quando cheguei.

— Amo fofoca, conta! — Disse superanimada. Quem não gosta de fofoca segunda-feira de manhã para começar bem a semana?

— Pega. — Ele me entregou o café, como faz todos os dias. — Meu chefe e sua chefe têm um caso, eu os encontrei na posição de que Napoleão perdeu a guerra.

Cobri a boca com a mão, evitando risos e mostrando minha surpresa. — Nãooooooo, mentiraaaa!!! E aí? Conte-me como foi! — Conversamos ao entrar no elevador.

— Foi assim: na sexta fui levar uns papéis para meu chefe assinar, aprovando o orçamento do projeto e tals... e acontece que quando eu entrei no escritório, na hora pensei que ele já tinha saído e entrei todo distraído... Menina... minha inocência permaneceu naquele escritório. Havia roupas espalhadas por toda parte e quando entrei ele se assustou e tentou cobrir o corpo dela, mas sua situação não era melhor... - Ele fez uma pausa dramática e travessa se aproximando de mim como se fosse me contar um segredo. - Só te digo uma coisa, quase bati continência. - Saímos do elevador e ficamos encostados em uma mesa.

— Meu Deus, tu não existe. — Eu tentei esconder minha risada porque, quando eu começo a rir, eu pareço uma hiena descontrolada.

— Tive grandes fantasias.

— Com ele ou com ela? — Ele só fez uma cara de "você sabe, né?!". O pior é que eu não sabia, sou muito lerda para isso. Eu apenas balancei a cabeça e fingi entender.

— Mas como foi o final de semana? — Começamos a caminhar bem devagar em direção as nossas salas.

— Extremamente triste.

— Estou lidando com uma workaholic?

— Só uso o trabalho para fugir da frustração.

— Você vai me falar quando da sua vida?

— Qualquer dia destes. E você?

— Eu? Só digo que tem muita gente na minha casa... Ei!! — Parou na minha frente. — Por que não dividimos um apartamento? Pense só... vai ser ótimo. Pode ser perto daqui, a gente divide as contas, podemos conversar até de madrugada, sair pra balada e aí eu te apresento um boy ou uma jovem... Ainda não sei. — Ele fez uma cara cômica pensativa. Por um milissegundo eu me animei, eu poderia ter a vida de uma jovem da minha idade ao invés da que eu tenho. Mas como eu disse, foi um milissegundo. Sabia que NUNCA conseguiria fazer isso, não tinha como eu conseguir fugir.

— Seria maravilhoso, mas não posso.

— Por que não? Se você não tiver dinheiro inicialmente, eu vejo o que posso fazer.

— Não vai dar certo.

— É pelo seu pai, né? Ele provavelmente não vai gostar de saber que você está indo morar com um cara qualquer.

Respirei fundo antes de responder uma grande mentira... — Sim, é meu pai... ele é muito antiquado, vai imaginar muitas coisas. E como é que tu vai cobrir minha parte nas contas?

— Pior, né?! Eu sou estagiário, eu que preciso de ajuda. — Sorrir da tristeza que é ser um estagiário lascado foi a única coisa que conseguimos fazer.

— Por que não propõe isso à Luiza? Ela parece ser legal.

— Nãooooo, ela coloca o arroz em cima do feijão e, por isso, ela é capaz de qualquer coisa.

— Você é maravilhoso. — Disse sorrindo e abraçando-o. No momento em que fiz isso, eu o vi passar por nós, mas quando ele olhou no fundo dos meus olhos, meu corpo inteiro congelou, eu sabia o que ele queria dizer, rapidamente soltei Eduardo e voltei à minha posição profissional.

— Ui, a próxima fofoca que vou descobrir é, o que há com esse homem?

— O que? — Perguntei voltando ao meu estado normal. Ele tinha esse poder.

— Vai me dizer que você nunca teve curiosidade sobre o motivo de ser tão sério, tão quieto, aí tem... Com certeza.

— Sim, já fiquei curiosa. — Isso não era mentira, apesar de morar e dormir com ele, não o conhecia mais que um estranho de rua. — Mas, vamos trabalhar porque se acontecer de novo, fofocaremos na rua.

— Sim, agora vou me conter para olhar a cara do meu chefe e não chamar o bombeiro.

— Ainda é segunda, guarda teu lado rapariga para sexta, pelo menos.

Entre nós dois

Fui para o meu escritório. Minha chefe ainda não tinha chegado, então arrumei a mesa e umas poucas coisas bagunçadas. Não sei o porquê dela ter uma estagiária, a mulher é extremamente autossuficiente. Nota mental: quando eu crescer, quero ser como ela.

— Bom dia, Olívia! — Ela entrou no escritório, linda como sempre, colocando a bolsa no aparador.

— Bom dia, Sra. Liz!

— Tudo bem? Descansou bem no fim de semana?

— Sim, obrigado. E a senhora?

— Bom, aproveitei também. — Ela sorriu amigavelmente, sempre tive a dúvida se ela já sabia de alguma coisa, principalmente agora que sei que ela tem algo com o vice. — E o que temos para hoje? — Perguntou, me fazendo voltar dos meus devaneios.

— Bem... — Peguei minha agenda e folheei. — Esta manhã você tem uma reunião para definir a visualização final da campanha de fraldas e uma reunião com uma cliente sobre outro projeto de disseminação da campanha do câncer de mama, mas isso é só na hora do almoço.

— Então, temos muito o que trabalhar... — Não sei se acontece com muitas pessoas, mas fico muito empolgada quando me envolvem em um projeto.

— Ok, antes da reunião, você tem que se encontrar com o segundo diretor e... — Escrevi alguma coisa, mas esqueci onde... pensei um pouco e lembrei. — A produtora executiva não poderá estar lá, pois estará em outra reunião.

— Ok, vamos então. — Disse se levantando.

— EU? Eu vou também?

— Sim, você é minha estagiária, não é? Além disso, você tem ótimas ideias e não pense que elas não estarão em seu relatório semanal para o presidente.

— Pa-para o presidente!?

— Claro. — Eu não conhecia essa informação, será que fico feliz? — Ah... espere um minuto. — Paramos na porta. — Por acaso você falou com Eduardo? — Ela disse um pouco tímida e desconfiada.

— Sim... bem, sim, conversamos sobre algumas coisas... tem algo específico?

— Não... — Começamos a caminhar — Na verdade, sim. — Paramos novamente. — Algo que aconteceu na sexta-feira, no final do dia.

— Sim... — Olhei a agenda esperando alguma luz — Não, aconteceu alguma coisa? Não há nada marcado aqui. — Tentei ser o mais convincente possível.

— Não... deixe pra lá.

— Tudo bem. — Dei de ombros. Mas por dentro tinha a imagem de um diabinho na minha cabeça.

[...]

— Acho que se suavizar um pouco aqui em cima, fica mais uniforme, mas só um pouco. — Disse.

— Quem diabos é você e o que está fazendo aqui? — Ralhou o diretor que, ao contrário da Sra. Liz que está feliz com meus palpites, se pudesse, pularia no meu pescoço.

— Ela é minha estagiária. Muito talentosa. — Disse a Sra. Liz.

— Pode ser a filha da Rainha, uma estagiária não dá conselhos sobre o meu trabalho.

— Desculpe, o senhor pediu opiniões, então eu...

— Pedi a opinião das pessoas aqui... você não é ninguém, a escória, a base da cadeia alimentar. — Curiosamente, não fiquei com raiva dele, achei ele engraçado na verdade.

— "Eu tenho cinco regras."

— Do que você está falando? — Todos me olharam com uma grande pergunta.

— O que você disse foi uma fala de uma série. Acabei de terminar a frase.

— Um ser...? Fora daqui! — Ele vociferou irritado

— Nazista. — Eu disse suavemente contra a porta.

[...]

— Olívia, você anotou todos os prazos?

— Sim, senhorita Liz. — Estávamos em reunião com todos juntos e lutei com todas as minhas forças para me manter concentrada em tudo que diziam. Necessitava fazer um relatório e depois apresentar para a minha chefa, mas ele me distraía muito, tudo que dizia ou fazia me deixava em transe. Pelo menos eu podia ver que ele não tinha aquele mau humor só em casa, ele era assim em todo lugar. Não fui eu quem causou isso.

— Então se é só isso. Me retiro. — Esta era a sua maneira de terminar uma reunião então, um por um, fomos saindo até que a sala ficasse em completo vazio.

— Sra. Liz, tenho um recado. — Disse um secretário. — O Sr. Álvaro Motta ligou hoje para cancelar o almoço, disse que era por motivo de extrema urgência, mas não quis entrar em detalhes.

— Não! Estou procurando me encontrar com esse homem há quase duas semanas, o projeto dele vai acabar sendo adiado. Fale com a Michele e me diga o que ela decidiu sobre o cronograma de produção.

— Tudo bem. — Voltamos para a sala. — Se o almoço foi cancelado, posso resolver algumas questões pessoais. — Eu sabia exatamente do que estava falando.

— Posso sair para almoçar? — Perguntei com fome, a reunião durou muito.

— Pode sim. — Saí animada para ir comer e certa de que Eduardo tinha uma nova fofoca para me contar.

[...]

Cheguei em casa e para variar estava vazia, o cheiro de comida quente vinha da cozinha, então entrei, tomei banho e jantei, já era costume fazer tudo sozinha.

Fui para um quarto que tinha televisão e assisti um pouco de série, e o sono me surpreendeu no meio de um episódio, então fiz minha higiene e fui dormir; nada dele chegar, tentei com todas as minhas forças esperá-lo acordada, mas não consegui.

Mais tarde senti a cama se mexer. Acordei novamente, mas fingi estar dormindo e novamente senti seu olhar e seu toque no meu corpo com sutileza, me transmitindo confortabilidade. Quando apagou a luz, esperei mais alguns segundos e foi a minha vez de agir, fingi virar de lado, me espreguicei e com muita coragem (muita mesmo, porque nunca tinha estado tão perto dele), me inclinei contra ele, contra seu corpo, em seu peito viril, enterrei meu rosto em seu pescoço e sentindo o cheiro de sua essência, nunca tinha sentido um cheiro tão inebriante como aquele.

Ele ficou imóvel por um longo tempo. Eu estava prestes a voltar para minha posição, pensando que não seria correspondida, quando senti seu braço envolver meu corpo em um forte abraço, me puxando para mais perto dele, como se quisesse que nossos corpos fossem somente um. Eu sabia que ele estava acordado, então eu agarrei sua camisa com força e ficamos numa espécie de casulo que eu nunca mais queria sair. Eu estava quase dormindo, mas tive mais uma surpresa.

— Não sabe o que você faz comigo, criança. — Disse ele, logo depois me deu um beijo na cabeça e então, pude dormir mais tranquila.

[...]

— Alguém se deu bem ontem à noite.

— O que? Quem? — Perguntei ao meu companheiro de café e fofoca de todos os dias.

— Dr. Monstro. — Assim o chamamos.

— Por quê?

— Claro que a carranca continua, mas tá com uma vive diferente, mais... humana, sabe?

— Ainda não vi. — Falei tomando um gole do meu café fingindo indiferença. — E como sabe todas as fofocas? Você não vai para casa?

— Quando você é um radar, a fofoca vem até você.

— Olívia, venha comigo. — Liz passou por mim com cara de poucos amigos. Eduardo e eu trocamos olhares e enquanto caminhava o vi dizendo "boa sorte" e muitos sinais me fazendo sorrir. Só ele mesmo.

— Está tudo bem, senhorita Liz?

— Não, eles te libertaram do meu setor.

— O que? Por quê? Não... eu gosto de trabalhar aqui com você. Eu fiz alguma coisa? Foi por ontem? Peço desculpas ao senhor Gregório.

— Não, não tem nada a ver com o Gregório e estou com raiva justamente porque você é ótima no seu trabalho, e agora vou ficar sozinha de novo.

— Se eu sou boa no meu trabalho, por que eles me mudaram?

— Não sei, acabei de receber um e-mail do RH alertando sobre isso.

— Ué... M-Mas, eu nem sou flutuante, por que eles fizeram isso?

— Não sei, mas acho que isso não vem do RH.

— E de onde vem?

— Mais de cima. — Ela não queria se comprometer, mas eu já sabia o que era.

— Você me dá licença por um momento?

— Espere, onde você vai...? — Não escutei bem, apenas fui até a secretária dele e pedi que ela me anunciasse.

— Você me mudou de setor? — Disse o mais brava e assustada que pude (nem sabia que podia juntar essas duas coisas).

— Sim — respondeu secamente olhando para a tela do computador.

— Posso saber por quê?

— Não discuto as decisões da minha empresa com estagiários, apenas faço.

— Você está brincando comigo?

— Eu não brinco no trabalho, diferente de você. — Ele finalmente olhou para mim e não consegui descobrir o que se passava em seus olhos.

— Do que você está falando? Eu levo meu trabalho muito a sério.

— Tirei estagiários do setor da Liz, aparentemente não tem muito o que fazer lá.

— O que? Estamos com o calendário fechado e as datas acima. Temos muito trabalho.

— Aparentemente não, porque você tem muito tempo para conversar no corredor com aquele... — Conteve suas palavras para não dizer nada pior.

— Então isso é por ciúmes? — Ele riu sarcasticamente.

— Não seja prepotente. Já está decidido. Você está dispensada das relações públicas, e vai para o almoxarifado.

— Você não pode fazer isso. — Eu podia apostar que meu rosto estava todo vermelho só de raiva e indignação que estava sentindo.

Ele sorri — Não posso? — respondeu com um sorriso zombeteiro — Esta empresa é minha e já está feito. Não quero ver você no andar administrativo.

Saí daquela sala com mais ódio do que meu próprio corpo podia suportar. Não podia acreditar que ele tinha feito isso.

Contratempos

[...]

Nos dois primeiros dias após a mudança de setor não consegui sequer olhá-lo, resolvi fazer tudo sozinha e ficar sem a companhia dele. Queria muito dormir com ele, mas infelizmente sabia que não poderia fazer isso. Mas, ao mesmo tempo, eu queria repetir o que aconteceu noites atrás, me enrolar com ele na cama e percebi que ele queria isso também. Mas eu permaneci forte.

Duas semanas trabalhando no almoxarifado. Aqui é chato, monótono e nada criativo, tenho que continuar catalogando produtos e levantando o que falta, além de trabalhar com o processo de compra e licitação. Você já leu a lei de licitações? Não é à toa que se chama lei do diabo, é horrível, a cada dois segundos tenho que consultá-la para tirar dúvidas.

Sinto muita falta do Dado, sempre que podíamos conversávamos um pouco e fofocava, é claro. De vez em quando ele me conta como está o projeto e, embora eu tenha pedido para ele me contar, isso me deixava muito triste. Eu adorei aquele projeto e queria muito começar o de câncer de mama. Agora só falamos basicamente por mensagem de texto, mas não é a mesma coisa. Não posso ir lá mesmo que tenha um pouco de tempo livre porque "ele" me proibiu. Toda vez que me lembro, um ódio toma conta do meu corpo só em pensar que passei de relações públicas, com uma chefe maravilhosa para o almoxarifado com um velho careca e mal-humorado, só por ciúmes ou qualquer coisa que tenha acontecido.

Eu estava sentada em frente ao meu computador. Mais um dia tentando não morrer de tédio e não dormir enquanto lia mais um pedaço dessa lei para finalmente terminar o processo, quando ouvi um barulho de algumas caixas caindo. A princípio me assustei, mas aí pensei bem: o máximo que poderia ser era um rato. Olhei para frente e meu chefe que fingiu nada ouvir continuou jogando paciência. É só o que ele faz, o dia todo!

Entre nós dois

Caminhei cautelosamente em direção ao local de onde vinha o barulho, e qual foi minha surpresa quando descobri que o rato ninja comedor de cérebros que imaginei era, na verdade, um menino muito bonito.

— Olá! — Disse sorrindo enquanto tirava a caixa.

— Olá! — Respondeu sorrindo, mostrando uma porteira entre os dentes.

— O que faz aqui?

— Poculando o tiozão.

— Tiozão, quem é o tiozão?

— Ué, meu tio. Meus pais me deixalam sozinho na sala.

— Quem são seus pais?

— Meus pais. — Você jura? Eu fiz uma cara de zombaria que claramente ele não entendeu.

— Qual o nome dos seus pais?

— Papai e mamãe.

— Estou começando a entender porque seus pais o deixaram sozinho. — Ele fez uma careta e sorriu. Parei por um momento e notei uma certa familiaridade, Eduardo vai enlouquecer quando eu contar a ele. Tirei meu celular do bolso e tirei uma foto bem discreta do menino e enviei para Dado com a seguinte legenda.

Seu caso tem uma pequena criatura - entregue 10:35

— Diga-me como você se chama.

— Ricardo, papai e mamãe me chamam de Rick.

— Ah, Rick é um nome muito bonito. — Ele sorriu.

— Meu nome é Olívia. — Estendi minha mão para ele e ele não apenas apertou, mas também beijou. Ele foi ensinado a ser cortês desde a infância.

— Seu nome é feio. — Que fofo!

— Não é nada.

— É sim.

— Por que diz isso?

— Porque você tem o mesmo nome de uma menina que estuda comigo e ela é uma chata...

— Então, ela que é chata e não meu nome que é feio. — Ele pensou um pouco.

— Não, ele é feio mesmo. — A sinceridade reconfortante de uma criança.

EXISTE UM NAPOLEÃOZINHO???????? - 10h40

Pelas letras maiúsculas, percebi que ele estava ficando louco. E eu só conseguia rir dele.

Tá na caverna do arqueiro? - 10h40
Sim. - entregue 10:41

Inicialmente, chamaríamos de Batcaverna, mas adoramos o Batman e não se pode tirar sarro dele chamando o almoxarifado de Batcaverna. Então pensamos muito e chegamos à conclusão de que chamaríamos de caverna do arqueiro, porque o gavião arqueiro é tão fraco e sem importância quanto o almoxarifado.

— Temos que encontrar seus pais.

— O que tem nessas caixas? — Ele perguntou mudando de assunto.

— Somente equipamentos da empresa. Sabe quando você vai a um parquinho e os brinquedos estão quebrados?

— Hum... — Ele assentiu.

— Sim, é assim que me sinto aqui.

— Que chato!

— Onde ele está? — Eduardo desceu as escadas super "discreto" gritando e perdendo o fôlego logo em seguida.

— Rick, este é meu amigo Eduardo.

— Ei Rick, como você está?

— Oi Eduardo, seu nome não é feio.

— Claro que não! Sou maravilhoso da cabeça ao tornozelo, porque meu pé, nem Jesus na causa.

— Ah Dado, que saudade de você. — Eu disse rindo o abraçando.

— Ei — Rick puxou minha roupa e falou comigo em voz baixa. — Por que ele está aqui?

Entre nós dois

— Porque você é fofoqueiro. — Me levantei. — Temos que levar para seus pais, eles devem estar preocupados.

— Conhece eles?

— Ei, e como — disse Eduardo, abanando-se.

— Pare com isso. — Eu o repreendi.

— Olívia! — Meu chefe me chamou. — Que criança é essa?

— Está perdido, mas vamos devolvê-lo aos pais.

— Não foi isso que perguntei. — Retrucou rudemente. — Não é permitido trazer crianças para o trabalho. Isto será informado ao presidente.

— Ele é filho de Dona Liz, não meu.

— Da dona Liz? — Ele hesitou.

— Sim.

— Ah, então toma. Você quer um doce, bebê? — Eduardo e eu nos entreolhamos conversando em nossa própria língua.

— Eu não sou um bebê. — Respondeu Rick categoricamente. Nós apenas seguramos nosso riso.

— Aproveite que você está indo para lá e leve este processo de compra para a assinatura do presidente, e não volte aqui sem ele. Tenho urgência nisto. — Me entregou o arquivo de qualquer maneira, totalmente sem graça pela cortada da criança.

— Mas, não posso ir...

— Ela vai, sim senhor! — Eduardo me interrompeu. Depois disso, meu chefe voltou para seu cubículo.

— Eduardo, tu sabe que eu não posso ir lá.

— Você vai assim mesmo porque vai levar Napoleãozinho. E mais: você vai trabalhar, não passear.

— Quem é esse Napo... Napolãozinho? — Arregalamos os olhos, assustados.

[...]

— Antes de te levar para seus pais, vou deixar isso aqui, ok?

— Tá! — Rick concordou, Dado teve que ir trabalhar, me deixando sozinha com o menino.

23

Caminhei em direção ao seu escritório e meu corpo congelou ao imaginar a proximidade.

— Você pode entregar isso ao presidente? Precisa da assinatura dele. É urgente.

— Aqui tudo é urgente. — Reclamou a secretária toda enrolada com uma mesa cheia de papéis, fiquei com pena dela.

— Quer ajuda? — Ela finalmente olhou para mim e seu rosto era de puro desespero.

— Ai, sim. Leve esses documentos junto com seu arquivo. — E jogou um monte de papéis sobre mim.

— Rick, vem. — Veio atrás de mim segurando minha blusa enquanto eu tentava equilibrar aquela quantidade de papel e repetia um mantra na minha cabeça: que ele não esteja aqui, que ele não esteja aqui.

Respirei fundo abrindo a porta devagar, olhei para a mesa dele e felizmente ele não estava lá. Coloquei tudo em cima do móvel com meu processo em cima para dar prioridade, claro.

— TIOZÃO!! — Rick gritou quando o viu, e pulou em cima dele. O homem estava jogado no sofá todo suado e pálido, definitivamente não estava se sentindo bem.

— Ai! — Ele exclamou ao sentir o peso da criança. — Oi Rick.

— Tio, eu me perdi. Eu estava poculando por você. — E o abraçou.

Aproximei-me para ver mais dessa cena extremamente inusitada, mas havia algo que mais me chamou a atenção. Ele não estava mal assim ontem, ou estava? Toquei sua testa para ter certeza do que eu estava pensando.

— Você tá com febre. — Disse-lhe — O que aconteceu? — Ele não conseguia nem abrir os olhos — Rick vem, o titio está dodói. — Levantei o menino.

— Eu não... — ele disse estreitando os olhos. — Eu estou bem.

— Não está, olha seu estado. — Ele tentou se levantar, mas ficou tonto e sentou-se novamente. Mais uma vez tentou ficar de pé, mas eu o impedi.

— Preciso vomitar. — Ele disse com a mão na boca se apoiando em mim. Levei-o ao banheiro e o deixei fazer o que tinha que fazer.

— O tio está bem? — Rick perguntou assustado.

— Não meu amor, chama sua mãe aqui. Diga que é urgente, ok?

Entre nós dois

— Tá bem. — E saiu correndo.

Não ouvi mais barulho dentro do banheiro, então entrei. Ele estava encostado na pia, provavelmente recuperando as forças.

— Vem comigo. — Eu toquei.

— Sai. — Ele pediu.

— Não vou sair.

— Vem logo!

— Não quero que você me veja assim. — Achei fofo (pare cérebro, não é hora para isso agora).

— Deixa de ser criança e vem rápido.

— Nem era pra você estar aqui, eu te proibi de vir para área administrativa.

— De nada, por te ajudar. — Falei ironicamente. Eu o inclinei contra mim e o carreguei de volta para o sofá.

— O que aconteceu? — Uma Liz nervosa e assustada apareceu pela porta e ficou ainda mais amedrontada ao ver o estado do amigo. — O que aconteceu? — Perguntou novamente.

— Não é nada. Apenas um desconforto passageiro. Não há necessidade de se alarmar — disse tentando ficar calmo, mas não funcionou pois, segundos depois, ele se inclinou gemendo com a mão na barriga.

— Ele está bem mal sra. Liz, tem que levá-lo ao médico.

— Sim, Olívia, claro. Vamos, você pode se levantar? — Ele nem se moveu da posição.

— Teremos que chamar uma ambulância — disse.

— Não... — respondeu meio cansado. — Não, eu consigo sozinho. — Se levantou e caminhamos devagar com ele até eu sair da empresa — Liz, fique no comando da empresa enquanto isso, não posso confiar no besta do teu marido. — Ele disse um pouco sério, mas algo me disse que Liz sabia que era uma brincadeira. Nota pessoal: Lembrar-me de contar a fofoca ao Eduardo. O Napoleão dele eram casados.

— Você não pode ir ao hospital sozinho. — Proferiu ela preocupada, abraçando-o comigo.

— Olívia vem comigo. — Sem dizer mais nada ele se sentou no banco do passageiro de seu carro, era um convite silencioso para eu entrar e dirigir.

Liz olhou para mim misteriosamente e novamente me perguntei se ela sabia de alguma coisa ou estava começando a suspeitar de algo a partir daquele momento.

Entrei no carro e, apesar da situação, fiquei empolgada. Nunca tinha chegado nem perto desse carro antes, acho que ele o ama mais do que qualquer outra coisa.

Ele me mostrou uma pasta com todos os seus dados médicos e ao lado estava o endereço do hospital. Claro que era um hospital rico, um daqueles lugares onde você tem medo de quebrar alguma coisa e se internar lá mesmo para vender um rim e pagar a conta.

Eu dirigi o melhor que pude, estava muito nervosa, meu coração estava minúsculo ao vê-lo nesse estado.

Chegamos ao hospital e tive que tirá-lo do carro, mas não consegui, ele é muito pesado e estava fraco, então entrei e vi um enfermeiro e pedi ajuda. Ele veio com uma cadeira de rodas e nós o levamos imediatamente.

— O que está sentindo? — Perguntou a enfermeira, mas o homem estava extremamente fraco.

— Febre, dor abdominal e vômitos. — Eu respondi.

— Qual é o seu nome? — A enfermeira perguntou.

— Bernardo Agostini. — Anotou em um tablet, acho que para pegar o histórico dele.

— Qual é o seu grau de parentesco? — Antes que eu pudesse responder, ele começou a vomitar. — Perguntas podem esperar. Tragam uma maca. — Finalmente o levaram para um lugar onde ele não podia entrar.

Muito tempo se passou e não houve notícias.

Onde você está? O sapo careca quer te comer viva!! - 15h47

Mensagem do Eduardo, tinha me esquecido totalmente do trabalho e do processo, mas de qualquer forma, não estava assinado mesmo.

Eu te conto depois, prometo. - Entregue às 15h50

Você tem notícias? - 15:55- Mensagem da Sra. Liz.

Até agora nada. Estou preocupada. Quando souber de algo, aviso imedia-tamente. - entregue às 15h58

Quando bloqueei a tela do celular e olhei para cima, vi um médico acompanhado pela enfermeira e percebi que ele queria conversar comigo.

— Como ele está? — Perguntei apressadamente.

— Calma, está tudo bem. Foi apenas uma intoxicação alimentar. Seu... — parou ao perceber que não tinha informações do o que éramos um do outro — o paciente está descansando. Está repondo os eletrólitos perdidos devido à febre e vômitos, em poucas horas terá alta.

— Posso vê-lo? — Perguntei insegura.

— Você é filha? — Não me incomodei com a pergunta, era natural que ele pensasse isso.

— Não, sou a esposa. — Permaneceu neutro.

— Me acompanhe, por favor.

A magia da farinha

Quando entrei no quarto, ele estava dormindo e recebendo uma intravenosa. Sentei numa cadeira e olhei para ele. Nunca o tinha visto assim, tão frágil, tão desprotegido e tão plácido. Bernardo é sempre tão sério e tão superior a todos, especialmente mais forte e mais superior que eu. Sempre pensei que toda essa frieza e grosseria seria por algum motivo ou algum trauma na sua vida, mas eu nunca soube de nada. Se Eduardo estivesse aqui, ele já teria descoberto tudo. É incrível como capta as coisas no ar.

Passei mais tempo olhando para o nada e pensando na vida. Quantas voltas o mundo deu para eu estar aqui agora? Eu me questionava, mas eu sabia e não sabia a resposta. Resolvi deixar esses pensamentos de lado, o que está feito, feito está.

Ele se moveu um pouco e percebi que ele estava acordando, e continuei no mesmo lugar que estava. Não sabia com que humor ele acordaria. Poderia ser um anjo, mas também o verdadeiro Lúcifer com tamanha possessão e fúria.

— Me dá um pouco de água, por favor. — Perguntou enquanto olhava para o teto. Talvez não fosse o próprio Lúcifer, mas talvez algum animal feroz encarnado. Dado estava certo em colocar seu apelido, Dr. Monstro.

Levantei e peguei um copo com canudo e entreguei para ele, o homem apenas balançou a cabeça bebendo sua água.

Ele acordou e está bem. - Entregue às 16h25

Mas o que houve? - 16h25

Intoxicação alimentar leve. - Entregue 16:26

Ainda bem, ele vai para casa hoje? - 16h26

Olhei para o soro e vi que estava quase acabando, então logo iríamos embora.

Ele vai sim. Em uma hora, eu acho. - Entregue 16:27

Tudo bem, obrigado por me avisar. - 16h27

De nada. - Entregue 16:27

— O que há de interessante nessas mensagens? — Questionou olhando para minhas mãos e meus dedos rápidos.

— Avisando a Sra. Liz que você está acordado.

— Oh! — Grunhiu em resposta e olhou para o teto novamente. Essas suas conversas monótonas e monossilábicas me deixam louca. Como eu as odeio.

[...]

Chegamos em casa depois das 17h e eu nem sabia se ainda tinha um emprego. Tudo bem que era casada com o dono da empresa, mas a situação é muito mais complicada do que isso. Bernardo entrou no banheiro e eu fiz o mesmo em outro. Saí e fui comer alguma coisa, estava com fome e a comida do hospital é ridiculamente ruim.

Depois que ele saiu, se trancou no escritório e eu sabia que ele ficaria por muitas horas afinco até o sono chegar, então tive a brilhante ideia de fazer um bolo, mas não um bolo qualquer, o bolo favorito dele.

Eu sou uma otária mesmo

Pensei várias vezes se realmente ia gastar minha energia em algo para ele ou se deveria somente assistir algo e depois dormir como de costume. Mas fiquei convencida com a ideia do bolo. Separei tudo que ia usar e coloquei no balcão, peguei minha bomba, vulgo meu celular. Coloquei minha playlist obviamente em volume baixo porque o bonito odeia música alta.

Uau... faz tanto tempo desde que eu coloquei uma música e dancei. Eu precisava me soltar, deixar a tensão fluir ao ritmo animado das batidas, das melodias tocantes e da voz belíssima do cantor.

Depois de um pouco de dança e pulos, comecei a preparar o bolo. Coloquei tudo em uma tigela e quando chegou a hora da farinha de trigo, tentei abrir e puxar o pacote, mas derramou muito em mim. Eu parecia a

Carrie, a estranha, mas coberta de farinha e não de sangue. Fiquei mexendo tudo quando chegou ao refrão da música, levantei as mãos e comecei a cantar como se estivesse em um show.

— Monday left me broken, Tuesday I was through with hoping, Wednesday my empty arms were open, Thursday waiting for love, waiting for love, Thank the stars it's Friday I'm burning like a fire gone wild on Saturday, Guess I won't be coming to church on Sunday, I'll be waiting for love, waiting for love, To come around...

Continuei dançando e cantando. Nesse ritmo só terminaria o bolo na semana que vem, então resolvi me concentrar e mexer a massa junto com o ritmo da música e do meu corpo, vamos unir o útil ao agradável.

— I could lift you up, I could show you what you wanna see, And take you where you wanna be, You could be my luck, Even if the sky is falling down, I know that we'll be safe and sound...

Essa música é tão dançante, se eu continuasse nesse ritmo acabaria rápido ou eu quebraria meu quadril, um dos dois com certeza. Olhei para cima e qual foi meu choque e minha surpresa quando o peguei me olhando encostado na parede com aquela pose de machão. Engoli em seco e, no mesmo instante, meu celular parou de tocar a música e começou a vibrar. Se fosse combinado, essa sincronização nunca funcionaria. Ele se afastou da parede e veio em minha direção.

— Você não vai atender? — Pergunto com o celular na mão vendo quem estava me ligando. — Aqui! — Ele disse extremamente sério e um pouco irritado.

— Não. — Peguei o celular da mão dele.

— Por que não?

— Porque estou concentrada no bolo.

— Por que está fazendo um bolo?

— É o seu bolo favorito.

— Por quê?

— Porque eu sei que você gosta e que está chateado por não poder ir trabalhar amanhã. — Eu vi seu rosto sério se dissolver baixando sua guarda. Ele veio andando em minha direção e a única coisa que senti foi apreensão, Bernardo me pressionou contra o balcão e me fez sentar nele, ficando entre minhas pernas e assim pude ficar na sua altura.

— Não se preocupe com isso, criança. — Ele disse olhando nos meus olhos e passando a mão pelo meu cabelo cheio de farinha. Ele raramente me chamava assim, mas toda vez que eu ouvia, todo o meu corpo estremecia.

— E-eu só queria fazer algo — rumorejei com uma voz hesitante.

— Eu agradeço. — Ele disse olhando para minha boca e passando a língua pelos lábios. Devido à proximidade estávamos quase sussurrando. Será possível parar tudo e ficar aqui para sempre?

Bernardo inalou o perfume do meu pescoço suavemente roçando seu nariz contra a minha pele e respirou fundo.

— Eu amo seu cheiro, criança. — Já não controlava a minha respiração, nem mesmo os meus pensamentos.

Senti um beijo fraco entre meus seios e deleitei-me completamente. Não tinha forças para mais nada. Bernardo me olhou mordendo o lábio inferior e então sorriu, eu ficaria longas horas admirando seu sorriso. Ele era tão lindo, por que ele nunca sorria?

— Você me deixa louco, criança. — Exprimiu a uma distância muito perigosa e difícil para eu manter minha sanidade. Sua respiração estava quente. Ele sorriu e provavelmente estava olhando-o como uma tonta.

Infelizmente, meu desejo anterior não pôde ser realizado por conta da campainha. NUNCA recebemos visitas e só hoje, só agora alguém vai chegar. Ele saiu para abrir a porta e eu passei mais alguns segundos tentando recuperar o movimento das minhas pernas.

Desci do balcão e deixei tudo na cozinha como estava. Meu plano era ir para a sala cumprimentar a todos e voltar para finalmente terminar o bolo. Cheguei à sala e minha surpresa foi que os visitantes eram Liz, seu marido e o pequeno Rick.

— Tia!!! — Rick gritou correndo em minha direção e agarrando minha perna. Os três olharam para mim e eu não sabia onde colocar meu rosto envergonhado.

— Boa noite — disse.

— Boa noite, Olívia. — Curiosamente, eles ficaram surpresos com a minha presença lá.

— S-se... se me dão licença, tenho que terminar algo na cozinha.

Fui até a cozinha e comecei a mexer a massa freneticamente, finalmente deixando-a no lugar. Untei a forma e despejei a massa na tigela e levei ao forno pré-aquecido. Então comecei a preparar o recheio, orando com todas as minhas forças a Deus para me dar superpoderes e me tirar dali.

— Posso entrar, Olívia?

— Sra. Liz... Claro. — Me pegou de surpresa.

— Está bem? Lamento ter entrado assim sem avisar.

— Si-Sim... estou bem, e claro que não me importo.

— Tudo bem. O que você está fazendo?

— Um bolo.

— Um bolo?... Que sabor?

— Abacaxi.

— Abacaxi?! — Ele fez uma careta com a escolha do meu sabor.

— É, eu sei, também não acho o melhor, mas é o favorito dele.

— Ah, eu entendi. Quer ajuda?

— Não, não é necessário. Estou bem. — Eu simplesmente não conseguia olhar para ela.

— Olivia, olhe para mim.

— Sim...

— Não há necessidade de sentir vergonha. E só para você saber, eu não sei porque está assim. Só sabia que ele era casado, mas até agora não sabia com quem. Nem Caio sabia.

— Não sabiam?

— Não! — Então, ele manteve sua promessa. Coloquei o abacaxi na panela para fazer a calda. — Fiquei desconfiada hoje mais cedo quando vi sua preocupação. Não era só algo entre um chefe e um empregado... Ah, e também quando ele deixou você dirigir o carro dele. O que eu quero dizer é que não me importo com o que aconteceu entre vocês, não precisa ter vergonha de mim ou de qualquer outra pessoa. — Quão incrível é essa mulher.

— Obrigado Sra. Liz. — Olhei para ela com os olhos marejados. E ela me deu um abraço... Ah! Como eu precisava disso!

— Bem... — disse ela, me soltando. — Já vamos. — Ela passou a mão pela minha cabeça carinhosamente. — Só queríamos ver se Bernardo estava bem. E ainda temos que enfrentar a difícil missão de colocar Rick para dormir.

[...]

Entre nós dois

— Obrigado pelo bolo, estava delicioso. — Ele disse deitando na cama, eu do meu lado e ele do dele. Passamos um tempo com tudo desligado olhando para o teto, eu sei o que nós dois queríamos, só não consigo fazer isso quando estou 100% acordada.

Então, para minha surpresa, ele tomou a iniciativa. Bernardo rolou para o meu lado da cama colocando o braço em volta do meu corpo me puxando para mais perto dele. Aproveitei a deixa para me virar para ele, peguei sua camisa e coloquei meu rosto em seu pescoço. Estávamos no nosso casulo novamente. Eu adorava dormir assim.

No dia seguinte fui trabalhar e ele ficou em casa, porém quando me levantei ele já tinha acordado e estava no escritório trabalhando. No caminho pensei em duas coisas: será que eu ainda tinha um emprego? E o que eu digo ao Dado? Ele vai querer saber tudo e eu sou terrível em mentir.

— Agora você pode contar tudo!! — Mal pus os pés na recepção, que é nosso ponto de encontro, e Dado já vinha atrás de mim sem fôlego.

— Sabe Napoleão? Eles são casados.

— Sim... isso explica muita coisa. — Disse ele, não muito surpreso.

— Dona Liz veio me perguntar se você me contou alguma coisa.

— Ah gente, eles são casados. Eu sou super a favor, tá afim? Vamos fazer.

— Mas no local de trabalho? Com a porta aberta? — Disse embasbacada.

— Aahh!! — Exclamou ele, jogando no ar. — Como você é inocente. — Ele disse batendo no topo da minha cabeça. — Falando nisso, você é virgem, né?!

Eu coloco minha mão na boca muito envergonhada, como ele pode falar sobre isso com tanta naturalidade?

— Acho que isso não é da sua conta, Josefina. — Depois de chamar o casal de Napoleão, ele se auto nomeou Josephine, uma das esposas de Napoleão Bonaparte.

— Tudo bem, puritana. — Disse em tom acusador. — Mas você não vai fugir... e a outra fofoca? E por que você não me atendeu ontem?

— Ah, não foi nada demais. E não te atendi porque estava ocupada e quando vi já era tarde, não queria retornar.

— Nada demais? É só disso que a empresa está falando.

— Vocês têm muito tempo livre. Ele ficou doente e como eu estava com ele na sala, fui junto.

— Hum... assim? Nada mais, nada menos? — Ele falou com grande desconfiança. — Você sabe muito bem que eu sou um radar. Ele com amigos aqui, escolheu uma estagiária que mal conhece para ir com ele ao médico?

— Ele não me escolheu, eu estava lá e... aahh. Tudo aconteceu tão rápido que quando percebi já estava no hospital.

— Hum... eu sei...

[...]

Não sei se foi Liz quem mexeu os pauzinhos, mas ainda tinha meu trabalho. Dado depois de muita insistência, largou o assunto, pelo menos é o que eu acho.

Cheguei em casa e tudo estava em silêncio, como sempre. Subi para o quarto e ele estava lá, deitado lendo um livro. Foi a primeira vez que o vi tão relaxado, fiquei na porta olhando para ele. Posso dizer o que quiser dele, mas nunca digo que ele não é bonito. Bernardo estava muito quieto na cama e absorto no livro, com seus óculos de leitura, com barba e cabelos já em tons acinzentados. Não sei quanto tempo fiquei ali admirando-o, mas resolvi me mexer para que não fosse pega no flagra.

— Já jantou? — Perguntei a Bernardo.

— Sim. — E voltou a ler o livro. Fiquei decepcionada, pensei que, já que ele estava em casa, pelo menos hoje poderíamos comer juntos, mas...

Tomei banho, jantei e, entrando na vibe dele, também peguei um livro para ler e quando fui acariciada pelo sono. Fui para a cama, dormimos juntos novamente e eu estava tão ansiosa pelo dia de amanhã que mal consegui dormir. Seria um dia especial.

Não pare a música

[...]

Saí da cama super feliz, fazendo tudo com muito entusiasmo e um sorriso enorme. Me vesti e fui para a empresa, hoje nem meu trabalho no almoxarifado ia me deixar triste.

— Por que tá parecendo o Coringa? — Dado me entregou o café.

— Ei, estou feliz.

— Isso me assusta. Dá até para ver sua úvula.

— Só... Estou feliz.

— Já entendi. Por quê? — Entramos no elevador.

— Acordei assim

— Já sei... deu ontem à noite. — Disse ele com grande convicção.

— Meu Deus, como tu é baixo. — Disse cobrindo o rosto com as mãos.

— Isso está aqui para você. — Uma secretária me entregou um buquê de flores incrivelmente lindo quando saímos do elevador. Ele lembrou, pensei. Abri ainda mais o sorriso combinando com uma quenturinha gostosa no peito.

— Uuii... quem te mandou isso?

— Ah, não sei. — Tentei esconder o que parecia óbvio para mim.

— Pra quem não sabe, você está muito animada.

— Ei, é bom receber flores. Eu amo.

— Vê no cartão, então.

— Não tem cartão. — Eu disse olhando. Mas ainda assim, sabia quem tinha enviado. Quem mais saberia que hoje é uma data comemorativa? - Mas vamos trabalhar, certo? — Disse, segurando as flores com segurança e saí, deixando Eduardo muito desconfiado.

Cheguei a minha sala, e como eu queria ficar segurando as flores o dia todo, mas eu tinha que trabalhar. Sentei em frente ao computador e comecei a trabalhar em umas catalogações, como é uma empresa muito grande, tinha muito trabalho a fazer. Mas, na verdade, eu estava morrendo de vontade de ir até ele agradecer pelas flores, mas não podia. Eu sabia que desde o dia no hospital, Eduardo estava de olho em mim, então deixei a poeira baixar.

Quando foi pouco antes da hora do almoço, decidi ir vê-lo. Senti o cheiro das flores novamente, eram lindas e tinham um cheiro magnífico. E fui nas nuvens para a sala dele, mal senti o chão sob meus pés.

Após ser anunciada, entrei no escritório. Fiquei lá um tempo em pé parada fazendo com que ele olhasse para mim, e desse de cara com um sorriso de orelha a orelha e uma cara de boba.

— O que aconteceu? — Perguntou sério e curioso. Desta vez não pude evitar, me aproximei dele e quase pulei em cima do homem abraçando-o e beijando-o na bochecha.

— Obrigada. — Disse, ainda segurando-o. Bernardo ergueu as sobrancelhas como se me questionasse em silêncio. — Pelas flores. Obrigada.

— Que flores? — Ele perguntou com a mesma expressão neutra de sempre.

— As que você me enviou.

— Não sei do que você está falando. — Estava demasiadamente sério para ser uma piada. Me movi para o outro lado da mesa e ele me seguiu com os olhos.

— Não... não foi você quem me enviou? — Eu estava ficando cada vez mais triste, toda a minha excitação estava desvanecendo-se.

— Não. — Ele respondeu tão secamente que eu até me envergonhei de minha felicidade. Meus olhos começaram a regar, então decidi sair da sala antes de começar a chorar na sua frente. — De quem são estas flores?

— Não importa — respondi de costas, — Só... gostaria que fossem suas.

Eu fechei a porta e quase corri para minha caverna de cabeça baixa para que ninguém percebesse o que estava acontecendo. Depois que meu chefe saiu para almoçar, fechei a porta para evitar que o Eduardo viesse me pegar e desliguei o telefone, me entristeci de tal modo que nem consegui almoçar, e chorei copiosamente. Como ele pôde esquecer, como ele poderia se importar tão pouco? E ele age como se não fosse nada.

E ali, entre produtos e caixas, decidi não ser mais incondicional. Eu seria mais forte e firme diante dele. E quem enviou estas flores? Foi muito

Entre nós dois

melhor não ter sido dele. Bernardo não tem coração para este tipo de gesto. Tem memória para absolutamente tudo, exceto para recordar que dia é hoje.

[...]

O que as pessoas costumam fazer às sextas-feiras? Sair, jantar, festejar, beber, curtir com os amigos e tirar o estresse da exaustiva semana de trabalho.

O que eu faço? Especificamente nesta sexta-feira eu estava vestido com um pijama extremamente grande e maltrapilho (a velha roupa de mendigo de ficar em casa) deitada no sofá da sala de TV e chorando, chorando muito. Como fui tão estúpida e iludida com Bernardo. Mas e se... se Bernardo não enviou as flores, quem enviou? Será que foi... não, ele não pode ser, definitivamente não. Para Oli, mulher tu já tem problemas demais para querer ficar inventando mais b.o. POR QUE AS FLORES NÃO ERAM DELE???? Foi só a conta de me lembrar e começar a chorar novamente.

Onde você está? - 19:00

Será que eu respondo? Não estava com humor nem para Dado... mas, lembrei que ele não era culpado de nada e sempre foi meu amigo.

Em casa. - Entregue às 19:09
Oh não, de jeito nenhum... hoje é sexta-feira, vamos sair. - 19:10
Definitivamente não estou com disposição hoje. - Entregue às 19:10
Exatamente por isso que vamos sair, manda a loc e eu vou te buscar. - 19:11

Eu não podia dizer a ele onde moro.

Dado, eu realmente não quero. - Entregue às 19:12
Nanica, vambora. Limpe essa cara e VAMOS - 19:13

Como ele sabia que eu estava chorando?

???? - Entregue 19:13

Eu conheço você nanica, você desapareceu na hora do almoço. E seja qual for a razão, não há tristeza que o álcool não cure... pelo menos por algumas horas hehehehehehehehehe - 19:15

Hahahahahaha, eu não bebo. - Entregue às 19:15h

Pede suco então, o importante é SAIIIRRRRRRRRR - 19:16

Quer saber? Ficar em casa chorando as pitangas não me ajuda em nada, eu nunca vou a lugar nenhum. Ainda assim, não podia dizer onde estava.

Tá bom, vamos enfiar o pé na jaca. - Entregue 19:17

É assim que se fala. Vamos virar o caneco até não conseguir mais lembrar do nosso nome. - Entregue 19:17

Menos, tá? Me manda o endereço que eu me arrumo e a gente se encontra lá - Entregue às - 19:18

É na hora, nanica. - 19:19

Enquanto eu esperava que ele me enviasse o endereço, fui me arrumar. Tomei um banho, escolhi uma roupa, me maquiei, me perfumei e, como diz Dado, eu estava pronta para o crime. Se Bernardo não se lembrava do que estava sendo celebrado hoje, eu lhe daria uma boa razão para nunca esquecer aquele dia. Recebi o endereço do lugar, nunca tinha estado, mas parecia bom. Apanhei o elevador e desci até o estacionamento e parecia uma criança em um playground, decidi pegar uma moto, não ia beber mesmo. Escolhi uma que não fosse muito chique e muito cara para que Dado não suspeitasse, nem uma que geraria um possível assalto.

Saí o mais rápido que pude para não me encontrar com Bernardo no apartamento. Cheguei ao local e Eduardo estava esperando-me na porta.

— Ui, ela é toda motoqueira. — Ele disse num tom ridiculamente divertido.

— E onde está teu carro?

— Vim com um amigo Uber, hoje eu só saio daqui carregado. — Disse ele, levantando as mãos em comemoração.

— Tô ficando é com medo. Mas falando no teu carro, tu vive reclamando que não tem dinheiro, como que um estagiário lascado tem um carro desse?

Entre nós dois

— Rum… é do meu vô. Tu acha… Não tenho nem vergonha na cara, quem dirá dinheiro — O manobrista veio para estacionar a moto e nós entramos. Havia um número considerável de pessoas, por volta de nossa idade. Eu, como uma boa idosa que sou, já peguei logo uma mesa e pedimos bebidas que consistia em um suco de limão para mim e um club soda para o pinguço.

— Você quer falar sobre o que aconteceu ou beber muito, dançar até o chão e esquecer tudo?

— Nã… tá muito extremo isso.

— Pare de pensar demais. Você quer saber? Vamos dançar.

— Ah, disso sim eu gosto. — Fomos para a pista de dança e estava tocando umas bem selecionadas. — Girl, tell me how you feel, what your fantasy i see us on a beach down in Mexico you can put your feet up be my señorita we ain't gotta rush just take it slow… AMOOOOOOOOOOOOOOOOOOOOOOO — Soltei minha voz.

— You'll be in the high life soaking up the sunlight anything you want is yours I'll have you living life like you should just say you never had it so good — ele completou.

— La la la la la la la la la la la la la la la la la la — Finalizamos o refrão juntos.

Nós dançamos muito com várias músicas. O DJ fez uma mistura maravilhosa, parecia que ele pegou os sons da nossa playlist.

— Pausa para este Hinoooooooo — eu gritei no auge da canção. — In New York concrete jungle where dreams are made of there's nothin' you can't do now you're in New York these streets will make you feel brand-new big lights will inspire you Let's hear it for New York, New York, New York…

Uau… foi bom sentir-me jovem novamente, por favor, tenho 24 anos e ajo como uma senhora de 50 anos.

Depois de muita dança, voltamos para a mesa.

— Corpo de 20, saúde de 70 — disse Eduardo rindo quase sem fôlego.

— Meu Deus, estou cansada. Mas eu quero mais… faz tanto tempo que eu não me sinto assim, sabe?

— Viva?

— Siimmmm.

— Isso que tu nem bebeu ainda. — Falou pelo grau da minha animação — Oh, essa parte da música foi feita pra tu.

— Qual?

"Got long list of ex-lovers", cantou ele.

— Rum... se tu soubesse... Eu vou ao toilette. — Eu o deixei com este ar misterioso, só por diversão. Voltei do banheiro, procurei Dado na mesa e que surpresa eu tive quando o vi beijando alguém. Uma mulher, nada de errado, mas EDUARDO NÃO É GAY????? Ele ficou com a mulher por um tempo mais e depois a deixou, eu olhava tudo com espanto.

— O que aconteceu? — Ele perguntou, tomando outro gole de sua bebida.

— Quão bêbado tu já tá?

— Estou apenas começando os trabalhos, por quê? — Fiquei um pouco insegura se deveria perguntar ou não, mas decidi fazer. Ele sempre foi muito aberto comigo, às vezes até demais.

— Tu não é gay? — Ele deu uma risada feliz.

— Somente quando me convém, amor.

— Agora que eu tô com medo de ti mesmo.

— Você não corre perigo comigo nanica, mas com aquele cara ali que está tirando tuas roupas com os olhos, sim. — Disse apontando para o homem que, quando o olhei, sorriu para mim.

— Eu não quero ficar com ninguém.

— Nanica, nanica, nanica. Você vem para a festa vestida para matar e quer que eu acredite nisso? — Ele perguntou sugestivamente.

— Exatamente, eu só quero dançar e ir para casa daqui a pouco, sem estresse. — Mesmo estando muito chateada e triste com Bernardo, não podia esquecer que sou casada.

— Tudo bem, você que sabe. Mas sobre partir em breve... lamento dizer-lhe, mas não vai acontecer. Quando ficar chato aqui, vamos arrumar outro lugar. Garçom, traga dois club sodas. — Coisa boa, ele era o tal amigo inimigo do fim.

— Dois? Tá animado, hein?!

— Um para mim, um para você.

— Para mim? Eu disse que não bebo, e eu tô de moto.

— Esquece isso, pelo menos um pouco. Esqueça o mundo exterior, os problemas, as preocupações, vamos aproveitar o dia de hoje.

— Tu fica tão feio de vestido de látex vermelho, chifre e tridente. — Ele sorriu.

— Vamos lá, você disse que tá gostando daqui, e em casa você estava chorando, eu sei. Vamos aproveitar ao máximo.

Pensei um pouco e ele não estava errado e também vi que não tinha nada demais, eu podia ir para casa com o amigo Uber do Eduardo e não estou presa a ninguém, a noite é uma criança e confio muito no Dado, ele nunca me colocaria em problemas e, acima de tudo... Bernardo nunca esqueceria este dia.

— Muito bem, vamos aproveitar...

— Issssooooooooooo!

As bebidas chegaram e a princípio eu franzi o sobrolho por causa do álcool. Nunca bebi, não estou acostumada, mas tenho Dado para cuidar de mim (que Deus me ajude). Bebemos e dançamos muito, esqueci tudo como disse meu amigo, até mesmo meu celular.

— Temos que tirar uma foto para lembrar disso depois.

— Nãooooooooo... Não posso colocar fotos na Internet.

— Por que não?

— Não posso lhe dizer — disse com a língua toda embolada, provavelmente, e sorrindo muito.

— Só uma.

— Não — acho que eu não estava tão inconsciente quanto pensava.

— Fugiu de casa? Tu é de maior, mulher.

— Não é isso. Vou lhe contar um segredo... — Eu me inclinei perto de sua orelha e contei. - Estou fugindo de uma pessoa, mas oh... xiiiiiiiiiiiiuu — ponho meu dedo na boca para simbolizar o silêncio. Ele não deu muita moral, pois sabia que estava bêbada e eu não estava falando nada com nada, ou será que estava?

— Tudo bem, sem fotos.

Não conseguíamos nos fartar daquela festa. Era muito boa, a música e as bebidas eram ótimas, e quando o álcool começou a entrar eu relaxei e dancei muito com o Dado. Por volta das quatro da manhã, o amigo Uber do Eduardo veio nos buscar, acho que eles já tinham combinado. Eu não podia ir para casa, então fui para a casa do meu companheiro de festa, e depois que chegamos lá... Bem, não me lembro de mais nada.

[...]

Acordei muitas horas depois em um lugar que eu não sabia onde, em uma cama que não era minha e uma pessoa ao meu lado que definitivamente não era Bernardo. Ele se moveu e se voltou para mim... Graças a Deus, era Eduardo, ufa...

— Acho que não sobrou nada da festa porque nós bebemos. — Ele disse com uma cara de sofrido que até me faria rir, mas minha dor de cabeça não me deixava nem mesmo me mexer.

— É melhor antes da ressaca.

— Não se pode ter tudo na vida. Estamos de roupa, né?! Tudo completo?

— Sim, só perdemos a dignidade.

— E tu tem isso? Pensei que era coisa só de filme.

— ahahahahaha... aaaiii!!! Não me faz rir. — Como me doía a cabeça.

Ficamos ali por muito tempo olhando um para o outro sem dizer nada, apenas tentando arranjar coragem para nos levantar. Decidi que era o melhor que podia fazer, quando alguém bateu na porta e logo entrou.

— Ahhh... Acordaram! — Uma senhora sorridente entrou, eu presumi que ela era a mãe do Dado. — Que festa boa a de ontem em.

— Bom dia, senhora. — Disse envergonhada. Eu estava em sua casa, cheguei não sei a que horas e estava dormindo na cama do filho dela com ele. Nada aconteceu, mas mesmo assim.

— Bom dia, minha linda, como você se sente? — Ela perguntou gentilmente.

— Como se uma manada de elefantes tivesse passado por mim.

— Ontem foi a iniciação dela. — Disse Eduardo, levantando-se também.

— E você foi logo confiar no Edu?

— Mamãe?! — Repreendeu de forma cômica. — Eu só apresento o mau caminho para as pessoas, se elas entram ou não, já não é comigo.

— Então a culpa foi minha? — Não tinha forças o suficiente para bater nele.

— Sim - disse ele como se isso fosse óbvio.

— Bom, enfim… Este chá vai ajudar vocês com a ressaca.

— Obrigada, a senhora é um anjo. — Eu bebi o líquido, foi horrível, mas se for para curar tudo o que estava sentindo, beberia até um galão. Ao contrário de mim, Dado bebia como água, provavelmente porque estava acostumado. — Que horas são? — Perguntei preocupada, o dia de fingir que nada existia tinha acabado.

— Quase cinco horas da tarde.

— Quê???? Eu tenho que ir. - Bernardo vai me matar, eu pensei.

— Acalme-se, senhorita, você não vai assim. Pelo menos aguarde o chá fazer efeito.

Decidi esperar um pouco, afinal, o que é mais um chuvisco para alguém que já tá gripado? Deixamos o quarto e fomos para a sala onde estava o resto da família de Eduardo, e ele estava certo, havia muitas pessoas em uma casa tão pequena. Ele tinha três irmãos mais novos, duas meninas e um menino que era o mais novo, mas eu não decorei seus nomes e ainda tinha seus pais. Ele dividia o quarto com o menino, que dormiu com as meninas esta noite, provavelmente por causa da nossa bagunça.

— Dado, você se lembra do que nós fizemos? — Eu perguntei enquanto estávamos do lado de fora de sua casa esperando pelo carro.

— Mais ou menos, e você?

— Tudo é um borrão.

— Não se preocupe milady, nós apenas dançamos e bebemos, nada extravagante e você passou a noite inteira chutando a bunda dos caras. Mas olhando para você agora, eu não sei por quê, está decadente. — Ele disse rindo.

— Ei! — Eu bati nele várias vezes e ele estava apenas tentando se proteger da minha bolsa assassina. — E você ainda ficou com aquela mulher.

— Já disse, eu sou "gay" por conveniência. — Disse ele, fazendo aspas com seus dedos.

— E como é isso?

— Ah! Como você é ingênua, vou lhe ensinar muitas coisas, mas não agora, porque sua carruagem está chegando lá.

Ele verificou a placa no celular, porque o meu nem pra isso serve, e eu entrei no veículo.

— Você tem certeza de que não quer que eu te acompanhe?

— Melhor não.

— Você é cheia de segredos, não é? — Ele fez uma pausa - eu gosto ainda mais de ti. — Ele disse sorrindo e passando a mão pelo meu cabelo, estragando-o ainda mais... como é bom tê-lo em minha vida.

Eu o vi ficar menor à medida que o carro ia andando. Ousei olhar para o meu celular e ver a situação, percebi que era melhor não ter visto nada, estava mais desesperada ainda. Havia muitas chamadas perdidas de Bernardo e de casa em vários momentos da noite. Meu Deus, o que será de mim? Quase pedi ao motorista para dirigir a 10 km/h, para não chegar tão cedo. Mas a estrada estava terminando. Saí do carro com o coração na mão, olhei para aquele grande edifício e a cada passo que dava, ficava de um jeito que não passava nem Wi-Fi. Entretanto, as palavras do Dado ecoaram em minha cabeça: "nós apenas dançamos e bebemos, nada extravagante", e isso me acalmou. Era verdade, eu não tinha feito nada demais, não tinha cometido um crime... quero dizer, exceto pela moto... Meu Deus, a moto!!! Coloquei as mãos na cabeça preocupada. Agora sim ele ia me matar, me fatiar e comer na janta. Calma, depois eu volto lá e pego ela, sem problemas.

A subida foi mais rápida do que eu esperava, tirei as chaves de minha bolsa e abri a porta, quando pus os pés dentro do apartamento, ouvi sua voz como um trovão.

— Onde você estava? — Seu cabelo estava um pouco desgrenhado, telefone celular na mão e seus olhos afundados, provavelmente porque ele não tinha dormido a noite toda. Mas eu não senti raiva em seu tom, mas desespero. Eu entrei e fechei a porta, esta briga ia demorar um pouco.

Quem pinta os males espanta

— Fui a uma festa ontem. — Expliquei tentando manter a calma.

— Uma festa? Você sabe o quanto eu estava preocupado, ou pra quantas delegacias e hospitais eu liguei? — Ele parecia muito assustado.

— Eu estou bem.

— Graças a Deus, né?! — Ele levantou os braços em um irônico "obrigado". — Por que você não me avisou? — Eu não respondi. — Você bebeu? — Continuei em silêncio. — Você ficou bêbada? — Somente abaixei minha cabeça. — Responda Olivia — proferiu quase a ponto de explodir.

— Sim — disse fraco.

— Parabéns... Parabéns — emitiu ele lenta e ironicamente, batendo palmas.

— O que tem isso? O QUE. TEM. ISSO? — Resolvi tomar uma atitude abrupta, o vilão da história era ele, não eu. E não o fiz por vingança, fiz porque me apeteceu. Por isso, não tinha que me sentir culpada ou pedir desculpas. - Fui para a festa, bebi, dancei e me diverti. O que há de errado com isso? Você está com raiva porque eu não lhe disse... certo, peço desculpas por isso, mas não por ter saído. Não sou sua propriedade!

— Você tem alguma ideia de quão vulnerável estava?

— Eu fui cuidadosa, não sou uma tola imprudente.

— Você foi cuidadosa... aposto que você se lembra até do que aconteceu ontem. — Não disse nada. — Onde você dormiu? — Eu não queria responder, sabia que minha resposta provocaria mais raiva do que se eu jogasse uma pedra nele. Bernardo veio caminhando lentamente na minha direção como um psicopata apertando o pobre celular. — ONDE VOCÊ DORMIU? — Fiquei intimidada, ele nunca havia gritado comigo antes.

— Na casa do Eduardo. — Quando eu disse o nome do menino, o moreno se transformou. Ele ficou transtornado, parecia um animal faminto que queria capturar sua presa.

— Não se atreva a quebrar nosso acordo — disse ele com os dentes travados;

— Eu não quebrei nosso acordo — disse eu em voz alta e defensivamente. — Aconteceu o que eu disse, eu saí, bebi, dancei e voltei para casa. Não há nada a dizer.

Ele se afastou lentamente de mim e se encostou no sofá, esfregando o rosto com a mão em uma tentativa vã de se acalmar.

— Quem te enviou as flores? — De novo isso? A simples menção deste fato me deixou novamente irritada com sua frieza.

— Eu não sei.

— Não sabe.

— Eu não sei, não tinha um cartão.

— Deve ter sido "Eduardo" — disse ele zombeteiro, fazendo aspas com seu dedo.

— Qual é o seu problema? Por que toda essa implicância com o Dado?

— Ah! Com "Dado"— ele disse no mesmo tom que antes.

— Sim. Qual é o SEU problema?

— Você é muito ingênua, Olívia.

— Ah, então me explique Sr. Experiência em pessoa. Acha que ele vai flertar comigo e se aproveitar de mim?

— Ore a Deus para que isso não aconteça. Você não sabe do que eu sou capaz.

— Tá me ameaçando?

— Eu não ameaço. Se ele colocar um dedo em você, não respondo por mim e isso se aplica a você também — Disse de maneira intimidante e extremamente ameaçadora.

— Eu não tenho medo de você. — Eu não ia baixar mais minha cabeça em direção a ele. - E como você me fez o favor de lembrar daquelas malditas flores... — caminhei em sua direção. — Vamos falar sobre isso.

— Você vai admitir quem lhe deu?

— Eu já disse que não sei quem as enviou. Mas, eu fui muito besta ao pensar que eram suas.

— Por que diabos eu te mandaria flores? — Apesar de estarmos próximos, não controlamos nosso timbre, quase gritamos.

— Você é estúpido — disse com raiva. — Eu pensava que estava mudando, que estava ficando mais sensível e que, apesar de tudo, significava algo para você, mas claramente eu estava errada.

— Mas de que merda tu tá falando? — Ele disse, eu acho, com seu último fio de paciência.

Eu o deixei falando sozinho, e fui para o quarto. Bem ao lado da minha cama, na mesa de cabeceira, existia uma pequena caixa quadrada. Olhei-a atentamente, totalmente enraivecida. Ao pegá-la, retornei para a sala de estar, caminhando até ele. Joguei a bendita caixinha embrulhada nele e gritei:

— Feliz aniversário de casamento!

[...]

Como foi com seu velho? - 18:47 pm

Sinto muito Dado, mas hoje eu não estava com disposição para nada, absolutamente nada.

Chegou bem? - 19:00

Depois de muito tempo decidi responder pelo menos a esta. Ele estava preocupado e seria uma grande falta de consideração com ele.

Cheguei sim. Segunda a gente conversa. - Entregue - 19:14

Decidi desligar meu celular pois ele provavelmente faria muitas perguntas, as quais eu não quero e não tenho estrutura para responder.

Tranquei-me no quarto de hóspedes. Não queria entrar no "nosso" quarto e sentir seu cheiro, nem ver suas coisas. Tudo me deixava mais furiosa. Não ouvi mais nem um ruído dele. Provavelmente havia saído, mas não me importava. Fui ao banheiro e finalmente tirei minha roupa, minha maquiagem e, como disse Charlie Chaplin, gosto de andar na chuva, porque ninguém vê minhas lágrimas. No meu caso, foi o chuveiro.

Depois de uma noite tão boa, depois de ter me divertido tanto com um amigo tão querido, é quase impossível acreditar que agora me sinto assim, tão triste, tão desolada, tão sozinha. Quantas voltas o mundo deu?

Fiquei mais tempo do que imaginava naquele quarto e não havia como evitar a fome, então, lutando contra mim mesmo, tive que ir à cozinha para preparar um lanche, tudo estava desligado e quieto. Tentei ao máximo levar muito tempo, mas em algum momento tinha que dormir.

Fui para o quarto, abri a porta e só a luz de seu abajur estava acesa. Bernardo estava deitado lendo um livro ou tentando ler porque parecia inquieto e não conseguia se concentrar. Fui ao banheiro, escovei os dentes e me deitei na cama com as costas para ele.

— Eu... eu... — Ele tentou me dizer algo. — Eu não sou tão ruim quando se pensa. — Eu sabia que não era tão ruim assim, mas estava muito magoada para relevar.

— Tudo bem. — Falei com indiferença fingida.

— Você acha?

Continuei deitada de costas para ele e passei muito tempo pensando na resposta, e se eu realmente devesse responder, provavelmente isso não mudaria nada, mas...

— Você é muito rude, arrogante e frio comigo. Você me trata com muita indiferença, começo a pensar que você não me quer mais em sua vida e, além disso, pensa que é um deus... estou com dor de cabeça, é melhor irmos dormir.

[...]

Noutro dia acordei melhor da dor de cabeça, e fiquei muito feliz por ter contado ao Bernardo como me sinto. Dizem que o peixe morre pela boca, mas eu morreria se não falasse nada. Acordei sozinha na cama novamente, mas isso não era mais surpreendente.

Tive que resolver algumas coisas urgentes na empresa.

Hoje é domingo, o que é tão urgente que não pode esperar até amanhã? Quer saber? Por que me importar? Acordei mesmo foi faminta.

Entre nós dois

Depois de sair do banheiro fui até a cozinha e me surpreendi quando vi uma linda mesa de café da manhã e uma coleção completa dos livros que eu queria a muito tempo. Espera aí, como ele sabia disso? Coloquei as mãos no peitoral e comecei a olhar de um lado para outro procurando uma câmera ou uma escuta, porque não fazia sentido ele saber disso. Um box com as 10 temporadas de Friends, uma pequena caixa de veludo com um lindo colar que, pela probabilidade dele me cegar, aposto que foi bem caro e a última caixa, que era bem grande e mais pesada, tinha tintas roxas, pincéis e um suporte para colocá-los e também tinha outra carta, ou melhor, cartão:

Quando eu voltar, vamos pintar nosso quarto. Prometo!

Enlouqueci, e pulei de alegria, porém não muito já que, novamente; COMO ELE SABIA DESSAS COISAS? E, ele tá tentando me comprar com presentes? Perdida no meio das caixas tinha outro cartão:

Peço desculpas por não lembrar de ontem e tratá-la com tanta indiferença, você não merece.
PS: adorei seu presente.

Isso me surpreendeu muito, tanto que voltei a sentir aquele calor gostoso no peito e, por um momento, até esqueci da fome que sentia. Passei muito tempo olhando tudo e não me importei com os presentes em si, mas cada um deles significava algo e isso me deixava feliz. Sem saber quanto tempo Bernardo ia demorar, comecei a tomar aquele café da manhã que estava simplesmente divino. Após terminar, voltei para o quarto para tentar tirar o máximo de móveis que conseguisse para podermos pintar, mas tinha tanta coisa embutida, sob medida... ricos!! Peguei o que pude. Fui ao escritório dele e peguei seu estoque inacabável de jornais velhos (esperava que ele não me matasse por isso) e os joguei no chão para que não sujasse. Agarrei as tintas e as coloquei no meio do quarto, junto com os pincéis e o suporte.

Depois de organizar tudo, ou quase tudo, sentei nos jornais e me perguntei o que mais poderia fazer com aquelas paredes. Se chegasse mais perto, com certeza veria fumaça saindo do meu crânio.

— Estes jornais não são meus, são? — Me levantei rapidamente e corri até ele o abraçando. Bernardo me abraçou de volta, beijando minha cabeça.

— Obrigada. — Eu o pressionei mais forte contra mim. Nos soltamos e ele apenas sorriu. — Podemos começar?

— Sim, tem que tirar a cama.

— Não consegui tirar sozinha.

— Então, vamos lá. — Ele foi até o armário, deixou sua pasta de trabalho e voltou vestido apenas de bermuda e uma blusa particularmente colada demais para eu manter meus neurônios funcionando — Você vai pintar a parede vestida assim?

— Hum? Não, vou me trocar. — Saí completamente sem os pés no chão. Voltei com um traje mais apropriado para a atividade, e meu cabelo preso. Olhamos para a cama, que era pesada e, depois de muito esforço e suor, conseguimos removê-la — Me explica de novo o porquê de fazer isso. — Bernardo disse depois que começamos a pintar.

— Então, tudo começou em 1994, quando Rachel entrou no Central Perk vestida de noiva...

— Não quero saber a história da série.

— Calma, vou chegar lá.

— Resume.

— Aii!! Tudo bem, é até bom que você não conheça a história porque quando você for assistir...

Ele sorriu sarcasticamente. — Não vou perder meu tempo assistindo uma série boba.

Larguei o pincel no chão e levei a mão à boca em estado de choque.

— Friends não é uma série boba, é um estilo de vida. — Recebi uma revirada de olhos em resposta.

— Apenas me diga por que tem que ser roxo.

— O apartamento da Mônica é roxo. — Ele revirou os olhos novamente.

— Não acredito que estou fazendo isso. — Murmurou enquanto pintava uma parede.

Antes de continuar a pintar peguei meu celular e coloquei uma música. Não dava pra fazer isso sem dançar um pouco e a primeira foi da diva Shakira.

— I'm on tonight. You know my hips don't lie (no fighting). And I am starting to feel you, boy.

Comecei a cantar e dançar indo em direção a ele e cercando-o para incentivá-lo, não era fácil, foram várias músicas e Bernardo só me olhava e ria de mim.

— I want to break free, I want to break free, I want to break free from your lies, You're so self satisfied, I don't need you, I've got to break free, God knows, God knows I want to break free...

Não sei o que aconteceu com ele, mas essa música o pegou e aos poucos ele se mexeu e começou a cantar comigo. Queen, né?!

— Issooooo!!!

Ficamos nesta atividade por várias horas, mas finalmente terminamos. Tinha meu quarto como da Mônica. Só faltava a moldura na porta, mas coloquei depois.

— Olívia. — Me chamou e quando eu virei, ele virou uma lata de tinta na minha cabeça.

— Não acredito que você fez isso. — Peguei o pincel que tinha na mão e passei no rosto dele. Enquanto ele se limpava eu o empurrei contra a parede, porém tinha esquecido que a tinta ainda estava fresca.

Ele se afastou da parede e vimos tudo lindo de roxo, e uma marca contrastante da silhueta de um homem.

— Gostei deste desenho, e você? — ele disse com a mão no queixo como se estivesse pensando.

— Achei muito conceitual. — Argumentei com a cabeça declinada. Nos olhamos e compartilhamos uma risada. Não íamos pintar de novo, estávamos cansados e sujos.

— Tô fome.

— Eu também. Mas, tenho que tomar banho primeiro.

— Tem mesmo. — Falou puxando meu cabelo. — Vamos fazer assim, já que aparentemente não vou demorar tanto quanto você, peço comida para nós.

— Adorei a ideia.

— O que quer?

— Pizza. — Bernardo olhou no relógio que levava no pulso e eu ainda não tinha notado, mas era o presente que lhe dera, ficara muito bonito. Mas vamos concordar que se ele usar um saco, fica bem.

— São 17h30.

— Com certeza tem pizza neste horário.

— Eu sei que sim, mas você quer mesmo comer pizza agora?

— Claro que sim.

— Está bem. — Respondeu resignado.

[...]

Depois de muito tempo para tirar toda aquela tinta da minha cabeça e literalmente dois vidros de shampoo esvaziados, finalmente terminei. Me vesti e fui para a cozinha comer, mas Bernardo não estava lá. Fui para a sala de TV e lá estava ele com uma pizza enorme e refrigerantes.

Foi uma ótima maneira de terminar o domingo, comendo, assistindo a série e com ele ao meu lado.

— Por que você foi para a empresa hoje?

— Ah, tenho que viajar amanhã.

— Por quê? — Perguntei assustadoramente triste.

— Negociação com canal de televisão estrangeiro.

— Não pode ser por videoconferência?

— Não, tenho que ir. Se tudo correr bem, já assinamos o contrato.

— E quantos dias você vai ficar fora?

— Não serão mais do que dois dias.

— Dois dias? M-mas, ficarei sem você por dois dias? — Ele ergueu uma sobrancelha sugestivamente. — Quer-quero dizer, a empresa vai ficar dois dias você?

— É para situações assim que existe um vice.

— Mas eu não...

— São apenas dois dias. — Ele me deu um beijo na testa. — Você sobrevive a estes dias sem mim.

— Eu sobrevivo, mas e você? — Eu não ficaria para baixo. Apoiei-me em seu ombro e ficamos lá por um longo tempo. Hoje foi diferente, espero não estar me iludindo, mas não queria que esse domingo acabasse.

[...]

— Boa noite. — Disse ele, e novamente Bernardo me puxou em seus braços, passando as mãos por toda extensão do meu corpo até onde sua mão alcançava. Fiquei quieta sentindo todas as sensações que o carinho me trazia, ele me apertava cada vez mais contra si, com certeza adorava dormir agarrada com ele.

— Está ficando difícil segurar, criança.

[...]

— Você tem muito o que me contar. — Segunda-feira chegou e com ela mais uma semana de trabalho, mas ao contrário das outras eu não estava tão feliz. Depois de acordar sentindo o cheiro inebriante de Bernardo e não querer soltá-lo e ainda vê-lo pegar o voo naquele aeroporto... era difícil estar tão feliz.

— Oi Dado, bom dia.

— Por que tá toda borocoxô? — Valeu uma risadinha pela palavra

— E por que você está tão feliz? Geralmente é o contrário.

— Eu vou te contar, mas você vai ter que me contar depois.

— Tá. — Ele me entregou o café.

— Dr. Monstro estará fora por alguns dias.

— E...? Por que você está feliz com isso? Ele nem mexe contigo. — Eu disse tentando esconder a dor que aquele comentário me trouxe.

— É piada? Ele olha para o meu pescoço furiosamente como se quisesse torcer igual faz com galinha.

— E o que tu fez pra ele?

— Nada, acho que só existo mesmo. — Ele deu de ombros sem dar muita importância. — Agora você fala, como foi quando chegou em casa? Brigou com teu pai?

— Sim... — Entramos no elevador. — Ele estava muito nervoso. Discutimos, mas agora está tudo bem.

— E por que está com essa cara?

— Ninguém é feliz na segunda-feira. Ou melhor ainda, ninguém tem o direito de ser feliz antes das oito da manhã de uma segunda-feira.

— Você sim. Agora me diga o que realmente está acontecendo.

— Estou começando a gostar da minha casa e meu trabalho aqui é chato, sabe?

— E você vai me convidar para sua casa quando? — Saímos do elevador.

— Eu tenho que ir trabalhar e você também.

— Lembra quando eu disse que por você ter segredos eu gostava mais? Pois é, eu menti, é chato. — Saiu me deixando sozinha.

[...]

Hoje eu realmente fiquei no trabalho o máximo que pude, não queria ir para casa. A saudade do Bernardo é muito cansativa, e ele não tinha me ligado nem me mandou mensagem, embora a mensagem seja previsível, ele não gosta desse meio.

Eu estava acostumada a fazer tudo sozinha e estava tudo bem, mas desde ontem não quero ficar sem ele. Rápido demais, eu sei, mas... Eu me pergunto a cada momento, o que o fez mudar de atitude tão rapidamente? É ruim eu me enganar pensando que podemos ter uma vida normal como casal, ou será que em algum momento vou sofrer por ele? Por via das dúvidas, é melhor não me apegar muito. Se ele muda de novo, quem se machuca sou eu... mas sinto muita falta dele.

Depois do jantar e do banho, a solução foi vestir a camisa dele. Parecia um vestido pra mim? Parecia um vestido em mim, mas, pelo menos, eu senti sua presença.

Fiquei muito tempo olhando a marca do corpo dele na parede. Até que ficou muito bom, muito original. Eu estava perdida em pensamentos quando meu celular começou a vibrar.

— Ah Dado, eu também te amo, mas não agora. — Disse para mim mesma, estendendo a mão para pegar o aparelho, quando vi quem era, quase o derrubei de felicidade.

— Alô? — Disse animadamente.

— Oi - Bernardo respondeu do outro lado. — Como vai?

— Maravilhosamente, e você? Como passou o dia sem mim?

— O que? Eu nem me lembrei de você, por isso só liguei agora. — Nós dois sabíamos que estávamos mentindo, era fácil sentir nossa tristeza em nossa voz.

— Bernardo...?

— Sim...

Entre nós dois

— Senti a tua falta. — Eu só ouvi sua respiração relaxada por um tempo e comecei a me praguejar de ter dito isso, por que eu tinha que dizer isso?

— Eu também, criança, o dia todo. — Ouvi isso foi semelhante a lufada de ar fresco, a quenturinha gostosa voltou.

— Queria que estivesse aqui para dormir com você, esta cama é muito grande.

— Eu também. — Ele disse calmamente. — Mas infelizmente não posso. No entanto, tenho uma surpresa para você.

— O que?

— Na primeira gaveta da minha mesa de cabeceira tem um presente, abra-o. — Me joguei na cama e abri a gaveta, vi aquela caixa embrulhada e não fiz cerimônia. Logo abri e vi o que era.

— Um celular novo????

— Sim, mas não se empolgue. Isso é para você falar só comigo, entendeu?

— Entendi, não vou repassar para ninguém. Obrigada.

— Tudo bem, agora ligue e espere um minuto. — E desligou na minha cara.

— Oxi! — Liguei o telefone como ele me disse e já estava tudo registrado com os dados dele, inteligente.

Esperei vários minutos, pensei que fosse uma brincadeira dele, até o celular começar a vibrar.

— Não acredito que você sabe fazer uma chamada de vídeo.

— Quantos anos acha que tenho?

— Estou contente por te ver.

— Eu também. Liguei para você porque não consegui dormir, mas acho que agora consigo. — Bem boiolinha.

— Já sei. - Peguei alguns livros dele e fiz como suporte para o celular e coloquei na minha frente. — Pronto, agora podemos dormir juntos. — Ele sorriu e improvisou algo também.

— Agora sim. — Ficamos vários minutos sem dizer nada, apenas sentindo a "presença" um do outro.

E só o fato de dormir olhando pra ele, já me deixou mais em paz. Poderia ter um dia melhor amanhã.

A tormenta que traz paz

[...]

O tempo chuvoso geralmente me deixa muito feliz. Adoro o cheiro da terra molhada, como as flores ganham vida, o dia nublado e o céu escuro. Me alegra mais do que em um dia ensolarado, aliás, fico triste em um dia ensolarado. Mas hoje, só hoje, não fiquei feliz com este clima. Há quem diga que é um cenário romântico, mas mais um dia que ficaria sozinha sem Bernardo. *Que longos dois dias,* pensei.

Acordei de manhã e olhei para o celular na minha frente. Estava morto. O observei por muito tempo para tentar projetar a imagem de Bernardo ali. Mesmo de longe, dormir olhando para ele me deixava mais feliz.

Coloquei o celular para carregar, não poderia usá-lo em nenhuma circunstância. Levantei-me e fui começar o meu dia. Queria que terminasse o mais rápido possível para chegar de manhã e, com o novo dia, Bernardo também.

— You light me up inside like the 4th of july Whenever your around I always seem to smile And people ask me how, well your the reason why I'm Dancing in the mirror and singing in the shower Lada da dee lada dada lada dada Singing in the shower Lada da dee lada dada lada dada Singing in the shower...

Dizem que quem canta os males espanta. Cantar essa música no chuveiro, nesse momento, faz o maior sentido do mundo.

[...]

— Tenho novidades. — Dado chegou todo feliz com meu café.

— Tudo bem, mas você vai ficar pobre comprando café pra gente todos os dias.

Entre nós dois

— Café não é gasto, é energia vital.

— Tá — entramos no elevador. — Qual a novidade?

— Vou me mudar.

— Mentiraaaaaaaa! Que bom, parabéns. — Eu o abracei muito feliz pela conquista. — Mas como foi isso? Eu quero saber tudo.

— Consegui alguém pra dividir comigo.

— Sério? A Luísa?

— Não, não ia conseguir morar com ela.

— Então, com quem? — Perguntei rindo de seu jeito exagerado.

— Meio parente meu. — Saímos do elevador parando no andar administrativo.

— O que é um meio parente?

— Sabe aqueles primos lá de trás da serra? Então, ele se mudou para a cidade porque conseguiu um emprego, então conversamos e vamos morar juntos... Ah! Falando nisso, hoje você vai me ajudar na mudança depois do trabalho. — Dito isso, ele foi embora, me deixando para conversar sozinha.

— Ué... Mas... — Eu pensei um pouco melhor e vi que seria uma coisa boa. Pelo menos, o tempo passaria rápido e eu teria menos tempo sozinha em casa.

— Olívia... — Liz se aproximou de mim de braços abertos para me abraçar e eu retribuí seu carinho.

— Senhorita Liz, como vai?

— Sentindo sua falta, mas bem, e você?

— Aiiinn nem fala, também estou com saudades de você, das atividades do setor e tudo mais — expressei-me com mártir. — Mas fora isso, estou bem. — Sorrio.

— Alguma notícia do Bernardo?

— A expectativa é que ele volte amanhã, não nos falamos hoje.

— Imagino que você sinta muita falta dele, não é?

— Tá tão na cara assim?

— Muito - disse ela rindo. — O que você acha de almoçarmos juntas hoje?

— Oh! Ok.- Fiquei surpresa com o convite. — Eu só tenho que avisar o Eduardo.

— Tá bom, então até a hora do almoço. — E saiu.

Entrei no meu escritório, acendi todas as luzes e o ar-condicionado, e sentei na frente do computador, conferindo os trabalhos pendentes de hoje. Tinha alguns e-mails para responder, alguns telefonemas para fazer e comecei rapidamente.

Alguns minutos se passaram e meu chefe chegou, fiquei surpresa que ele estivesse trabalhando em algo real.

— Olívia, leve este processo para o Sr. Caio assinar e...

— Eu sei, não volte sem assinatura. — Imitei como sempre ele fala comigo e parece que ele não gostou muito da minha piada.

Cheguei à sala do seu Caio para fazer o mandado do meu chefe, porém ele não estava no local.

— Ei, onde tá teu chefe? — Perguntei ao Dado que estava sentado trabalhando.

— Ele foi aos estúdios.

— E vai demorar?

— Acho que não, ele foi já faz um tempo. A menos que...

— A menos que o quê?

— A menos que ele passe no escritório da dona Liz.

— É tanto assim?

— Rum... nem vou te contar.

— Nossa, mais são piores que coelhos então... — Sentei numa cadeira, daí em diante só sairia fofoca.

— As pessoas aqui gostam muito dessa atividade. — Abordamos a fofoca com mais segurança.

— Ah Dado, não exagere também.

— Sabe a Carina?

— A Altona?

— É

— O que tem? Não me diga que fica se agarrando pelos corredores também.

— Nunca vi, mas tem um cliente que arreia os quatro pneus por ela.

— Mentira... Quem?

— O da empresa de perfumes.

Entre nós dois

— Isso é sério, Dado? Estou chocada em Cristo... Mas, eles têm algo?

— Parece que eles saíram umas vezes, mas os filhos delas não gostaram muito da ideia. Não, e detalhe...

— O que?

— Teve o maior barraco estes dias. A amante do marido da Carina apareceu aqui querendo recuperar algum dinheiro.

— E aí? O que aconteceu?

— Minha filha, ela pegou a bolsa da menina porque ela é uma menina, né. A criatura tem a nossa idade. Enfim, saiu rodando e quebrou tudo.

— Papa anjo?

— Ele que é. Um velho gordo e feio daquele, e ela não é besta, né? E pelo que eu sei, ele nem é rico não, só tem um dinheirinho mesmo... Aahh!! Lembrei com quem ele se parece, o Sr. Barriga.

— Ah Eduardo, limpa aí, tá escorrendo veneno. — Eu disse sorrindo. — Mas, então o que aconteceu?

— A Sra. Michele apareceu e deu uma bronca em geral e daí eu não ouvi nada.

— Que saco. Eu preciso sair daquele almoxarifado.

— Devia cobrar dr. Monstro no dia em que você ficou com ele no hospital, pede para ele trocar você de volta.

— Não posso fazer isso, Dado. Apesar de ser o Dr. Monstro, ele estava doente naquele dia.

— Estava doente, mas não morreu. Eu não perderia a oportunidade. — Revirei os olhos para ele.

— Ahh... olha, não vou almoçar com você hoje.

— Ah não, você vai se trancar na caverna de novo?

— Não, hoje vou almoçar fora. — Disse, fingindo ser superior.

— E por que isto?

— A Sra. Liz me chamou.

— Por quê? Tu é a maior chata. — Ele disse fazendo beicinho.

— Não é minha culpa se você não agrada seu chefe o suficiente assim.

— Já não basta o Dr. Monstro voltar amanhã e começar a me massacrar com os olhos de novo, agora tenho que te aturar. — A mera menção desse fato me deixou feliz.

— Aguente os olhares mortíferos do Dr. Monstro, se vira e... gosto de Dona Liz como amiga e não apenas como chefe.

— E desde quando a nata se mistura com a prole? — Ele perguntou usando um pouco das palavras de Gregório.

— Deve ser por isso que seu Caio não se mistura contigo. — Disse ironicamente. Fechei minha boca e o chefe de Dado e minha ex-chefe entraram pela porta.

— Liz, a fofoca aqui deve estar bem quente com nossos estagiários, né? — Ele disse um pouco irritado e, no segundo seguinte, Dado e eu já estávamos em pé como em um quartel.

— Para de implicar os meninos. Deixa de ser bobo. — Liz o repreendeu da brincadeira.

— É bom assustá-los de vez em quando — disse rindo e então relaxamos... que estranho senso de humor. — Então Olivia, que dia o Bernardo volta? Ele ainda não se reportou.

— E como a Oli vai saber que dia o Dr. Mon... Seu Bernardo volta? — Dado perguntou curioso.

Dona Liz cobriu o rosto com a mão discretamente e o Sr. Caio corou com a gafe cometida, parecia um peixe fora d'água e conhecendo Eduardo como eu, ele daria um jeito de entender, então resolvi tomar a frente.

— Depois que eu ajudei a secretária dele, ela me conta algumas coisas. Só isso, — Tive que mentir e rezar aos céus para que Dado acreditasse naquela desculpa esdrúxula.

— Bem... Então Olívia, o que você está fazendo aqui? — Seu Caio logo tentou mudar de assunto.

— Meu chefe pediu para trazer este edital para você assinar.

— Já vou. — Liz se pronunciou. — Ah, Oli, infelizmente não poderemos almoçar juntos, Gregório está me deixando louca.

— Tudo bem. — Concordei um pouco triste, estava animada para ir almoçar com ela. Liz era a única com quem podia falar sobre Bernardo.

— Te mando uma mensagem mais tarde. — E saiu deixando Eduardo com ar de deboche e superioridade.·

— Então "Oli" vai almoçar sozinha hoje. — Disse fazendo aspas com os dedos tirando sarro do apelido que ela tinha me chamado. Apenas revirei os olhos, sabia que era apenas ciúme e que íamos almoçar, e até jantar, juntos.

— Ram-ram — Seu Caio pigarreou, lembrando-nos onde estávamos e com quem estávamos. — Olivia, a licitação será na forma de tomada de preço ou concorrência? — Disse enquanto lia o arquivo e se dirigia para sua cadeira.

— A concorrência é a modalidade mais genérica.

— É, se eu tivesse mais tempo eu daria uma olhada. É bom ver as empresas dando tapas umas nas outras. — Confirmado, seu senso de humor é no mínimo estranho. — Pronto, assinado. — Ele rubricou depois de ver a assinatura do financeiro, assegurando-se de que tudo estava bem com o orçamento.

[...]

— Vamos? — Eu estava esperando Dado no estacionamento da empresa, e o vi se aproximando de mim com cara de chateado, coçando a cabeça e com o celular na mão. - Qual é o B.O. agora?

— O pessoal do transporte me ligou, parece que houve um incidente com o caminhão, só vão poder fazer minha mudança amanhã.

— Nãooooo... todo mundo tá cancelando comigo hoje. — Protestei.

— É, porque esse é o foco, né?! — Perguntou ironicamente.

— Desculpa Dado, mas não se preocupe, é só mais um dia. Você espera.

— Sim, eu sei. — Ele disse resignado. — Fazer o quê?! Vamos né, quer carona? — Eu somente sorri para ele. — Já sei! Você não mora, se esconde. — E começou a entrar no carro sem muita paciência.

Depois que ele saiu, considerando que havia dispensado o motorista para ir com Dado, tentei ligar e chamá-lo, mas ele não me respondeu. Tentei várias vezes com paciência e não obtive resposta.

— Gente, mas para onde esse homem foi? — Reclamei sozinha com meu celular. Olhei para cima e vi que o céu ainda estava nublado, mas em um tom mais escuro do que de manhã. De certa forma, isso me acalmou.

— Oli. — A pessoa se aproximou de mim.

— Oi, senhorita Liz.

— O que você está fazendo aqui?

— Agora estou pensando em pedir um Uber.

— Onde está o motorista?

— Esta é a pergunta de um milhão.

— Aahh, vem... vou te levar.

— Não precisa, Sra. Liz.

— Precisa sim, aproveitamos e conversamos um pouco, o que você acha? Deve ser triste ficar sozinha naquele apartamento.

— Bom, está bem.

— Eu estava pensando, não sei o que aconteceu com o Bernardo, mas ele parece mais calmo, então vou te pedir de volta pra ele — sintetizou, tirando o carro do estacionamento.

— Isso é sério? — Emiti em êxtase.

— Claro, a Michele vai sair de férias daqui a alguns dias e terá muito mais trabalho para mim, seria o motivo perfeito para isso. E mais... seu trabalho fez muita falta e você estaria melhor comigo do que no almoxarifado, certo? Também tenho certeza de que essa mudança sutil, mas repentina, no Bernardo tem seu dedo no meio... — Eu apenas sorrio feliz. Eu estava morrendo de vontade de voltar às relações públicas, e sobre o Bernardo... vai saber o que aconteceu com ele.

[...]

— Fique à vontade, Srta. Liz. — No exato momento que chegamos em casa uma chuva extremamente forte começou a banhar nossa cidade.

— Estou curiosa. — Ela se sentou no sofá e eu fiquei na frente dela. — Bernardo mostrou uma foto de algumas caixas embrulhadas. O que era? — Apenas a alusão aos presentes fez a quenturinha gostosa voltar ao meu peito e um sorriso bobo aparecer em meus lábios. — Pelo seu rosto foi uma coisa boa.

— Foram alguns presentes que ele me deu.

— Bernardo te deu um presente? Falando nisso, ouvi falar em umas flores, nunca pensei que fosse tão romântico.

— Então, ele me deu os presentes, mas as flores não eram dele.

— Não? E de quem era?

— Não faço ideia, não tinha cartão, nem vestígio de nada.

— Por isso que ele tava virado no Jiraya?

— Ai misericórdia, até fazer aquele ser humano acreditar que eu não sabia quem era e que muito menos era do Dado, foi bem caótico.

— Eduardo? Não, não me diga que ele tem ciúmes do Eduardo.

— Mulher, eu não sei o que ele tem contra o Eduardo.

— Ah, não sabe... — Respondeu desconfiadamente instigante.

— A minha última e mais certa conclusão é que o santo dos dois não bateram, porque o Bernardo também não é o santo da devoção do Dado não.

— Ah, mas também pudera né. Se pudesse, o Bernardo passava com o carro por cima do pobre.

— Sim. — Respondi entre risos.

— Enfim, mas e os presentes?

— Ahh... Foi umas bobagens que eu gosto, mas o que eu mais curti foi que ele comprou uns baldes de tinta pra pintarmos nosso quarto.

— O que??? Isso é sério? — Ela parecia tão surpresa que eu fiquei com medo.

— Sim, por quê?

— Desculpe a surpresa Oli, mas Bernardo tem tudo para ser um velho ranzinza, daqueles que se tirar alguma coisa do lugar, uma banda do mundo cai e a outra fica balançando. — Sorri com a comparação.

— Bom, ele já é, né?!

— Bem, sim, um pouco... Mas, que bom que estão se dando bem. Estão, não é?

— Não o entendo, não entendo os sentimentos dele, Bernardo me confunde muito.

— E você?

— Como assim?

— E seus sentimentos, você entende?

— O que quer dizer?

— Oli... — se aproximou pegando minhas mãos carinhosamente. — Eu sei que você não tem com quem conversar e que às vezes pode ser sufocante. Eu só quero que você saiba que você pode falar comigo e que faz bem jogar alguns sentimentos e pensamentos para fora. — Respirei fundo... ah Liz, você é um anjo e não sabe o quanto é sufocante, pensei.

— Sinto carinho e gratidão por ele.

— Imagino, Bernardo não é a pessoa mais fácil do mundo, mas... é só isso? Oli, você sabe que eu não sei o porquê de estarem juntos, e também não preciso saber, mas acho que deve ser algo muito forte.

— Bem, na verdade sim. O problema é que ele não é muito estável, nunca sei o que esperar... está tudo bem agora, mas... — fiz uma pausa. — Desculpe dona Liz, Bernardo é seu amigo e eu aqui falando dele assim.

— Não se preocupe, fui eu que perguntei e como ele é meu amigo, eu o conheço bem.

Neste preciso momento a porta do apartamento se abriu e, para alegria do meu coração, um Bernardo entrou todo ensopado. Porém, quando me olhou, tudo desapareceu, era só ele e eu.

Não pude evitar e, mesmo com ele encharcado, corri para seus braços e meu mundo parou por um milésimo de segundo quando senti seus braços envolverem meu corpo.

— Senti a tua falta. — Eu disse em um sussurro com meu rosto em seu peito.

— Eu também. — Ele responde.

— Mas o que houve? Por que tá assim? Tem que se secar logo. — Nem lhe dei tempo para responder e corri para o quarto e rapidamente voltei com toalhas secas.

Bernardo começou a se secar e automaticamente quando terminou, o homem começou a caminhar em direção ao quarto, deixando um rastro de água pelo apartamento. Eu estava indo atrás dele quando me lembrei que tinha uma convidada no meu sofá.

— Sra. Liz, me desculpa...

— Tudo bem Oli, não precisa se desculpar.

— Como não? Fui rude.

— Não se preocupe, ele é seu marido, cuide dele. — disse parecendo muito divertida com a situação. "Seu marido", Tá aí uma frase estranha de ouvir

— Mesmo assim, eu não pensei muito, só f...

— Não precisa se justificar, ok? Já vou. Se precisar de algo me avise. Mas acho que agora não vai precisar de mais nada — disse sugerindo implicitamente algo que me fez corar. Nos despedimos com abraços e ela foi embora sorrindo da sua situação.

— De novo, quando eu crescer, quero ser como ela — disse a mim mesmo.

Entre nós dois

Fui para o quarto e tudo estava em silêncio, segundos depois ouvi o chuveiro.

Minutos depois ele sai do banheiro já vestido.

— Onde estão as roupas molhadas?

— Elas estão no — espirrou — banheiro.

Peguei as roupas e as coloquei na lavanderia, voltei para o quarto e lhe preparei um banho quente na banheira.

— Bernardo. — Chamei, ele estava quase dormindo. — Vem tomar um banho quente.

— Não, Olivia, já tomei banho.

— Deixa de teimosia, vem! — Puxei seu braço, mas obviamente sem sucesso.

— Me deixa dormir, estou cansado.

— Você vai gripar. Vamos lá. — Tentei empurrá-lo para fora da cama. — Bora, Bernardo.

— Não! Já disse.

— Vaaammoossss — O empurrei e ele caiu. Coloquei a mão na cabeça e me senti como uma criança que tinha feito traquinagem, ele ia me matar.

— Eu disse que não. — Ele se levantou muito bravo.

— Você quer voltar para o hospital? — Eu tive que apelar.

— Eu não vou voltar... — Começou a espirrar descontroladamente. E quando parou, olhei para ele com os braços cruzados e um ar de superioridade.

— Está bem. Só se você me prometer que vai fazer aquela sopa, senão eu não vou. E ninguém vai pro hospital por gripe — Ele cruzou os braços e fez uma cara de criança mal-humorada.

— Tá. — Eu concordei, resignada.

Eu o segui até o banheiro para ter certeza que ele não iria me passar as pernas, dei as costas para ele e quando olhei para ele novamente ele já estava na banheira.

— Muito bem.

Desci e separei tudo para fazer a bendita sopa. Depois de alguns minutos, estava pronto. Preparei tudo, coloquei no suporte e levei para ele. Entrando no quarto, ele estava saindo do banheiro e seguindo em direção a cama. Logo após sentar-se, pegou a sopa que eu pusera sobre o criado-mudo.

Enquanto ele comia, fingia estar lendo um livro... só fingia mesmo, porque eu não parava de olhar para ele. Foi tão pouco tempo, mas era tanta saudade

Quando acabou, peguei tudo e levei para a cozinha. Foi minha vez de tomar banho e me arrumar. Me deitei na cama, Bernardo jogou parte de seu corpo sobre o meu, e comecei a acariciar seus cabelos devagar. Finalmente notei que eles estavam levemente ondulados. Estavam sempre tão alinhados que eu nem percebi.

Ele suspirou de alívio ao meu toque e, depois de alguns minutos, adormeceu. A quenturinha gostosa voltou mais forte do que nunca.

[...]

Inação

Acordei de madrugada e percebi que ainda chovia bastante. Meus dedos ainda estavam entranhados nos cabelos de Bernardo. Eram tão macios que chega a ser injusto. Ele devia passar sabonete e nada mais, enquanto eu compro metade do estoque do supermercado e, ainda assim, não fica tão bom. Para de divagar com besteira Olivia, disse a mim mesma.

Comecei a mover meus dedos em uma carícia lenta. Ele ainda estava na mesma posição, agarrando minha cintura e sua cabeça descansando em minha barriga. Bernardo é tão bonito que, apesar de ter quase cinquenta anos, parece que sempre se cuidou, pois tem boa forma e poucas rugas.

Senti se mexer e fechei os olhos, fingindo estar dormindo. Sempre fazia isso como forma de proteção. Depois de alguns segundos percebi seu corpo subindo no meu, minha mão que estava em seu cabelo, caiu sobre a cama. Ele estava miseravelmente e perigosamente muito perto, sua barba roçando meu pescoço e pequenos beijos eram depositados na área acima dos meus seios. Ele finalmente tomaria a iniciativa? Eu estava pronta para isso? Era a hora certa? A coisa certa a fazer? Estava no acordo, mas eu realmente queria isso?

Ele continuou até meu queixo e me deixou um beijo ali também, circulou minha boca e a agonia em seus lábios estava me matando.

— Está acordada? — Sussurrou com uma voz rouca de sono enquanto beijava minha orelha. — Está? — Para onde foi minha voz? Por que não sai nada?

— S-sim. — Finalmente consegui falar, mas estava muito insegura.

Bernardo colocou seu corpo completamente em cima do meu, minha pele estava quente de puro desejo, a aproximação, a espera, tudo colaborava.

— Você quer isso tanto quanto eu? — Perguntou olhando nos meus olhos e os dele estavam foscos de desejo, tanto quanto os meus. Meneei a cabeça, murmurando algo. Por que não consigo dizer nada? É realmente necessário dizer alguma coisa agora?

Eu senti sua mão percorrer meu corpo sob meu baby doll, até que ele alcançou o lado do meu seio e lentamente se levantou para assumir completamente essa parte do meu corpo, que se encaixava perfeitamente à sua mão e não houve hesitação em acariciá-la.

— Você não sabe o quanto eu pensei neste momento, criança.

Bernardo afastou seu corpo do meu, tirando a camisa mostrando sua pele morena e, se antes não conseguia falar nada, agora não conseguia nem pensar.

— Deixe-me beijar sua boca? — Disse absurdamente rente ao meu corpo, passando o nariz no meu enquanto passava a língua pelos lábios umedecendo-os, vi que essa pergunta não se ajustava a uma resposta e sim a uma ação, então o fiz.

Segurei seu rosto e toquei seus lábios contra os meus, foi a primeira vez que nos beijamos. Começamos com algo calmo e suave. Só queríamos sentir um ao outro e curtir aquele momento. Meus dedos percorreram seu cabelo e barba enquanto ele me beijava e continuava a prestar atenção no meu peito. Tudo parecia se encaixar, parecia a coisa mais certa do mundo. Senti seu corpo se mexer contra o meu, seu beijo não era mais puro carinho, era também coberto de desejo, Bernardo me queria. Sua mão sob minhas roupas foi subindo e removendo minha peça, então voltou para me beijar com grande urgência e força, mordendo meu lábio descaradamente em um pedido silencioso.

— Vamos fazer isto hoje, agora. — Eu o ouvi dizer com a voz rouca e então ele beijou meu pescoço chupando, mas quem se importa com algumas marcas? Finalmente estava acontecendo. Nossa respiração rápida e irregular, o movimento de nossos corpos, o calor de nossa pele, tudo era extremamente emocionante. — Você quer? — Perguntou de novo, e essa era uma pergunta que precisava de uma resposta, mas por que minha voz não saiu? Fechei sua boca com um beijo que me tirou o fôlego e logo depois beijei seu pescoço também, deixando um rastro molhado.

Bernardo percebeu minha falta de resposta e afastou meu corpo do dele.

— Não vou continuar se você não disser que quer.

— Eu quero. — Finalmente saiu. Tentei beijá-lo novamente, mas ele me empurrou novamente.

— Ainda não, criança.

— O que aconteceu? — Perguntei enquanto acariciava seu rosto.

Entre nós dois

— Ainda não está pronta para esta etapa. — Ele se moveu saindo de cima do meu corpo, sentando na beirada da cama.

— Quem tem que decidir isso sou eu. Como você pode afirmar isso?

— Você não pode nem dizer que quer fazer amor comigo, como posso acreditar que você realmente quer?

— Quero fazer, contigo. — Me aproximei ajoelhando e o abraçando por trás.

— Você pode querer, mas não está pronta.

— Bernardo... — Segurei seu rosto em minhas mãos. — Eu quero isso.

— Pode dizer? Você pode dizer explicitamente que quer que eu te faça minha? Pode me dizer o que sente? — Abri a boca várias vezes como um peixe fora d'água, mas não consegui dizer nada. — Eu te desejo, quero dormir com você, quero transar com você, quero te fazer minha, mas não assim. — Ele se levantou abruptamente da cama pegando sua camisa e foi rapidamente para o banheiro.

[...]

Acordar de novo sozinha na cama novamente não é como eu imaginava estar depois que Bernardo voltasse de sua viagem. Eu sentia tantas coisas que não consegui entender, passei incontáveis minutos olhando para seu lado bagunçado da cama e a lembrança do que aconteceu ontem ainda estava na cabeça tão afiada quanto o gosto do beijo dele na minha boca. Como o beijo foi delicioso e como eu queria beijá-lo mais, mas o que aconteceu comigo? O QUE. RAIOS. ACONTECEU. COMIGO? Eu estava perdida em pensamentos, mas ganhei vida quando ouvi meu celular tocar.

Onde você está? - 8:10

Vai vir não? - 8:11

Tá viva? - 8:11

Eram mensagens de Eduardo.

MEU DEUS... DORMI DEMAIS...

Corri rápido, tomei banho como um gato, me vesti e nem tive tempo de tomar café da manhã. Graças a Deus hoje o motorista estava presente, então cheguei rapidinho na empresa.

Cheguei esbaforida no meu escritório e meu chefe parecia muito com um personagem de desenho animado, mas eu não conseguia lembrar qual deles. Foca Olívia, agora não é hora para isso.

— Isso é hora de chegar, senhorita Olivia? — Ele disse sério.

— Desculpe-me, perdi a hora.

— Já notei isso, quero saber se o seu motivo é justificável. — Eu não ia dizer que me atrasei porque adormeci e fiquei pensando demais no quase sexo noturno que não fiz com meu marido que é o chefe dele, daria muito trabalho.

— Não senhor, desculpe.

— Isso vai no seu formulário de avaliação.

— Sim, senhor. — Baixei a cabeça e me aproximei da minha mesa, e comecei a trabalhar freneticamente sem nem olhar em volta. Não queria dar mais motivos de reclamações.

O trabalho era chato, mas quando eu peguei o ritmo foi ficando pelo menos tolerável. Será que a Liz vai falar com o Bernardo sobre voltar a ficar com ela? Será que ele irá aceitar? Depois de ontem, tenho minhas dúvidas. Mantive este ritmo até a hora do almoço. Quando saí da sala, fui até o vice-presidente chamar o Dado.

— Oi, vamos almoçar?

— Onde tu tava?

— Capotei ontem e perdi a hora. — Saímos da sala e caminhamos em direção ao refeitório.

— E a rã careca?

— Ele ficou tão bravo. E vamos atualizar o apelido dele.

— Pra qual?

— Sr. Bundovisk — bastou para Dado começar a rir e eu me juntei a ele.

— Sério?

— Sim, passei a manhã inteira tentando lembrar, até que percebi. É o rosto daquele personagem de Meu Malvado Favorito.

— Aahhh — ele sugou o ar e cobriu a boca com a mão. — É verdade Oli. Como eu perdi essa? Estou perdendo meu rumo.

Entre nós dois

— Mas está tudo certo por hoje?

— Espero que sim, depois daqui vamos lá.

[...]

Eu vou chegar mais tarde hoje. - Entregue às 18:45

Não sei se ele veria a mensagem, mas resolvi avisá-lo para não ter um problema como no dia da festa.

Chegamos ao novo apartamento do Dado que, por sinal, era muito bom e espaçoso como ele queria e merecia. Sua antiga casa era bem pequena e tinha muita gente. Mas era o apartamento de um jovem que não era considerado ninguém, vulgo estagiário, ou seja, barato. Era perto do trabalho e perfeito para quem vai para casa só para dormir durante a semana. Quando chegamos, o primo dele não estava lá, então começamos a organizar tudo.

— Por que você tem tanto lixo? — Eu reclamei carregando a sexta caixa cheia de coisas.

— Pare de reclamar, essas são minhas coisas, minhas coleções.

Do meio para o fim só tivemos que colocar as coisas do quarto e os pertences pessoais. O apartamento foi alugado mobiliado e seu plano era economizar dinheiro para poder comprar suas próprias coisas aos poucos.

— Você vai pintar essas paredes? — Perguntei vendo as paredes brancas de hospital

— Sim, mas só depois.

Ouvimos um barulho na sala e só poderia ser seu primo ou seria muito azar ser assaltado no dia da mudança.

— Oi Eduardo, estava te ligando.

— Oi Eric, eu nem sei onde está meu celular. — Ele me olha e sorri. — Ah, essa é minha amiga Oli, Olivia.

— Oi querida, sou Eric.

— O prazer é meu.

— Você terminou? — Eric perguntou a Dado.

— Teria acabado, se ele não tivesse tantos brinquedos. — Eu respondi.

— Não são brinquedos, são itens de colecionador.

— Tem um monte quebrado.

— Tenho três irmãos. Eu amarrei a perna deles no pé da mesa com fita adesiva, mas eles rasgaram a fita.

— São filhotes de gremlins por acaso? — Eric perguntou rindo.

— Mais como uma versão tripla de Bart Simpson.

[...]

Depois que terminamos de organizar tudo já era tarde e decidimos pedir pizza e estávamos quase terminando.

— Então Oli, e você? — Eric me perguntou.

— Eu que?

— Eduardo te conhece, mas eu não. Conte sua vida.

— Se você fizer ela falar alguma coisa, eu te dou um beijo na boca. Ela nunca diz nada.

— Então é cheia de segredos? Fascinante.

— Não tanto quanto você pensa.

— Não é isso, é que todo mundo tem segredos.

— No seu caso, restam apenas segredos. — Senti uma pitada de veneno na fala de Eduardo.

— E você Eric? — Mudei de assunto.

— Sou um clichê ambulante. Larguei a faculdade de direito, peguei o dinheiro que minha mãe me mandou e fiz um curso de maquiagem, corte de cabelo e pintura. Quando minha mãe descobriu, virou o zetelo. Mas tamo aí, né?

— Por que clichê?

— Ainda não percebeu? — Eu balancei minha cabeça me sentindo boba. — Eu sou gay.

O rapaz respondeu como se fosse a coisa mais óbvia do mundo. Ele e Eduardo riram de mim porque eu não tive nenhuma reação, não parecia nada.

— Nossa, que idiota eu sou. — Coloco a mão no rosto com vergonha.

— Ok. Só tamo te zuando. Mas Oli... como maquiador, devo dizer que nem sempre você pode usar o mesmo tom de maquiagem que usa no rosto, no pescoço.

— Co-co-como é isso? — Eu disse apreensiva.

— Você tentou esconder alguma coisa ali com maquiagem, mas dá para ver a diferença de tons.

— Onde? — Dado perguntou olhando para o meu pescoço.

— Se você quiser eu cubro pra você, tenho muita maquiagem aqui.

— Não, não é necessário, eu já estou indo embora - disse me levantando.

— Ah, não nanica. — Ele ficou na minha frente. — Agora eu quero ver o que está escondido aí.

— Para, Dado

— Me desculpe, Oli.

— Tudo bem Eric, Eduardo que é intrometido.

— Exatamente! Você me conhece, mostre logo. E não finge não Eric, a Maria fifi que existe em mim cumprimenta a Maria fifi que existe em você.

— OK. — Sentei-me novamente resignada. — É um chupão.

— Huummm. E a trama se adensa. — Eric disse divertido.

— Então, explica porque você se atrasou hoje.

— Não é isso que você está pensando.

— Foi você quem disse, ninguém dá um chupão assim do nada. — Revirei os olhos. — Agora você vai me contar essa fofoca. Bora!

— Sem fofoca.

— Claro que tem e não te faz de sonsa não. Com quem foi?

— Tu não conhece.

— Tudo bem, e daí? É teu namorado, amigo, ficante, um cara aleatório?

— Ele é apenas um cara que vemos às vezes e saímos.

— E eu achava que tu era uma santa, mas é o que dizem, as quietinhas são as piores.

— Foi bom? — Eric perguntou. Olhamos para ele de forma estranha, até porque nos conhecemos literalmente a algumas horas. — Ai gente... estou seca há tanto tempo, deixa pelo menos sobre a vida dos outros.

— Foi bom, sim. — Disse com um meio sorriso.

— Amiga, tu não convence ninguém com isso. — Eric respondeu perspicaz.

— É que a gente não foi... até o fim, sabe? — como eu estava envergonhada.

— Só nas preliminares?

— Sim.

— O que aconteceu? — Fiquei em silêncio. — Ai mulher, não joga esta bomba em cima de mim e me deixa sem mais nada não. — Dado falou desesperadamente.

— Olha, eu não... eu não quero falar sobre isso, é melhor eu ir.

[...]

Hoje consegui acordar mais tarde do que de costume, olhei para o lado e não fiquei surpresa por estar sozinha. Olhei para a silhueta de Bernardo na parede e lembrei do que disse a Liz, que é difícil de entendê-lo por ser inconsistente.

Então, depois de ficar na cama por um tempo, tomei uma decisão. Vou ousar um pouco mais. Fiz minha higiene e fui procurá-lo, com certeza estava no escritório.

Entrei na sala e o vi sentado no sofá segurando alguns papéis. Já era tempo. Fui ao seu encontro, gentilmente tirei os papéis de sua mão e isso o fez olhar para mim. Sentei-me diante dele em seu colo, tirei seus óculos e os coloquei de lado.

— O que está fazendo? — Ele perguntou assustado.

— Você não é o único que tem desejos. — Peguei suas mãos e as coloquei na minha cintura. - Me beije como você fez ontem. — Tentei ser o mais sexy que pude.

Bernardo colocou a mão no meu cabelo e puxou levemente.

— Você não sabe no que está se metendo, criança. — Com a outra mão ele desenhou meus lábios com o polegar. — Eu não quero brincar mais. — Ele soltou meu cabelo e tirou a mão da minha boca. — Falei com Ricardo.

— E... o que ele disse? — Quebrou completamente o clima.

— Falei para ele agilizar esta situação, quero que seja resolvido pra ontem.

— Bernardo, por que tanta urgência? — Estava preocupada.

Respirando fundo, respondeu. — Você quer alguém que te escute, fale com você e preste atenção em você. Isso não é ruim, mas eu quero mais do que isso. Não podemos dar o que o outro quer, então vou resolver este assunto como prometi a você e, depois disso, seguiremos caminhos separados. — Senti como se um balde de gelo tivesse sido jogado em mim. — Mas você terá que me contar tudo desta vez.

— Espera, Bernardo, espera - disse baixinho. — Você está falando sobre o divórcio? — Eu estava com todas as minhas forças tentando segurar as lágrimas.

Ele me tirou de cima de seu colo, levantando-se e andando até sua mesa.

— Sim.

A intensiva tempestade

— Está falando sério? — O nó na garganta ficou maior a cada segundo.

— É a melhor coisa que fazemos.

— Bernardo — chamei ele indo em sua direção, me colocando à sua frente, entre ele e a mesa. — Olhe para mim. — Eu toquei seu rosto. — Eu também quero resolver isso logo, mas pensei que... que...

— O que, o que? Depois que tudo isso passasse, poderíamos ser um casal normal? Você realmente acha que isso tem chance de acontecer?

— E por que não? Veja tudo o que já aconteceu.

— Não aconteceu nada Olivia, ficamos na mesma, como se fôssemos dois estranhos brincando de casinha.

— E se... se tentássemos? — Disse insegura.

— Eu já disse, não podemos dar o que o outro quer.

— Experimente Bernardo, experimente.

— Ok, vamos tentar — disse um tanto desafiador, e não como alguém que acaba de dar o braço a torcer. — O que aconteceu naquela noite? — Eu estava quase na ponta dos pés para tentar ficar na sua altura, acompanhá-lo, deixei meu corpo cair e estava ficando quase impotente, era óbvio que ele ia voltar nisso.

— Não… não quero falar sobre isso, não estou pronta. — Continuei de cabeça baixa.

— Entende o porquê de dizer para acabarmos com isso? Vamos cada um seguir seu caminho, é o melhor que podemos fazer. Não confiamos um no outro. Já está decidido. Vou ligar para o Ricardo e depois vamos pedir o divórcio.

[...]

Entre nós dois

Fazia muito tempo desde que eu ficava tão triste assim, nem mesmo as piadas maravilhosas de Phoebe e Chandler me deixaram feliz. Eu me apaixonei por ele, pelo seu jeito de ser sempre sério, formal, protetor e, ouso dizer, até ciumento, sem falar que tem hora que ele parece uma criança birrenta... pensando nisso, por incrível que pareça, me faz sorrir. Eu odiava a ideia de ter que me separar dele, e nem vou falar só no papel porque, depois que isso acontecer, ele vai sumir completamente da minha vida.

A chuva caía forte lá fora e eu fiquei o dia todo enrolada curtindo o frio e procurando um jeito de não chorar. Talvez ele tenha razão, talvez seja melhor assim, ou talvez não. Mas talvez assumir o controle da minha vida seja uma coisa boa... mas eu não quero ficar sem ele.

Fiquei tão absorta em meus pensamentos o dia todo e me entretendo tanto que o dia passou e eu não percebi, também não o vi no decorrer das horas. Se eu soubesse que não falar nos levaria à situação em que estamos agora, forçaria todo o meu ser a dizer as palavras que estão em meu cérebro o tempo todo, mas por algum motivo desconhecido, não quer sair da minha boca. Fiquei olhando o sofá da sala de TV, e lembrei da última vez que estivemos lá. Foi no dia anterior à viagem, foi tão bom, conversamos, assistimos muitas besteiras; e quando nos despedimos no aeroporto? Ele estava tão triste quanto eu. Na verdade, fiquei arrasada ao vê-lo partir, mesmo sabendo que ele voltaria em breve; e quando ele me ligou porque disse que não conseguia dormir sem mim...

Tive que esquecer tudo isso e fui tomar banho, já era noite e não podia ficar o dia todo me lamentando. Quando fui para a cozinha todas as luzes se apagaram e no mesmo segundo apareceu um clarão no céu, a chuva não cessou.

— BERNARDOOOO. — Chamei-o desesperada, tinha pavor do escuro. — BERNARDOOO.

— O que? ... Ai — ele apareceu do meio do nada e acabou tropeçando em alguma coisa, eu nem me importei, apenas corri e grudei nele como chiclete no cabelo.

— Não me deixe sozinha — disse a ele, quase tremendo.

— Vou pegar algumas velas ou lanternas, fique aqui. Ele deu um passo à frente e eu não o soltei. — Olivia, já volto.

— Não, por favor.

— Está bem. — Ele segurou minha mão com força e me afastando do seu corpo e colocando minhas mãos no seu braço. — É mais confortável assim.

Encontramos algumas velas e as espalhamos pela sala de estar e sala de TV e ficamos lá junto do sofá-cama.

— Então, você tem medo do escuro — brincou comigo.

— Tenho muito medo, não gosto.

— Eu entendo, mas também gosto do meu braço.

— O que?

— Tá apertando meu braço

— Desculpa. — Mas mesmo assim não deixei de apertar o braço do pobre.

— Já sei como pode ficar melhor. — Ele pegou um lençol que havia deixado durante a tarde, alguns travesseiros e me fez deitar nele, depois nos cobrindo. — Pronto.

— Será que vai demorar muito para voltar? — Eu estava muito assustada.

— Se for por causa da chuva, pode durar a noite toda.

— Não. — Exclamei com medo e encolhi mais.

Ficamos em silêncio por um tempo, apenas ouvindo nossa respiração e nos fazendo uma espécie de carinho, eu queria muito falar sobre o ocorrido, mas estava com medo.

— Bernardo.

— Sim.

— Você realmente quer isso? — Perguntei depois de pensar muito, não ia ficar com essa dúvida.

— Não voltemos a este tópico.

— Por favor, fale comigo. Você não pode decidir isso sozinho, porque também é sobre a minha vida.

— Por que você quer continuar casada comigo? — Ele me perguntou curioso.

— Porque eu gosto de você.

— Você gosta? — Ele ergueu a sobrancelha sugestiva para que ela continuasse falando.

— Claro, mesmo que seu jeito seja um pouco difícil às vezes, eu entendo que todos nós temos nossos demônios internos e que os combatemos da melhor maneira que podemos.

— Foi lindo o que você disse, mas já estou consumido. — Esse discurso me instigou. Ele parecia tão triste e sombrio, e me fez apoiar nos cotovelos e olhá-lo nos olhos.

— O que aconteceu com você? — Passei a mão em seu rosto, acariciando-o. Sua pupila se estreitou como se ele estivesse se lembrando de algo.

— Não quero falar disso. — Disse, depois de muito tempo em silêncio.

— Tudo bem.

Aproximei-me de seu rosto e beijei seus lábios.

— Não brinca, criança.

Ele me ameaçou, e em resposta eu apenas mordi meu lábio inferior. Percebi que ele não ia fazer nada, talvez pelo desconcerto do outro dia, então decidi agir. Agarrei sua boca avidamente, segurei seu rosto em minhas mãos e, quando percebi que ele respondeu, coloquei meu corpo completamente em cima do seu e suas mãos foram diretamente para minhas costas, me acariciando levemente.

— Não sei se vou conseguir parar de novo.

— Eu não quero que você pare, quero que faça.

Beijei-o novamente e com uma mão me apoiei e, com a outra, levei até a barra da blusa puxando, como um pedido para me ajudar a tirá-la, mas em vez disso ele agarrou minha mão e parou o beijo.

— Você está fazendo isso só para me fazer mudar de ideia?

— Não — disse sem fôlego.

— Então, você quer?

— Eu quero que você me faça sua esta noite, me beije, me ame. Quero fazer amor com você.

Ele olhou para mim por alguns segundos e me deu um meio sorriso torto. O ato seguinte foi me puxar para seu lado, apoiando seu corpo sobre o meu. Tirando sua blusa que, devido à luz de velas, mostrou sua pele ainda mais bonita. Aproveitando, também tirou minha blusa logo em seguida. Me sentou em seu colo e começou a lambuzar meu pescoço com seus beijos e o roçar de sua barba contra minha pele deixou tudo mais excitante, segundos depois senti meu sutiã sendo retirado.

— Eu posso?

— Pode. — Como ainda tinha ar para falar, eu não sabia.

Senti sua boca suave em meus seios. Foi um prazer extremo, ele, sendo muito experiente, sabia muito bem o que fazer. Bernardo circundou meus seios, fazendo meu corpo reagir em grunhidos e continuou fazendo um caminho até a cintura da minha calça. Quando ele subiu novamente eu beijei seu pescoço trilhando um caminho molhado de beijos pelo seu torço, aparentemente consegui o efeito que buscava.

— Você é tão bonita. Não sei como aguentei tanto tempo.

E eu pensando que não poderia melhorar... pobre inocente.

— Quero mais. — Ele disse sem fôlego.

— Eu também.

[...]

— Não sei se esperar tanto tempo foi bom, mas valeu a pena cada segundo. — Eu disse olhando em seus olhos.

— E como foi. — Eu disse sorrindo, era a segunda vez que eu o via sorrir e ele estava ficando mais bonito.

— Eu tô mole. — Eu disse a ele, e ele sorriu novamente.

— Eu tô com fome.

— Ahh... eu também, e com sede.

— Mas eu não quero sair daqui.

— Eu também não. — Eu o abracei mais forte. — O que?

— Você... — Ele passou a mão pelo meu cabelo. — Você até está linda toda bagunçada.

— Rum... Ah bom — exclamei envergonhada. — Você fica lindo sorrindo, quero dizer, ainda mais lindo. Você deveria sorrir mais.

— Vou pensar no seu caso.

Ficamos quietos por um tempo, acariciando um ao outro. Nossa vontade de levantar dali era negativa, mas senti um cheiro suspeito.

— Bernardo, tá sentindo...?

— É, parece que...

— Fogo!!!! — Proclamamos juntos. Levantamo-nos rapidamente e corremos para a sala onde uma vela estava causando um pequeno incêndio em alguns papéis.

Entre nós dois

— Vou desligar os detectores de fumaça. — Bernardo disse e correu para o local, mas já era tarde. Os detectores de fumaça ativaram e ficamos encharcados, obviamente junto com a sala.

Nos olhamos enquanto a água caía e começamos a rir. Não havia mais nada a fazer, e só então percebemos nossa nudez, mas quem liga, né? Ele era meu marido e eu era sua esposa, e desde aquela noite, éramos um do outro.

Paralelo

[...]

Passamos várias horas tentando limpar a sala, tudo estava encharcado, felizmente a tv e os eletrônicos estavam em outro cômodo, no dia seguinte tive que chamar alguém para retirar os sofás e tapetes para secar tudo.

Depois de todo esse esforço eu ri muito, porque parecia que Bernardo nunca tinha segurado um rodo na vida, mas deu tudo certo. Fomos tomar banho e dormir porque já era tarde, e estávamos tão cansados que nem tivemos coragem de comer.

Eu dormi com ele a noite toda. Um sentimento sem limites me dominou, ainda mais depois que fizemos amor. Esta noite foi diferente, pelo menos até onde eu lembrava, pois ficamos agarradinhos como queríamos.

Segunda-feira chegou e, como todo assalariado, me levantei e fui me arrumar. Logo depois, desci para o café da manhã e minha maior surpresa foi ver o homem ainda na cozinha. Ele estava recostado em sua cadeira lendo um jornal e tomando café, já vestido com suas roupas de trabalho, porém sua gravata estava sem fazer o nó.

— Por que ainda tá aqui? — Eu disse quando me aproximei dele.

— Bom dia para você também. — Ele disse um pouco relaxado olhando para mim.

— Desculpa, bom dia. Só... me assustei com você ainda aqui.

— Me atrasei. — Dei-lhe um beijo, insegura porque não sabia como seria à luz do sol, mas ele tirou minhas dúvidas quando me agarrou pela cintura e aprofundou o beijo. — Tome um café, estamos atrasados. — Eu apenas grunhi um som sem poder dizer nada e sentindo a gravidade mais pesada, porque minhas pernas viraram gelatina.

Entre nós dois

[...]

— Nanica?

— Hum?

— O Dr. Monstro chamou a gente pra uma reunião.

— Nós dois? Por quê?

— E ele lá disse? Eu acho que ele nem sabe falar, foi só decorando umas frases durante a vida e sai por aí repetindo.

— Mas... — dei uma leve parada para rir. — Por que nós dois?

— Teu chefe não falou não?

— Rum... Se fosse por ele, sentava em cima da minha cabeça só pra não olhar pra mim, quem dirá falar comigo.

— Olha, sinceramente... Se aquele homem fosse no mínimo atraente eu diria que ele tá comendo alguém nesta empresa, porque não é possível ele ainda trabalhar aqui gente.

— A pessoa tem que passar de necessitada pra querer aquele trambolho, sinceramente... Mas, e aí? Tu falou, falou e não disse nada. Qual é a desta reunião?

— Minha filha, eu sou severino aqui, só tô passando o recado.

— Não, pois tem que inventar uma categoria mais baixa que a de severino, porque nem disso eu sabia.

— Tu é a estagiária do severino.

— Que horas é esta reunião?

— Tipo em cinco minutos.

— O que? — Me sobressaltei. — Como assim?

— Acho que já estão na sala.

— Quem?

— Ele nos chamou junto com o Napoleão.

— Gente, mas que rolê mais aleatório é esse?

— Não sei, só vem. — Respirou fundo, dando-me sua mão para segurar e, com a mesma atitude de como se estivesse indo para a guilhotina, nos dirigimos até a sala de reuniões.

Entramos no local de mãos dadas, praticamente tremendo de medo, o motivo? Não sabemos, era simplesmente reflexo, não tinha como nada de bom sair daquela reunião. Não que estivéssemos fazendo nada de errado, mas isso não ocultava nosso medo. Na sala estava somente o casal que cochichava alegre sobre suas coisas particulares. Liz quando nos viu, ofereceu-nos um leve sorriso, que fez com que 1% de mim se acalmasse mais. Ao contrário de minha pessoa, Eduardo trabalhava a todo custo para parecer menos nervoso, devo dizer que foi totalmente em vão.

— Então... Alguém aqui sabe dizer o porquê desta reunião?

— Verão logo. — Caio respondeu sério impedindo que Liz dissesse algo e em resposta a mulher só revirou os olhos.

— Não se preocupem. — Liz completou com um olhar calmo. Qual a graça desse homem ficar nos assustando?

— Bom dia. — Ele entrou mudando nossa atenção do casal. — Já podemos começar — continuou depois de notar que já estavam todos ali. — Precisamos organizar nossa viagem para a expo.

— Sim, já confirmei a data de início e quando vamos nos apresentar. Serão três dias, mas precisamos chegar ao menos um dia antes para que eu possa organizar nosso stand. — Liz iniciou sua explicação.

— Já estou em contato com os organizadores para tirar algumas dúvidas e procurando os melhores expositores. — Caio continuou

— Realizou nossa inscrição? — Bernardo questionou.

— Sim, pedi pra Carolina fazer e ela já cuidou de tudo, inclusive as passagens áreas e as reservas do hotel. — Caio respondeu.

— Já passei o orçamento para o Sérgio e só estou esperando aprovação.

Eles continuavam a falar sobre esse assunto que, por sinal, não entendia nada. Junto a mim, Eduardo somente movia os olhos de um lado para o outro como se estivéssemos em um jogo de tênis e a bola fosse suas perguntas e respostas.

— Então, agora só precisamos deixar tudo adiantado para podermos ir.

— Sim.

— Hum... Tudo parece perfeito, mas o que exatamente estou fazendo aqui? — Perguntei depois de muito esperar para entender.

— Ah Oli! Esqueci de te contar, você vai conosco. — Liz replicou feliz.

— Ué, mas eu n...

— Michele saiu de férias, então eu vou precisar bastante da sua ajuda.

— Graças a Deus — respondi contente.

— É temporário. — Bernardo completou rapidamente destruindo minha felicidade.

— Então, eu vou também?! — Dado inquiriu sugestivamente.

— Não. — E novamente Bernardo respondeu ríspido. — Está aqui somente para ficar a par de tudo.

— Ainda estamos estudando sua ida, Eduardo — suavizou Caio.

[...]

Nem tudo é maravilhoso, né?! Acordar num sábado às 4am é prova disso. Poxa Carolina, custava? Justo hoje que está chovendo e fazendo frio? Minha cama ficou gritando meu nome de saudades, e o mais incrível de tudo é que mesmo nesse horário eu acordei sozinha. Tô começando a pensar que casei com um morcego ou minha última teoria é que ele acorda primeiro porque não querer dividir bafo matinal comigo ou talvez ele tenha que fazer a maquiagem antes que eu acorde para eu não me assustar, porque vai que... né?!

Estava na companhia de mais dois zombies, Caio e Liz que, além de tudo, estavam plangentes por deixar o pequeno Rick pra trás, tadinho! E é claro, o dr. Monstro que simplesmente odeia dormir e tudo que uma pessoa normal ama. Saí do meu devaneio quando senti sua mão em minha perna. Foi tão estranho que até me assarapantei. Ele puxando carinho em público, às 4am? Quem é este homem? Ou talvez ele queira continuar no clima de umas noites atrás, nada contra, inclusive saudades.

— Nossa primeira viagem juntos — proferiu mirando a grande janela do aeroporto, logo depois me olhando e demonstrando um meio sorriso.

— É, mas não é lua de mel, então sossega o facho. — Caio respondeu descontraído do meu lado.

— Não me faça contar pra sua mulher sobre aquela viagem pra cabana.

— Cara!!! — O homem em um pulo levantou e parou em frente ao meu marido com feição espantosa e raivosa. — Tu disse que não lembrava de nada.

— Eu sei usar minhas armas quando eu quero, não ia entregar o ouro assim. — Bernardo respondeu calmo enquanto recostava no encosto do banco.

— Se você contar, eu falo da noite do...

— Tá, isso vai longe, certeza. — Liz completou rindo pra mim. — Vamos ao banheiro, Oli?

— Vamos. — Antes de levantar, senti um aperto em minha coxa. Gente, que homem complicado de entender, valha!

— Bem-vinda a minha vida, quando se juntam parecem duas crianças birrentas. — Liz pseudo reclamou.

Enfrentamos uma leve fila, mas isso é até regra se tratando de banheiro feminino. Voltamos e nos sentamos nos mesmos lugares, porém encontramos os homens cada um virado de costas, de pernas e braços cruzados, o que aconteceu aqui? Segundos depois senti um perfume corriqueiro se aproximando e ficando mais forte, quando olhei para trás meu coração se alegrou incrivelmente.

— Dadoo!!! — Levantei em um pulo, circulei as cadeiras e caí em seus braços.

— Tu não se livra de mim fácil não, nanica.

— Como assim? Achei que não ia.

— Recebi uma ligação ontem a noite me avisando. Quem ia te meter em problemas? — Sorri feliz, estava com meu "marido" e a Liz mas, mesmo assim, me sentia deslocada. Graças a Deus pelo Dado. — Aliás, vamos ali comigo.

— Vamos. — Demos o primeiro passo para sair e ouvimos a chamada para nosso voo.

— Se preocupa não nanica, espera pra ver o que eu tenho preparado pra ti.

Pegamos nossas malas e nos enfileiramos para entrar no avião. Dado me contava como sua mãe passou a noite em uma ligação com ele, mandando não esquecer nada, porque tinha sido de última hora e também brigando com ele para ter juízo (tia Maria, aí já é demais né?!) e que ela queria fazer uma marmitinha pra ele levar (não cairia mal na verdade). E sinceramente eu até tentei prestar atenção em tudo que ele me falava, mas eu dividia minha atenção com a pessoa em minha frente, cujo eu nem precisava olhar seu rosto para ver o quão sisudo estava.

— Enfim, qual a tua poltrona?

— 8J — Disse depois de olhar no cartão de embarque. — E a tua?

— Uff, tô longe. Tô na 22A.

— Porque será que demoraram pra confirmar tua viagem? Podíamos ao menos sentar juntos.

— Nem isso, sabe o que tá me preocupando?

Entre nós dois

— Quê?

— Hotel. Esta época do ano deve tá tudo entupido.

— Sim, eu ouvi a Carolina falando. Ela disse que passou quase uma manhã toda procurando um. Se preocupa não, na rua tu não fica.

— Enquanto tu ainda tiver uma cama, tá garantido pra mim.

— Tá achando que vai dormir comigo?

— Nem a pau que vai ser na banheira.

— Vai ser no chão então, porque eu amo me abrir na cama igual a um paraquedas.

— Eu te fecho igual a um saco, então.

Finalmente chegou nossa vez de embarcamos, nos acomodamos em nossos assentos e foi só a conta pra eu receber uma mensagem do Dado me zoando.

Esqueceu de tomar banho de sal grosso? - 4:32

Do lado do dr. Monstro? - 4:32

Kkkkkkkk - 4:32

Se lascou doidinha - 4:32

KJKJKJKJKJKJKJKJKJKJWASJK - 4:32

Cala boca aí, oh do fundão. - Entregue 4:33

Guardei o celular e prestei atenção ao homem do meu lado, seria uma longa viagem. Toquei sua perna retribuindo o carinho que ele me havia feito a uns minutos atrás, porém, rígido estava, rígido ficou.

— O que aconteceu?

— Nada.

— Nada… — Repeti tentando imitar sua voz num tom sarcástico. — Por que ficou sério de repente?

— Você sabe.

— Eu não tenho culpa, eu nem sabia que ele vinha. Aliás, estou louca pra descobrir qual seu problema com o Dado.

— Não tenho problemas com ele.

— Obviamente isso não é verdade.

— Obviamente você não entende.

— Então me explica, guru.

— Não tô com saco pra isso agora — finalizou olhando para a janela.

— Quero saber, Bernardo.

— Olivia, pensa. — Começou olhando vidrado em meus olhos. — Caio e Liz sabem de nós, inclusive confio neles. Com esse menino aqui teremos que continuar fingindo que somos completos desconhecidos. — Isso definitivamente me pegou de surpresa. Ele queria aproveitar a viagem comigo? Sem estrutura pra isso.

— Isso não impede de ficarmos juntos. — Peguei sua mão e beijei o dorso, o que me rendeu um olhar de soslaio e um meio sorriso. — Esta viagem vai ser ótima, tô sentindo.

Finalizaram o embarque, deram as orientações de praxe e finalmente alçamos voo e, como eu não posso encostar que já estou dormindo, e principalmente porque tive que acordar às 4am, dormi todo o trajeto de mãos dadas e tombada em cima de Bernardo.

— Ainda bem que não é longe, tô toda desconjuntada. — Liz reclamou.

— É a idade, amor.

— Não começa a me chamar de velha, Matusalém.

— Tu é mais velha que eu.

— Não cometa o mesmo erro que eu, Oli. Vou te dizer uma coisa, não compensa. — Sorri de volta para Liz e olhei discretamente para meu marido... É, definitivamente isso não era um problema.

— Vamos pro hotel, ainda temos muito o que fazer.

— Vão vocês, eu preciso passar em um lugar antes. Nos encontramos na expo. Caio, leva minha mala. — Bernardo anunciou e saiu sem mais nem menos enquanto mexia no celular.

— Ok... — Caio completou estranhando a ação do amigo. — Então, vamos.

Chegamos ao hotel, fizemos o check-in, guardamos nossas coisas e o máximo de tempo que conseguimos foi para tomar um banho rápido. Logo nos encontramos na recepção do local e fomos até o prédio da expo. Quando cheguei, quase não acreditei no tamanho que era aquilo. Certeza que era quase um estádio de futebol, e isso que era somente a primeira edição, então ainda tinham poucas empresas participando.

Entre nós dois

Liz estava completamente certa quando disse que teríamos muito o que fazer. Passamos o dia todo correndo de lá pra cá, conversa com um, conversa com outro, resolve um problema, mexe com som, com paisagismo, com iluminação, com pessoas, até os pombos resolveram dar o ar da graça. A única pessoa que vi poucas vezes durante o dia foi o Eduardo, pois Caio mandava ele trazer algumas coisas e nos dar auxílio. Já era lá pelas 18:00 e estávamos sobrevivendo a base de água, suco e umas besteirinhas que conseguíamos. O tempo estava apertado e, acima de tudo, queríamos terminar o mais rápido possível, então sem tempo para qualquer tipo de pausa.

— Se eu soubesse que ia trabalhar como um condenado, teria ficado feliz de ter a possibilidade de ficar lá.

— Vai besta, Maria vai com as outras — impliquei. — Não sabe viver sem ficar me cheirando

— Vem cá, o que tu acha que o dr. Monstro foi fazer? Será que tinha algum encontro especial por aqui? — Mudou total de assunto se aproximando mais de mim totalmente sugestivo.

— O que? Como assim?

— Ninguém sai com toda aquela pressa assim do nada depois de acordar de madrugada e fazer uma viagem cansativa. Acho que ele tem esquema por aqui.

— Claro que não, Eduardo.

— Por que tá tão na defensiva? Nem que tu fosse alguma coisa dele.

— Só não acho legal tu ficar supondo isso do chefe.

— Do que tu tá falando mulher? É só o que a gente faz. Ficar supondo coisas da vida alheia. Aliás, alguém viu ele o dia todo? — Isso realmente me fez pensar, onde ele tinha se metido? — Enfim, vamos comer alguma coisa.

— Nossa, sim. Tô faminta. Eu comeria até tu agora.

— Olha que eu deixo.

— Môco. — Respondi rindo.

— Vamos?

— Vai ser no hotel mesmo ou vamos pra outro lugar?

— Que outro lugar? Minha filha, somos estagiários lascados, vai ser onde for mais barato.

— Tu sabe que nós recebemos recurso da empresa pra isso, né?!

— E tu acha que eu vou gastar tudo? Nana nina não.

— Então, vamos pedir alguma coisa.

— Com certeza, até porque vocês me fizeram carregar aqueles trens, agora eu tô todo machucado, tu vai me fazer uma massagem.

— E quem vai fazer em mim?

— Ué, eu faço.

— Só se eu quiser acordar sem costas amanhã, tu é péssimo.

— Tu vai me pagar por essa ingratidão.

— Vamos logo.

— Oli, espera. — Liz me chamou de longe e minha única reação foi fazer cara de mártir e esperar que viesse mais trabalho. — Estavam indo embora?

— Sim.

— Comer. — Dado continuou, ele com fome é mais bruto que canto de cerca.

— Oli, vamos pro hotel nos arrumar que temos um jantar com um investidor.

— E por que nós?

— Os meninos estão ocupados. — Acho que ela fez um sinal discreto para mim, mas não consegui captar o que era. — E... Eduardo, Caio está te procurando. — Ouvi meu amigo suspirar cansado. Ele se quer falou algo, somente começou a andar até se distanciar de nós.

— É sério que temos mesmo este jantar? Eu tô morta.

— Você tem um jantar e tenho certeza que não tem cansaço no mundo que te fará perder ele.

— O que? Como assim? E como assim EU tenho um jantar?

— Vamos comigo que eu te explico tudo.

Voltamos ao hotel e a ordem que recebi foi, *pega as suas coisas de higiene pessoal e vá até o meu quarto.* Ok, devo dizer que achei isso no mínimo esquisito, mas obedeci. Cheguei ao quarto da minha atual chefa e fui recebida com um lindo vestido e ela com um sorriso de orelha a orelha, o que eu perdi?

— Vai se arrumar que logo, logo ele vai chegar.

— Ele quem? — Não recebi resposta verbal, somente uma porta fechada. — Ok, né?! Vamos lá.

Entrei no banheiro, tomei um banho relativamente demorado, sei lá que me esperava, mas... Já estava vencida de todas as formas, desejava horrores por um banho quente daqueles e principalmente uma boa comida para minha barriguinha. Não tem como sobreviver a base de suco e bolacha água e sal. Terminei o banho e fui me arrumar, encontrei o vestido e, ao seu lado tinha também um calçado que ainda não tinha visto, me vesti e me calcei. A pergunta que não queria calar: de onde tinha vindo aquilo? Nem a pau que era da Liz, ela era bem mais alta que eu e a peça era exatamente do meu tamanho, e a sandália também era do meu número. O que *tava* acontecendo?

Peguei minha bolsinha mixuruca com pouquíssimas peças de maquiagem e comecei o processo de rebocar minha cara. Fiz algo simples, até porque nem sabia para onde ia. Passei um perfume e, se tivesse sido planejado, não daria certo, pois no mesmo instante que guardei o perfume, ouvi batidas na porta que fizeram meu coração acelerar, já estava era com medo do que estava preparado para mim.

Fui até a porta tremendo mais que vara verde. Abri-a vagarosamente e quando vi de quem se tratava, meu coração errou até as batidas. Bernardo estava em minha porta, especialmente mais bonito, cheiroso e elegante que o normal.

— Está pronta, senhorita?

— Sim.

— Vamos, então?

— Sim… Espera, pra onde? — Ele somente sorriu, me ofertou seu braço como um convite silencioso. Aceitei o convite e começamos a andar pelo corredor.

— Devo lhe dizer que está deslumbrante, como sempre. — Corei imediatamente.

— Devo lhe dizer que concordo, como sempre. — Sua resposta foi um revirar de olhos. — E que você está um verdadeiro lorde.

— Obrigado.

— Mas é sério, onde vamos? E o Dado?

— Pode confiar em mim? E eu já cuidei dele.

— Ai meu Deus!! — Parei de repente e ele me olhou assustado. — Passou com o carro por cima dele?

— Tenho certeza que não demorará muito, e você vai receber a ligação da ambulância.

— Ai credo, bate na madeira.

— Você que começou.

— Eu estava brincando. Agora você, eu já não sei.

— O que você acha? — Respondeu sugestivo.

— Ai Bernardo, não me assusta.

— Então, não pergunta.

Chegamos à entrada do hotel e ele, como um bom *gentleman* que fingia ser, abriu a porta do carro me fazendo entrar e logo depois assumiu seu lugar no banco do motorista. Segurando minha mão durante todo o processo, quase pulei de alegria quando vi que chegávamos perto de um restaurante. Até minhas lombrigas já tinham morrido de inanição.

Entramos no local, sentamos à mesa e fizemos nossos pedidos, mas eu só pensava em quanto tempo demoraria pra ficar pronto. Meu nível de endorfina caía drástica e abruptamente a cada segundo que passava, eu sequer me sentia feliz por Bernardo ter feito toda aquela surpresa para mim.

— Você quer conversar comigo ou vai ficar olhando pra cozinha a noite toda?

— Estou decidindo se pulo no tanque de marisco ou de peixe-dourado.

— Eu te jogo dentro deles, se quiser.

— Para, eu tô com fome. Não tenho nem energia pra falar.

— Isso sim é novidade, vou te deixar com fome mais vezes.

— Ei!! Aliás, onde você passou o dia todo que ninguém te viu?

— Eu prefiro você muda e com fome. — Fiz um gesto com minha cabeça para que ele respondesse. — Surpresa.

— Pra mim?

— Preciso mesmo responder?

— Energúmeno.

— Só por isso, agora não vou te falar mais.

— Por favor!! — Me debrucei um pouco sobre a mesa segurando sua mão e sorrindo mais doce que eu conseguia.

— Vai estragar a programação que eu fiz se te falar agora. — Depositou um beijo casto sobre o dorso de minhas mãos. — Mas... Podemos fazer um jogo.

— Jogo? Quem é você?

— Quer jogar ou não? — Rebateu, voltando para seu lugar.

Entre nós dois

— Tá, que jogo é?

— Vamos apenas conversar. Não se preocupe, me faça perguntas e eu vou responder, então você faz outra. Começa, vai. — Com certeza amei esse jogo, tinha tantas coisas que queria saber, mas ele nunca tinha me dado abertura, nunca tinha sequer se interessado em conversar comigo.

— Posso perguntar qualquer coisa?

— Eu posso? — Ele quis saber e entendi onde queria chegar... Ainda tínhamos assuntos proibidos.

— Tudo bem. Vamos ver... Do que mais você sentiu falta na relação com seus pais? — Ele pareceu surpreso relaxando os músculos contra o encosto da cadeira.

— Interessante... — Seguiu alguns segundos em silêncio pensando no que poderia me responder. — Minha relação com meus pais sempre foi boa, eles trabalhavam muito, mas sempre tinham tempo pra mim. Fazíamos viagens juntos nas minhas férias da escola. Meu pai sempre foi meu herói e meu melhor amigo. Só tinha uma coisa que eu achava muito triste, que era não ter um irmão, mas isso mudou quando eu conheci o Caio.

— E como foi isso? — Bernardo sorriu nostálgico.

— Não me lembro exatamente, acho que ele caiu em uma pegadinha, mas ele estava pendurado em um galho de árvore pelo short desesperado com medo de cair. A árvore era alta e embaixo tinha concreto. Caio mexia as mãos e os pés como se estivesse nadando.

— Meu Deus que perigo, você ajudou ele?

— Primeiro eu ri muito dele, depois fui atrás de alguma coisa pra subir, mas não tinha nada tão alto. Então achei uma vara que era de tirar manga do pé, e comecei a futucar ele pra ver se ele caía que nem fruta podre. — Não consegui controlar meu riso de hiena, comecei a imaginar a cena do Caio assombrado de medo e sendo futucado pelo Bernardo.

— Tinham quantos anos?

— Uns seis. Temos a mesma idade.

— E como ele desceu?

— Meu pai viu aquela cena e correu desesperado e, quando conseguiu colocar Caio no chão, ele tava todo machucado da vara e com o short rasgado.

— E os pais dele? — Consegui perguntar algo depois de muitas tentativas de recuperar o fôlego.

— Os dele eram muito ausentes. Caio foi a rapa do tacho. Todos seus irmãos já eram grandes quando a mãe dele engravidou. Já tinham suas vidas e seus pais também, então ele foi basicamente criado por babás e pelos meus pais.

— Que bom que ele teve ao menos esse apoio.

— Sim — respondeu com um sorriso aberto, que eu simplesmente era apaixonada. — Mas nessa tu já fez umas quinze perguntas. — O respondi sorrindo depois dessa frase. — O que foi?

— Nada. — Ele nunca tinha falado comigo com tanta intimidade.

— Então, agora é minha vez... Qual foi seu erro necessário?

— Nossa, depois dessa vou precisar até de terapia. Deixa eu ver... meu erro necessário? Nossa, essa é difícil, foram tantos erros.

— Todos necessários?

— Não, nem um foi... Ah, lembrei... Um dia, quando eu era mais nova estava brincando, não me lembro o nome da brincadeira, mas era assim: se alguém te pegar não fazendo alguma coisa e você estiver comendo, você tem que dar metade da sua comida. E isso aconteceu comigo.

— E qual a necessidade desse erro?

— Nunca brincar com brincadeiras que envolvem comida, ou ficar sempre atenta, não me lembro mais. — Ele me olhou perplexo e continuou.

— É sério isso? Pensei que vinha algo mais profundo.

— Com meu buchinho vazio? Desiste. — Poderia dizer que foi quando aceitei sua proposta de casamento e ir morar com ele, mas achava que ainda era um terreno em falso, e estávamos tendo um momento tão descontraído que não queria mudar. — Mas e o seu?

— Não pode repetir perguntas.

— Qual era seu maior sonho de infância?

— Meu maior sonho? É uma pergunta muito ampla. Em qual aspecto?

— Ah, não sei, é... profissão?

— Ah... psicólogo.

— Sério? Por quê?

— Uma vez uma coleguinha minha chegou dizendo que a mãe dela era interesseira, porque ela gostava de saber da vida dos outros. Era isso ou contador, porque eu achava que era só pra ficar contando história. — Disse e depois deu de ombros, estava amando aquele jogo.

— Maravilhoso. Teve um dia que eu fui no trabalho do meu pai, um erro seríssimo, inclusive. Ele foi no banheiro e me deixou na sala, o telefone começou a tocar e eu atendi, era alguém, obviamente, querendo falar com ele. Em alto e bom tom, respondi: ele ta fazendo cocô, mas vou levar o telefone pra ele porque é sem fio. — Cinco minutos depois, e ainda estávamos rindo dessas bobagens. Minhas costas e minha barriga doíam horrores, Bernardo já estava todo vermelho.

— E olha que nem bebemos ainda.

— Para de falar, se não vou morrer aqui. — Em modo automático, nós dois levantamos juntos da mesa e fomos cada um para um lado diferente do restaurante para tomarmos um ar e nos acalmar. Depois de alguns minutos pegando uma brisa fresca, voltei ao meu lugar e Bernardo já estava sentado, voltando aos poucos à sua cor normal. — Devo dizer que estou amando este jogo.

— Eu também, com certeza. Tenho mais uma. Qual frase mais te define?

— Não me segue que eu tô perdida.

— Para, assim eu não vou aguentar.

— É verdade. Ah, essa eu quero saber. Qual foi a experiência mais louca que você já viveu?

— Louca não, mas inusitada. Com certeza foi ser guiado por um cego.

— Oi? Como assim? Me conta isso. — Peguei minha cadeira e me aproximei mais do homem.

— Eu era criança, e fomos para um casamento. Depois teve a recepção, só que a recepção era longe. Aos poucos os carros foram saindo para lá até que ficou só meus pais, eu e mais umas cinco pessoas. E a melhor parte é que ninguém sabia exatamente onde era, somente apenas algumas partes do trajeto. Começamos o caminho e, quase juntos, os três carros estragaram. A ideia brilhante dos adultos foi deixá-los lá e seguir andando, mas ainda estava muito longe e era noite.

— Como vocês foram se ninguém conhecia o caminho?

— Aí é que tá o pulo do gato, ninguém conhecia, exceto o cego.

— Não, isso não é verdade — respondi incrédula. Adoraria conseguir parar de rir pra passar um pouco de credibilidade.

— É sério, ele tinha ficado cego depois de velho, e então chegávamos em uma esquina, por exemplo, e dizíamos — Oh na direita tem tal coisa e na esquerda tal coisa, e ele dizia para onde virar e, no fim, nós achamos o local mesmo. Mas já estava muito tarde e já tinha acabado quase tudo, então só tomamos água e voltamos novamente.

— De pé?

— Sim. Mas o bom é que não fui pra escola no dia seguinte.

— Nossa. Puta rolé nada a ver.

Nosso momento descontraído estava indo de bom para melhor, mas para ficar ainda mais perfeita a situação, a tão aguardada comida chegou e, para ser sincera, eu nem sei como comi tão rápido aqui. Estava tão deliciosa e minha fome já estava maior que eu, logo depois veio a sobremesa que também estava de comer rezando.

— O que foi?

— O que?

— Tá me olhando demais. Eu tô suja?

— Tô só te admirando. — Ele respondeu com um sorriso nasalado.

— Pois para, tô ficando nervosa.

— Lembra que eu disse que tinha uma surpresa?

— Claro, está na hora? — Quase bati palmas de tanta empolgação.

— Quando cheguei hoje eu precisava buscar uma encomenda.

— Encomenda?

— Sim. — Colocou uma mão dentro do paletó e tirou uma caixinha preta de dentro. Ao ver aquilo em cima da mesa, meu coração se acelerou como louco, senti um frio na barriga terrível e minhas mãos suavam drasticamente. — Acho que já estava mais que na hora de eu te dar isso. — Abriu a caixinha e lá tinha dois anéis lindos de ouro. Bernardo me entregou um e pegou o outro. Puxou minha mão esquerda e enquanto sorria abertamente e olhava no fundo da minha alma, depositou a aliança no meu anelar. Logo depois, esticou sua mão para que eu fizesse o mesmo, porém eu tremia tanto que praticamente ele mesmo colocou o anel.

— O-o que isso quer dizer?

— Que somos casados. — Todo meu nervosismo deu lugar a expressão de tédio e deboche.

— Jura?

— Isso é só entre nós, nossa intimidade, nossos segredos, nossa vida, nossa relação. Só nós dois. E isso... — Segurou minha mão e passou os dedos sobre minha aliança. — é só um símbolo que pertencemos um ao outro, como já está sendo a um tempo... Você que é a pessoa das palavras desta relação, não me force muito. — Continuou depois de perceber meu mutismo.

— É estranho ser casada escondido, mas tem suas vantagens.

— Com certeza. — Como este homem me deixava confusa. — Vem.

— Pra onde?

— Dança comigo?

— Mas, nem tem música.

— Só confia em mim.

— Tá. — Respondi depois de muito relutar. Quando chegamos a um espaço vazio, Bernardo fez um sinal para um outro homem e logo conseguimos ouvir uma melodia relativamente alta, lenta e harmoniosa tocar. Era aquela música. — Não acredito.

— Madame. — Me puxou para mais perto e aos poucos nos movemos no ritmo lento daquela música instrumental. Ed Sheeran sabe mesmo embalar corações. — Baby your smile's forever in my mind and memory. — Ele estava mesmo cantando pra mim? — I'm thinkin' bout how People fall in love in mysterious ways. Maybe it's all part of a plan. I'll just keep on making the same mistakes. Hoping that you'll understand. — Bernardo continuou a praticamente sussurrar em uma distância extremamente perigosa do meu ouvido. — Maybe we found love right where we are. — Me arrematou com essa frase e com um beijo depositado no local. Senti todas as células do meu corpo protestarem por um beijo, toda a minha pele se arrepiar e minhas pernas fraquejarem levemente. Quando a música acabou, afastamos nossos corpos e a visão de ver seus olhos brilharem contra os meus fez as malditas borboletas aparecerem novamente. — Temos que ir. — Disse em quase um sussurro.

— Sim. — Pagamos a conta, entramos no carro novamente e voltamos ao hotel. Continuava a tocar músicas instrumentais românticas e uma chuva um pouco violenta caia para banhar a cidade. Felizmente, o hotel não era longe, porque sua mão fazendo carinho na minha coxa estava me fazendo sentir *coisas* inapropriadas e desconfortáveis para um carro. Bernardo tentou parar o carro perto da recepção do local, mas com a chuva todos tiveram essa ideia. Então ele só conseguiu do outro lado, nos obrigando a correr na chuva e, como é comigo, óbvio que me estabaquei e a graça do meu marido preferiu ficar mais tempo na chuva só rindo de mim ao invés de me ajudar a levantar logo. Mas do meio para o fim, até eu comecei a rir também, porque né... Vamos rir das desgraças mesmo.

— Bernardo, meu quarto fica no quinto andar — disse depois do homem apertar o 6 no botão do elevador e não me deixar apertar o 5. — Meu filho, eu quero trocar de roupa, tomar um banho e dormir. — As portas do elevador se abriram e ele insinuou a saída e eu me recusei a me mover do fundo daquele elevador.

— Vamos, mulher. — Já tava tão cansada que só segui. O acompanhei ao que era o seu quarto no momento, e a primeira coisa que fiz foi tirar aquela sandália, normalmente calçado novo já dá calo, imagina encharcado.

— Ai, o que *cê* tem, Bernardo?

— O que?

— Tá reparando demais em mim, já estou ficando nervosa.

— Não posso admirar *minha mulher? — Esse homem fumou alguma coisa? Recebeu alguma ameaça? Bebeu um negócio muito forte? Não tô entendendo.* Pensei. De qualquer forma, nada me impedia de aproveitar. — Vem. — Me levantou da cadeira, da qual eu estava sentada tirando meu salto. — Quer saber o que mais passa pela minha cabeça nesses últimos dias?

— Quero. — O moreno se aproximou mais de mim colando nossos corpos, puxando o ar lentamente e soltando pela boca.

— No que aconteceu lá em casa naquela noite.

— E por que pensa tanto naquilo?

— Porque eu quero *desesperadamente* repetir. — Se ele soubesse o tanto que eu queria também, mas sua declaração fez minhas palavras sumirem. — Lutei a noite toda para não te beijar.

— Por quê?

— Não estava na hora de borrar seu batom. Mas, agora... É só entre nós dois. — Sussurrou a frase que me disse no restaurante.

Lentamente sua boca se aproximou da minha e senti um gosto leve de bebida alcoólica misturada com chocolate. A maciez do seu lábio se movia calmamente contra os meus, sem pressa alguma, como se não houvesse tempo, ou como se ele pertencesse a nós. Nos uníamos através da sensação das nossas peles e da sensualidade excessiva daquele beijo cálido.

Tempos depois senti seu corpo me empurrar até encostar em um móvel e logo ser levantada para me sentar em seu topo, ainda entre beijos calmos

Entre nós dois

suas mãos começaram a mover-se vagarosamente até o zíper do meu vestido e descer até o final apoiando seus dedos contra minha lombar desnuda me puxando mais para perto de si. Seu toque gelado contra a minha pele molhada me causou arrepios, porém eram de antecipação. Em contrapartida minha área de movimentação se restringia a acariciar seus cabelos, sua barba e seu pescoço até seu ombro por baixo do paletó. Comecei a desabotoar os botões da camisa e, quando enfim cheguei no último, pude então tirar o terno, a gravata e a blusa, vislumbrando sua pele morena e úmida.

Notei a existência de um balde com champanhe e gelo ao meu lado. Resolvi então colocar minha mão dentro e, quando já estava gélida, levei-a novamente à nuca de Bernardo, e fui descendo até chegar no cós da sua calça e, respondendo a isso, o senti suspirar forte contra minha boca. Em um ato impetuoso fui levada no colo e lançada contra a cama. Saindo da posição deitada, me sentei e, logo em seguida puxando o cinto de sua calça e elevando o objeto até o seu pescoço e o trazendo mais para perto de mim, beijando-o e recebendo o mesmo ato em troca. Senti suas mãos se misturarem com meus fios de cabelo, mordisquei sua boca como retribuição à carícia.

Após deixar meus fios, as mãos de Bernardo buscaram as minhas e as prendeu por cima da minha cabeça. Seu olhar vívido se encontrou com o meu e depositou beijos afáveis em minha testa e em meu nariz, seguindo até minha boca, a capturando novamente e me incendiando de prazer com o roçar de sua língua contra a minha. Sob meu protesto, o moreno deixou minha boca e, com ritmo vagaroso, desceu até meu pescoço e a sensação áspera da sua barba contra minha pele lisa fez arder uma chama em meu peito, aumentando em uma taxa extremamente perigosa o erotismo entre nós.

Não parando sua viagem pelo meu corpo, senti seus beijos descendo mais até chegar em meus seios dando leves mordiscadas nos mamilos, os deixando rijos, e arrancando gemidos involuntários da minha boca e como resposta natural, meu corpo arqueou deixando mais espaço para suas carícias. A umidade dos beijos não paravam, pois ele continuava a marcar minha barriga com eles deixando vez ou outra uma leve mordida no local e arrepios da minha pele, essa minha resposta às suas ações o fez com que ele quisesse me provocar ainda mais. Bernardo ergueu seu corpo puxando o resto do meu vestido que estava preso em meus quadris, liberando-o para continuar seu caminho de beijos e meu monte de vênus. Me enlouquecendo por pura antecipação, o homem desceu até a ponta dos meus pés, aproximando sua boca do local e intercalado de uma perna a outra, seus lábios subiram em cada centímetro de pele até chegar na parte interna das minhas coxas que foi possível experienciar uma ligeira pressão, acompanhada de leve sucção no local.

Seu peso foi apoiado sobre mim novamente e, para a minha alegria, nossas bocas se juntaram em um beijo tórrido e avassalador. Bernardo juntou seu rosto com meus cabelos e os cheirou, embriagando-se com o perfume e, após isso, aproximou-se aproximou-se do meu ouvido e sussurrou roucamente.

— Seu cheiro aumenta meu desejo, me dá mais vontade de te fazer minha.

— Sinta-se convidado. — Percebi que sua perna abria as minhas e meu corpo respondeu com um suspiro longo e pesado. Bernardo notando meu estado, volta a afagar meus cabelos e cheirá-los carinhosamente enquanto se movia em ritmo cadenciado e lento.

[...]

— Só me entristece eu não poder usar — reclamei enquanto olhava pro meu anel...

— É só trocar de dedo, ninguém vai saber que isso é uma aliança. — Respondeu o homem debruçado sobre meu corpo enquanto recebia um cafuné.

— E tu vai ficar andando por aí sem aliança?

— Eu já andava sem e não vou aderir à moda dos anéis a estas alturas da vida.

— Já sei. — Respondi pensativa. — Usa na roupa.

— Na roupa?

— É, presa. Não vai andar por aí sem bandoleira. — O ouvir sorrir me alegrou.

— Tudo bem, não vou contestar.

— Eu preciso ir.

— Ainda não. — Se aninhou mais ao meu corpo manhoso.

— Tenho sim, nem sei o que vou inventar pro Dado. — Seu pulmão se encheu e esvaziou lentamente como se pedisse paciência aos céus. — Se ele soubesse de nós, não teríamos que nos esconder.

— Se ele não tivesse vindo, não precisaríamos nos esconder.

— Não vamos discutir isso agora. — O beijei na testa e seu corpo rolou para o outro lado. Aproveitei a abertura e com muito protesto do meu corpo, me levantei da cama. — É tão bom vestir roupa molhada — ironizei, enquanto ouvia o pateta rir de mim. — Até amanhã. — Me aproximei e o beijei pela última vez naquela noite.

Saí do quarto com cuidado para que não fosse vista. Entrei no elevador e desci para meu andar e, ao sair, lembrei-me de trocar o anel de dedo. Já teria que inventar mentiras pro Dado, não precisava dificultar para mim.

Entrei no quarto e meu amigo estava deitado na cama mexendo no celular.

— Onde tu tava?

— No bendito jantar lá.

— Tua cara nem treme, né?!

— Como assim?

— Em um jantar de negócios até essas horas? Dá um tempo!

— Não era longe daqui, então voltei andando, que sinceramente foi uma ideia de gênio porque eu peguei um toró, tô quase criando lodo. — Ele me olhou criticamente de cima a baixo até parar nas minhas mãos.

— E esse anel?

— Tive que ir bem apresentável, né?! — Joguei o sapato no chão e finalmente me movi para tomar um banho e trocar de roupa.

— Tu sabe que eu sei que tu tá mentindo, né?! — Dei de ombros e entrei no banheiro. Coisa boa era um banho quente e uma roupa seca. Depois de um tempo consegui descansar meu corpo sobre aquela cama macia e cheirosa. Olhei para o Eduardo e ele mostrava uma feição emburrada, até que ouvir um trecho de uma música que ele fez questão de colocar em alto tom. "Did you have to do this? I was thinking that you could be trusted. Did you have to ruin what was shining? Now it's all rusted… Cause baby, now we got bad blood". O olhei de soslaio incrédula, não achando pouco, lançou outra indireta "I said, 'No one has to know what we do' His hands are in my hair, his clothes are in my room", e para arrematar, colocou a última "I needed to lose you to find me. This dancing was killing me softly. I needed to hate you to love me, yeah".

— Como assim, "as mãos dele no meu cabelo, as coisas dele no meu quarto"?

— Eu conheço essa cara alegre de longe e sei muito bem o motivo.

— Ah! Vai dormir, Eduardo... Não vem querer colocar eu contra eu numa hora dessas não. — Joguei um dos travesseiros e me virei do lado oposto, só queria dormir.

[...]

— Bom dia. — Cumprimentei os da mesa.

— Bom dia, Oli.

— Onde está o Eduardo? — Caio me questionou.

— Não sei.

— Tudo bem com vocês? — Liz quis saber ao ver minha cara de desgosto ao falar do rapaz.

— Ele passou a noite toda me mandando indireta por músicas.

— Por quê? — Bernardo perguntou.

— Por tua culpa.

— Minha?

— Lógico, se não tivesse feito eu demorar tanto, ele teria acreditado na minha desculpa.

— Agora a culpa é só minha? Eu não te obriguei a ficar.

— Vou nem responder isso. — Olhei seriamente o cinismo daquele homem que no fundo tinha certeza que estava até feliz pelo ocorrido.

— Hã... Mas Oli... Que lindo esse anel. — Liz elogiou tentando mudar de assunto.

— Sim. — Respondi enquanto ainda olhava com raiva pro meu marido. — Falando nisso, cadê o teu?

— Tá aqui. — Bernardo o pegou de dentro do paletó enquanto achava graça do meu estresse matinal.

— Então, isso é tipo anel de compromisso? — Caio sugestionou.

— Tipo isso.

— Bom, Bernardo, temos que ir.

— Sim. — O homem aproveitou para dar mais um beijo de despedida em sua esposa, enquanto que Bernardo me ofertou somente um aperto na minha perna. Oh lástima!

Entre nós dois

— Oli, você tem noção de como o Eduardo vai se sentir quando ele descobrir?

— Sinceramente, eu não quero nem pensar. Ele vai se sentir muito traído.

[...]

O evento foi exitoso, uma verdadeira correria. Foi três dias de muito trabalho, mas deu tudo certo no final. Eu só conseguia pensar em voltar pra casa, pra minha cama e curtir essa "nova fase" com meu marido e seja lá o que mais o futuro nos reserva. Dado continuou chateado comigo, mas finalizando tudo ele me procurou, já estava explodindo querendo contar uma fofoca e não sabia para quem. A viagem de volta foi tranquila, porém exaustiva, mas o importante é que estávamos em casa novamente.

[...]

Aquele domingo

Cheguei junto com o Bernardo e na hora não havia mais ninguém na recepção. O homem estava na frente e eu no fundo do elevador. Quando a porta estava fechando, apareceu uma mão abrindo novamente e Eduardo entrou. A princípio ele se assustou ao dar de cara com Bernardo, que além de ser chefe, não era a pessoa favorita dele, e ainda por cima estava atrasado. Seu rosto se suavizou ao me ver, pois pensou que não era o único que estava lascado nesta situação.

— Hoje não tem café pra você, nanica. — Ele me abraçou e beijou minha testa.

— Vai me dever dois então.

— Tu 53, tá tudo anotado. — Nós sorrimos. E ele começou a sussurrar. — Que azar para nós, chegando junto com o Dr. Monstro. — Eu apenas assenti. Nesse momento ouvimos um ruído surdo e o elevador parou.

— O que aconteceu?

— O elevador parou.

— Ahh... Jura, gênio? — Provoquei sarcasticamente.

— Você não é claustrofóbica, é?

— Eu não, e você?

— Você viu o tamanho da minha antiga casa?

— Bom ponto. Agora é só esperar.

— Como será que o Bundovisk vai reagir?

— Não me diga isso – disse com medo. — Da outra vez ele ficou me olhando igual ao exorcista.

Bernardo pegou o telefone de emergência e começou a discar.

— Se o elevador não começar a funcionar em menos de cinco minutos, considere-se na rua — disse extremamente nervoso e então desligou o telefone. O que estaria acontecendo?

— Estava pensando em levar o Eric para ver algumas festas na cidade. — Dado começou a falar me distraindo dos meus pensamentos.

— É boa ideia.

— E você vem com a gente.

— Eu? Não.

— Por que não?

— Não gosto muito de sair.

— Hum... Naquele dia não teve nada disso, tu bebeu, se divertiu, dançou até o chão, comemorou, não sei o que, mas comemorou. — Levei a mão ao rosto envergonhada pelo jeito que ele falou. — E sem falar que naquele dia tu tava pronta para o crime. — E assobiou. Fiquei muito mais envergonhada e olhei de relance para Bernardo, que parecia muito tenso.

— Talvez eu vá porque gostei muito do Eric. Mas, será se ele gosta de ir a essas festas.

— Ele também gostou de você... como assim?

— Ele pode querer ir a boates gays.

— É verdade, não tenho nada contra, mas não gosto destas viagens... ah... falando em gostar, senhorita... lembra daquele cara que ficou te secando a maior parte da festa? Ele me encontrou no Instagram e aparentemente quer te conhecer.

— Ele foi atrás de tu?

— Claro, tu não tem uma rede social... Aliás, por quê em?

— Não gosto.

— Isso é impossível. — Olhei para Bernardo novamente e seus dedos estavam brancos de tanto apertar, algo me dizia que ele não gostava nada daquele assunto.

— Mas então, você vai querer o contato dele? — Disse sugestivamente.

— Não, estou bem. — Disse sorrindo.

— Nanica, um dia desses você vai ter que tirar a ferrugem. Se não for comigo, tem que ser com outra pessoa.

— Palhaço. — Dei um tapa nele e começamos a rir alegremente, mas meu sorriso sumiu quando Bernardo caiu de joelhos no chão. — Valha-me Deus, seu Bernardo, você está bem? Dado, ele não está respirando.

— Acho que ele era o claustrofóbico.

— Hoje tu tá perceptivo em, com as anteninhas ligadas. — Falei ironicamente e o coloquei no chão.

— O que você está fazendo?

— Vou tirar a gravata e abrir um pouco a blusa. — Então eu fiz isso. — Seu Bernardo, olhe para mim, nos olhos. Ele estava ofegante e um olhar sem foco. — Olhe nos meus olhos e respire comigo. Devagar. — Estávamos respirando juntos até que ele se acalmou e se levantou.

Demorou um pouco e nada do elevador regularizar, então ele teve outra crise e eu me lembrei de algo que vi e fui para o lado dele e o abracei o mais forte que pude.

— Tá louca? O que você está fazendo?

— Ele precisa se acalmar.

— E...?

— Estou fazendo pressão. Venha abraçá-lo do outro lado.

— Nem com a promessa de uma taca, ele vai me matar e vão dizer que foi por legítima defesa.

— Vem logo, Eduardo.

— Não vou tocar nele.

— Anda, não sou grande o suficiente. — Ele se aproximou de mim e sussurrou.

— Seria tão ruim se ele fosse para o hospital e ficasse lá por alguns dias?

— Para de arrotar bacaba menino, abraça logo.

Resignado, abraçou Bernardo do outro lado. No começo ele lutou um pouco, mas com o passar do tempo ele se acalmou.

— O que estamos fazendo?

— Esta técnica é usada com bois indo para o matadouro.

— Tem razão então, porque ele é o boi e eu vou para o matadouro.

— Para de brincar. A pressão intensa resulta em redução da frequência cardíaca e rigidez muscular...

— Isso os acalma?

— Exatamente. — Bernardo se sentiu mais calmo e relaxado com o passar do tempo. Depois de mais alguns minutos o elevador começou a funcionar, mas mesmo assim não nos soltamos, o abraço que lhe demos nos fez entrar em estado de calma também.

Entre nós dois

Quando chegamos ao andar administrativo e encontramos todas as secretarias olhando para nós e reparando a nossa situação, foi aí que nos separamos.

— Onde você aprendeu isso? — Dado perguntou curioso, pegando suas coisas junto com as minhas que foram jogadas no susto.

— Grey's Anatomy, eu te disse. Assiste. Eu sei fazer RCP cantando Stayin' Alive do Bee Gees.

Saímos do elevador e Bernardo foi ao banheiro para pôr-se alinhado novamente.

— Olívia, isso chegou para você. — Outro ramalhete.

— Obrigada. — Sorri agradecida.

— Hmm... deve ser por isso que você não quer o cara, está cheio de admiradores secretos. Vê aí se este tem um cartão.

— Sem cartão novamente. — Mas desta vez eu não ia me enganar pensando que era do Bernardo, apesar de seu comportamento mais recente. Poderia ter sido, mas aprendi a lição da outra vez.

Bernardo passou por mim olhando as flores na minha mão e sem muita importância entrou na presidência. Meu Deus, tudo de novo não.

— Deixe-me ir porque o Sr. Bundovisk deve estar uma fera.

— Eu também. Até a hora do almoço.

[...]

Estou no escritório, cuidando das coisas da empresa, e depois vou sair.

Mas uma coisa não mudou, acordar sozinha na cama... pelo menos a frase aumentou, ele vai ter que viajar de novo? Oh não, eu não quero nem pensar nisso, me afastando dele novamente agora que tudo está funcionando.

No entanto, lembrei-me de um fragmento de uma conversa que tivemos um dia antes de irmos para a cama.

— Eu sei por que quero encontrar Antony, mas você não me disse por que quer achá-lo também..

— Eu também tenho algumas coisas para resolver, e vou usar você para isso.

A partir daí, nada do que ele disse eu prestei atenção... como assim me usar? Isso tudo é apenas o plano dele para conseguir quem sabe o que com Antony? Será que todo esse comportamento de marido amoroso é apenas para que eu não vá embora, e ele consiga o que quer? E se ele fizesse amor comigo só por isso? Afinal, ele mesmo disse que estava me usando. Mas será que ele está me usando, e se sim, em que nível? Eu não suportava que ele me usasse assim, e não poderia estar mentindo. Quando fazíamos amor era tão real...

Resolvi parar de pensar nisso, só me deixaria inquieta e quero aproveitar a paz que estamos tendo, embora não seja fácil. Decidi fazer algo para me distrair, já estava na cama há muito tempo.

Fui ao banheiro, fiz aquela higiene matinal maravilhosa e desci para o café da manhã. Estava tudo bem, até que ouvi a porta se fechar. Meu coração disparou, comecei a transpirar e um sorriso largo apareceu em meus lábios, me senti uma adolescente. Bernardo me faz sentir assim. No entanto, quando olhei para ele, meu sorriso se transformou em uma expressão preocupada, o que havia acontecido? O homem estava todo machucado, com vários hematomas no rosto, sua boca sangrava e sua mão estava igual. Corri desesperadamente em sua direção, ele não estava bem.

— O que aconteceu? Por que tu tá assim? Quem fez isso? — Atropelava as palavras, pois tamanha foi a minha consternação. — Fala, Bernardo! — Curiosamente, ele começou a rir de mim. — Qual é o seu problema?

— Vá com calma, tranquila. — Ele me deu um beijinho meio de lado.

— Que calma, olhe para o seu estado.

— Eu luto com Box... estava fora de forma, então aconteceu isso;

— M-mas...

— Estou bem, estou acostumado. — Ele caminhou em direção ao quarto e eu o segui. Quem se acostuma a apanhar, gente? — Com tudo o que aconteceu, eu não fui para a academia durante muito tempo. — Sentou-se pesadamente na cama, queria parecer forte, mas aqueles golpes claramente doíam. Tirei a camisa dele e fiquei ainda mais assustada, tinha muitos hematomas e marcas de pés e mãos.

— Como você está bem? Quero dizer, olhe para isso. — Como eu queria controlar mais meu choro, o nó começou a se formar na minha garganta.

— Eu vou tomar um banho. — Entrou no banheiro e fui atrás de muito gelo.

Entre nós dois

Quando ele saiu, lá foi eu colocar gelo no homem todo.

— O que aconteceu com a empresa? — Perguntei lembrando do seu bilhete.

— Aquela empresa que fui visitar vai mandar um representante amanhã para assinarmos o contrato.

— Ah, que bom... Melhor ainda que você não precisa viajar.

— Sim, vem aqui. — Ele jogou o gelo que eu tinha na mão de lado e me puxou para sentar em seu colo. Não se importando muito com o hematoma na boca, me beijou com entusiasmo e eu não fiquei muito atrás. Fazia uma semana que estávamos no 0x0.

Bernardo começou a tirar minha camisa e puxar meu cabelo, mostrando meu pescoço, me mordendo e me excitando ainda mais. Aproveitei que ele já estava sem camisa e andei em volta do corpo dele até que resolvi apertá-lo... não deu muito certo, porque ele gemeu de dor e pulou. Acabou totalmente com o clima, mas me fez rir da cara dele.

— Isso é para você aprender a não bater em ninguém.

— Vem, a gente dá conta.

— Damos sim, mas não vamos. Você tem que descansar, porque amanhã a semana recomeça. — Eu me levantei do colo dele e ele se deitou novamente. — Falando nisso, como você vai trabalhar amanhã e receber um cliente externo espancado assim?

— Não tem problema, já aconteceu antes. Todo mundo sabe que eu luto...

— Isso dará a ele a impressão errada de você.

— Acho que as pessoas veem os atletas com bons olhos.

— Ainda assim, você não vai assim.

— E você vai fazer o quê? Voltar no tempo?

— Quase isso. — Respondi levantando e abaixando as sobrancelhas.

— O que vai aprontar?

— Bernardo... — Aproximei-me acariciando seu corpo.

— Hmm... Quer alguma coisa.

— Quero contar a Dado sobre nós.

— Óbvio que não. — Voltou postura séria.

— Ele é meu amigo, confio nele.

— Mas eu não.

— Ele vai guardar segredo, eu...

— Olivia, a única coisa que vocês fazem quando estão juntos é fofocar, eu não permito!

— Se seu Caio e dona Liz sabem, Dado também pode saber — disse me levantando da cama e batendo o pé.

— Não é a mesma coisa.

— Por quê? Por que ele não é rico, ou não é um executivo da empresa, ou por que você inventou algum motivo aleatório para não gostar dele?

— Quem te mandou as flores?

— O que? O que isso tem a ver com alguma coisa?

— Não lhe parece estranho que flores sem cartões comecem a aparecer para você? Não vai contar e pronto.

— Vou dizer a ele e quero ver quem vai me impedir.

— Entende uma coisa...

— Entende você, Eduardo é meu amigo... MEU A-MI-GO. — Enfatizei muito — e se as flores apareceram ou não, por causa daquele homem ou não, Dado não tem nada a ver com isso. — Cruzei os braços de mau humor.

— Quer saber? Conte, vamos ver qual será a reação dele quando descobrir que você mentiu todo esse tempo.

— Não importa, não quero mais mentir. E além disso, quem vai nos ajudar com esses seus machucados indiretamente é ele.

— Do que você está falando?

— Espere um pouco

Peguei minha bomba e liguei para o rapaz, a primeira vez caiu na caixa postal, insisti de novo, não ia dar esse gosto ao Bernardo.

— Oi Nanica.

— Oi Dado

— Que milagre foi esse?

— Eu preciso de um favor.

— Manda.

— O Eric está aí?

— Tá sim.

— Está ocupado?

— Se você considerar encher a cara com uma massa verde para melhorar a cútis ou qualquer outra coisa, então sim, ele está ocupado. — Eu sorri para ele.

— Quando ele acabar, cê me liga de volta?

— O que tá aprontando?

— ...

— Seja o que for, eu tô dentro. — Naquele momento eu me senti tão triste por tê-lo enganado, Eduardo era um amigo tão bom.

— Peça para ele me ligar e aí você vai descobrir também.

— Ok... espere um minuto, ele terminou de arrancar um pedaço do rosto.

— Tu não é gente. — Comecei a rir dele.

— Olá, linda.

— Oi Eric. Desculpe interromper seu lindo momento.

— Ah, tudo bem, já acabei. Começo cedo para aproveitar os raios do sol da manhã.

— Ai! Preciso que você me dê um conselho.

— Com certeza princesa, mas o que posso fazer hoje por sua majestade?

— Ai que lindo. Bem, você pode vir aqui em casa e cobrir algumas coisas com maquiagem?

— Que coisas?

— Você verá quando chegar.

— Ok, vou levar maquiagem pra você.

— Ah não. Não é para mim. Traz uns tons para pele mais morena.

— O que você está fazendo, menina?

— Só vem.

— Ok, vou pegar minhas coisas. — E devolveu o celular para Dado.

— E aí? Que corpo vamos enterrar?

— Bobo, vou te dar a localização daqui de casa e você vem com o Eric?

— Opa, opa, opa... o que aconteceu para você mudar de ideia assim?

— Você vai entender tudo quando chegar.

— Tudo bem.

Desligamos e mandei a localização para ele, Dado respondeu com um emoticon com a cara dele fazendo festa. Agora eu só tinha que esperar que ele não ficasse muito bravo comigo.

— Você vai me dizer o que está fazendo?

— Sim. Eric é maquiador profissional.

— E...?

— Ele vem pra me ensinar a fazer maquiagem em você para a manhã você não colocar os futuros sócios para correr com essa cara toda roxa.

— Maquiagem?

— Exatamente.

— E por que não fazer você mesma?

— Porque não sei e nem tenho maquiagem para você.

— Como assim? O banheiro está entupido com essas coisas.

— Minha maquiagem não serve para você.

— Por que não?

— Nosso tom de pele é diferente.

— Ainda tem isso?

— Claro.

[...]

O porteiro ligou para avisar que tínhamos visitas, então deixei ele entrar e meu coração bateu mais forte, fiquei com medo da reação do Dado. Abri a porta e me vi cara a cara com dois homens de boca aberta.

— Com certeza você vai devolver meus cafés com juros e correção monetária. — Dado disse entre assobios.

— Não acredito que você mora aqui... conheço uma pessoa rica. Precisamos ser mais amigos rapidamente. — Eric disse sorrindo.

— Entra gente, fiquem à vontade.

— Por que não quis dizer onde você mora? Se eu morasse aqui, eu tatuaria minha testa.

— Deixa de ser besta.

— Mulher, tu me pediu 5 pila pra comprar almoço. — Eduardo falou ainda falsamente transtornado.

— Mas então... quem será minha vítima? — Eric perguntou mudando de assunto.

— Está lá dentro, querem alguma coisa?

— Posso morar aqui?

— Para comer, folgado.

— Estou bem, querida, obrigada.

— Sim, nanica, eu também.

— Então venham comigo.

Comecei a caminhar levando-os para o quarto e meu coração acelerou, chegamos lá e Bernardo estava vestido de forma bem casual, brincando com o celular.

— Minha senhora de pernas finas. Quem é este homem? — Eric disse encantado. Mas ao contrário dele, Dado não disse nada, olhou para Bernardo muito sério. — O que aconteceu?

— Aparentemente ele luta, Eric.

— Luta? Apanha, né? — Disse e então cobriu a boca com a mão, percebendo o passo em falso. Não aguentei e comecei a rir.

— Concordo contigo — sussurrei para ele. — Mas amanhã vai ter um cliente na empresa que não pode vê-lo assim. Eu quero que você me ensine como esconder essas contusões.

— Deixe isso comigo. — Aproximou-se de Bernardo com sua pasta e começou a olhar seu tom de pele para comparar com sua maquiagem.

Eduardo sentou-se numa poltrona ao longe e sem dizer uma palavra ficou ali.

Tentei prestar atenção no que Eric estava me ensinando, mas continuei pensando no que estava passando pela cabeça de Dado. Quando Eric estava na metade do procedimento, ele se levantou e saiu.

— Dado, espere... espere. — Eu puxei em seu braço.

— O que?

— Diga alguma coisa, você está tão quieto.

— Você acha que eu sou uma piada por acaso?

— Claro que não. Eu gosto muito de você.

— Ah, fala sério Olivia, pensei que fossemos amigos, mas você ficou rindo pelas minhas costas esse tempo todo.

— Claro que não.

— Você pode me dizer quantas vezes você mentiu para mim? Quantas vezes eu te perguntei sobre sua vida e você sequer teve a decência de me contar, e ainda vem me dizer que gosta muito de mim, faça-me um favor. — Ele começou a caminhar em direção à saída muito bravo.

— Dado, eu não poderia te dizer, você não entende.

— Entendo... entendo que sim, você é uma mentirosa manipuladora. — A dor em suas palavras me machucou mais do que ele estava me dizendo. Ele ficou magoado e se sentiu traído.

— Dado, por favor, me escute.

— É Eduardo o meu nome, não Dado, não para você. Diga ao Eric que espero por ele lá embaixo. Você pode fazer isso sem inventar uma mentira?

E a porta bateu, e quando ela se fechou eu me permiti chorar, eu tinha perdido o melhor amigo que eu já tive na minha vida por causa de mentiras e minha falta de confiança.

Algidez

Olhei para a porta perdida por um tempo, ele realmente tinha ido embora e eu podia sentir o quanto ele estava magoado. Recolhi minha insignificância, voltei para o quarto e Eric estava quase terminando.

— Onde está Edu?

— Ele disse que esperaria por você lá embaixo — disse com a cabeça baixa, limpando o nariz.

— Ah, está bem. Oli, estou quase terminando. Olha esta parte aqui, é importante escondê-la bem.

Fui até eles e me mantive o mais focada que pude para aprender, mas queria ir para o meu quarto e deitar em posição fetal e chorar, chorar muito. Bernardo, percebendo minha tristeza e que eu já havia chorado, pegou minha mão e continuou acariciando para tentar me acalmar, congratulei-me com a tentativa, mas o que me acalmaria seria meu bom amigo comigo novamente.

— Você aprendeu?

— Acho que sim.

— Posso ensinar de novo.

— Não tudo bem. Acho que entendi.

— Então é isso. Seu Prometheus moderno está finalizado. — Olhei diretamente para ele e foi fantástico, ele havia feito mágica.

— Uau Eric, você tem mãos mágicas.

— Algumas pessoas me chamam de Sininho. — Ele soprou na ponta do pincel como se tivesse acabado de atirar.

— É mais para a união de todos os ursinhos fofinhos. — Ele sorriu feliz.

— Olha, vou deixar aqui. — Havia várias maquiagens do tom de pele de Bernardo. — Porque... se ele continuar "brigando" assim, você vai precisar muito. — Zombou do homem.

— Você sabia que eu posso te ouvir? — Ainda sorrindo, me inclinei e lhe dei um beijo rápido.

— Então, já vou indo.

— Espera um pouco. — Fui para o nosso quarto, peguei um envelope e entreguei a ele.

— O que é isso?

— Dinheiro.

— Não precisa, foi só um favor.

— Eu sei, mas não é justo, seu tempo, seu talento e seus produtos não são gratuitos.

— Se for assim, eu aceito.

Eric pegou suas coisas e saiu e, quando fechei a porta, por estarmos só Bernardo e eu, me senti livre para deslizar da porta para o chão e chorar.

— Vem comigo. — Bernardo se aproximou de mim, me puxando para o meio dos braços e me pegando quase como um cavalo nas costas e me jogou na cama, caindo em cima de mim. — Pronto. — E se levantou saindo do quarto, me enrolei na cama triste com toda a situação. Minutos depois, ele voltou com uma cesta cheia nas mãos.

— O que é isso?

— Comida. Come. — E virou a cesta na cama, e caiu muita comida, principalmente chocolate.

— O que é isso? Tem estoque é?

— Tenho, gosto de comer quando tô cansado...

— Obrigada. — Apesar de ter me distraído com isso, logo tudo voltou e fiquei triste de novo.

— Olha, eu não gosto dele, mas aparentemente ele é importante para você. Então, se você precisa de um ombro para chorar, eu tenho dois e só me avisa quando estiver melhor para eu poder dizer que eu te avisei.

Sei que essa foi a sua maneira de me dizer que está do meu lado me apoiando, Bernardo não é muito de palavras, embora haja momentos em que me sinto casada com um semáforo, tentando desvendar seus sinais, às vezes me surpreende.

— Obrigada — me deitei no meio de toda aquela comida e descansei minha cabeça na perna dele. Bernardo encostou-se à cabeceira da cama e me dava uma carícia lenta e agradável. Pensei em ligar para ele várias vezes, mas desisti de todas. Podia sentir como ele deve estar machucado, no lugar dele eu também estaria.

— Olivia.

— Hum.

— Quanto tempo tenho que ficar com isso?

— Temos que tirar isso de você, eu já tinha esquecido. — Nos levantamos e fomos tirar toda aquela maquiagem. Com toda a comida que comemos, não deu nem fome para o almoço. No final da tarde, o Bernardo tentou me animar, tomamos banho e vestimos o pijama, aproveitamos o clima e fomos ver uma série.

— Eles estavam claramente dando um tempo. — Disse enquanto comia pipoca.

— Do que você está falando? — Já indignada, levantando do seu colo.

— Ela pediu um tempo, não tem nada de errado.

— Ele teve altos ataques de ciúmes infundados e quando ela pediu um tempo ele não esperou um dia para ir para a cama com outra mulher. Você acha que está correto?

— Ela pediu um tempo - falou comigo como se a resposta fosse extremamente óbvia.

— Quer dizer que se eu te pedir uma pausa, você vai para a cama com a primeira mulher que aparecer?

— Com a primeira não, eu ia procurar bem.

— Que cínico. — Eu bati nele onde estava mais machucado.

— Au!

— Pra aprender. Não se esqueça do nosso acordo.

— Você também não, viu? — Neste exato momento meu celular vibrou e meu coração disparou com a vã esperança de ser Eduardo, então pulei em cima do celular e quando vi quem era, fiquei triste novamente.

— O que aconteceu?

— Achei que fosse o Dado.

— E quem é?

— Do consultório do ginecologista.

— Tudo bem?

— Sim, é apenas uma rotina. Estou tentando marcar há algum tempo.

— Mas por quê?

— Nunca mais fui lá depois daquele dia.

— E você vai que dia?

— Na terça.

[...]

Segunda-feira chegou de novo e eu estava animada para poder ver o Dado. Acordei como todos os dias, percebendo que o Bernardo não estava na cama. Mas hoje ele não podia ir sem mim, tinha que maquiá-lo. Será que ele tentou fugir disso? Não tenho dúvidas de que ele preferia não usar maquiagem. Levantei da cama e fui tomar banho, adoro chuva, mas, dá uma preguiça dos infernos.

Entrei no banheiro com os olhos semicerrados, tentando abrir, tirei o pijama e joguei em qualquer lugar e entrei no box e foi aí que o barulho do chuveiro que tinha acabado de correr me acordou.

— AAAAAAAAAAAAAAAAA...

— Olivia. — Bernardo se assustou e olhou para mim, fazendo-me tapar os olhos.

— O-o que você está fazendo?

— Tomando um banho, oras.

— Mas você nunca tá aqui a esta hora.

— Você não quer fazer a tal da maquiagem? Então, eu esperei por você.

A água do chuveiro parou e tudo ficou mortalmente silencioso.

— Bernardo?

Eu rapidamente senti um toque frio contra minha pele e uma barba por fazer contra minha pele.

— Tô com saudades de fazer amor com você.

— Eu também. — Disse com uma fala inconsistente.

— Deixa eu te mostrar como é bom fazer sexo no chuveiro.

Suas mãos frias e molhadas circundam minha cintura colando nossos corpos contrastados pela temperatura. Nos beijamos sem pudor, com necessidade, com desejo, com ânsia, com saudade, um beijo molhado que parecia um quebra-cabeça e a língua no meio tornava tudo ainda mais erótico.

Entre nós dois

— Eu quero te provar — disse ele com a voz rouca. Eu poderia dizer qualquer coisa sexy para provocá-lo, mas a única coisa que consegui foi fazer uma cara de deboche com uma pequena pitada de vergonha e, como não planejado, deu-me uma crise de riso de nervoso. — O que foi? — Quanto mais ele falava, mas me dava vontade de rir e como é contagioso, Bernardo desatou a rir também, mesmo sem saber o porquê. Como eu amava seu sorriso, era lindo, meio frouxo, meio despreocupado. Meu ataque foi parando aos poucos e fiquei somente vislumbrando-o até ele parar também. — Acabou a graça?

— Hum Rum. — Disse mordendo o lábio e isso era quase pornográfico. Deixando o resultado final para ser uma mordida em seu ombro.

[...]

Depois que terminamos o "banho", nos maquiei e como já estávamos atrasados, não deu tempo de secar o cabelo.

Chegar na empresa me deixou com um grande vazio quando vi a recepção, e percebi que Dado não estava me esperando com um café e muita fofoca para me contar como foi todos os dias. Entramos no elevador e não consegui esconder minha tristeza.

— Dê tempo ao tempo. — Bernardo disse e beijou minha cabeça para me confortar.

Algum tempo depois chegamos ao nosso andar, ele se adiantou passando a mão por onde eu o havia mordido. Pensando nisso, acho que mordi forte. Isso me fez rir por alguns segundos.

Fiquei pensando se iria atrás do Dado, mas eu estava chegando muito atrasada para me dar o luxo de ainda ficar conversando pelos corredores, então fui até a minha sala e sentei para começar a trabalhar. Meia hora depois disso o Sr. Bundovisk me chamou.

— Sim, senhor.

— O presidente está te chamando em seu escritório.

— Ahhh! Tudo bem. — Respondi um pouco insegura. O que ele queria? Acabei de chegar e por que você não me liga ou manda uma mensagem?

Cheguei na secretária e disse a ela que seu chefe havia me chamado, ela me anunciou e eu entrei na sala. Bernardo estava sentado em sua cadeira bastante inexpressivo.

— Tudo bem? — Chamei sua atenção.

— Sim. — Não me convenceu em nada.

— Então, o que aconteceu?

— Ricardo está aqui. Vamos lá... — e foi quase que me empurrando para a sala de reuniões.

O que esse homem estava fazendo aqui? Ele trouxe boas ou más notícias? Bernardo pediu o divórcio? Ele tinha encontrado Antony?

Complacência

Cheguei em casa à noite e depois de muito tempo não me sentia tão insegura. Como vai ficar tudo agora? Isso iria acontecer? Bernardo e eu íamos ficar juntos? Por que agora? Um pesadelo da minha vida realmente acabou? Quem é Sebastian? Bernardo não falava nada. Quando Ricardo foi embora, ele parecia muito bravo, e eu não conseguia entendê-lo.

Essa noite ele demorou demasiado para chegar a casa, será se íamos retroceder tudo de novo? O silêncio, a frieza, a solidão. Meu Deus, espero que não. Fiquei acordada o máximo que pude e quando não consegui mais, desmaiei.

Não sei quanto tempo depois, senti uma mão envolver meu corpo e pressioná-lo contra o dele, era Bernardo.

— E agora como vai ser? — Consegui falar depois de um tempo lutando contra o sono.

— Não sei e não quero pensar. — Virei-me para ele e foi aí que percebi o seu estado, Bernardo parecia muito cansado, o cabelo um pouco desgrenhado, parecendo triste e com bafo de bebida alcoólica.

— Você tem que tirar essa maquiagem.

— Tudo bem. — E ainda nos deitamos nos braços um do outro, sem nos mover.

— Nosso trato acabou? — Perguntei tão amedrontada que não sei como consegui falar. Meus olhos ardiam segurando as lágrimas, meu peito doía e minha garganta fechava. — Não, não responda. Eu não consigo lidar com isso agora.

— Eu também não. — Não queríamos conversar, mas sabíamos que o que viria a seguir seria extremamente doloroso.

Não nos levantamos para tirar a maquiagem, ficamos juntos naquele casulo tentando encontrar alguma medida de segurança. Bernardo apertou meu corpo contra o dele como se quisesse que eles se fundissem. Ele também sentiu minha dor, era uma esperança de que ainda podia dar certo?

[...]

Eu queria poder dizer que tive uma boa noite, mas não consegui fechar os olhos por um segundo e Bernardo não estava diferente de mim. Cada um com seus pensamentos, medos, suas ansiedades, inseguranças e tristezas. Nós não falamos um com o outro, não tínhamos palavras para dizer. As perguntas eram muitas, mas tínhamos respostas? Queríamos mesmo ouvir as respostas?

Antes de ir para a empresa, fui na minha consulta com o ginecologista. Aparentemente estava tudo bem, segundo meu exame de sangue, só levei uma bronca de praxe do médico para que não demorasse tanto para agendar meu retorno quanto demorei. Essa ida ao consultório me ajudou a esquecer um pouco do meu negócio com o Bernardo, e quando estava de ida para a empresa, vi algo que não pude deixar passar. Pedi ao motorista para passar por aquele local, tinha tido uma ideia meio que mirabolante.

Cheguei e não teria problema com o Bundovisk porque foi em consulta e com a aprovação do presidente. Quero ver quem ia mexer com o Bernardo e, ainda por cima, tinha declaração médica. Tive dificuldade em subir com aquela coisa, mas a recepcionista me ajudou e foi mais fácil. Nem em um milhão de anos eu seria capaz de andar sem ser notada com aquele trem, mas entrei no escritório do vice-presidente e o deixei na mesa de Dado. Agora eu só tinha que esperar e torcer para que ele me perdoasse.

Caminhei até meu escritório e, quando cheguei lá, mostrei minha declaração ao meu chefe, que dessa vez não tinha nada a dizer.

Esforcei-me e consegui me concentrar no trabalho e não pensar em Bernardo e em Dado. Nem saí para almoçar, até que chegou um momento em que não aguentei mais e tive que me levantar para ir ao banheiro e esticar minhas pernas. Quando eu saí do banheiro, eu encontrei a senhorita Liz.

— Mulher, o que aconteceu? Você parece o resultado de uma batida de trem. — Disse um pouco sugestiva e não me contive ao soltar um risinho.

— Não dormi bem à noite.

— Hmm... posso imaginar. — Fiquei curiosa sobre o jeito que você fala.

— Como assim?

— Bernardo está igual a você, então ele me pediu para fazer uma massagem aromática nele para relaxar e acabei vendo uma marca perfeita da sua arcada dentária no ombro dele. — Cobri o rosto com as mãos tentando de qualquer forma esconder meu constrangimento.

— Não consigo imaginar o que você deve estar pensando.

— Muita coisa, mas não precisa ter vergonha. Estou feliz que se dão bem e, além disso, o que há de errado com isso? Estão casados. — Esta última parte sussurrou.

— Bem, sim... mas...

— Mas nada. Vem comigo que eu sei o que vai te animar.

Sem perceber, eu já tinha me animado quando ela me disse: "Bernardo está como você...". Quer dizer que ele também está mal com isso, só precisamos de um pouco mais de tempo para organizar o que estamos sentindo.

Liz estava andando na minha frente, eu já ouvia a voz do Sr. Gregório e minha única vontade era de fugir, aquele homem não gostava de mim.

— Liz, minha deusa. Temos que terminar isso o mais rápido possível. Aquele velho demorou tanto para organizar a reunião e agora está em cima de mim, me liga todo dia... Mas o que é isso? — Ele olhou para mim e sabia que ia começar a destilar seu veneno. — Essa garota não tinha saído do seu setor?

Eu não queria ouvir mais nenhuma bobagem, para terminar o meu dia, então me virei e quando abri a porta dei de cara com o Bernardo entrando na sala. É isso, outro que ia brigar comigo porque estava proibida de permanecer no piso administrativo.

— Algum problema, Liz? — Bernardo questionou enquanto segurava meu braço.

— Nenhum, só pedi a ajuda da Oli pra escolher um esboço que tenho dúvidas, nada demais.

— Então, por que este desespero do Gregório? Eu posso te ouvir de longe — repreendeu o outro homem. — Olivia, fica. — Isso me surpreendeu. Virei-me para ele discretamente e falei sem voz apenas lendo os lábios.

— Posso mesmo? — Ele apenas assentiu.

Olhei para Liz e me emocionei com a notícia, não sabia se era definitiva ou não, mas já estava feliz. Finalmente algo. Fui para o outro lado da mesa com Liz e olhei para o que ela estava fazendo, realmente foi uma decisão difícil.

— Sério, Liz?

— Algum problema, Gregório? — Bernardo perguntou.

— Vai mesmo confiar esta campanha à opinião de uma estagiária?

— Você sabe por que temos estagiários? — Ele fez uma retórica e continuou enquanto sentava calmamente. — Estão aqui para aprender e passar seus conhecimentos para nós também. Ou seu ego é tão grande que você ainda não entende que não sabe tudo? Você deveria aprender com o Caio, já leu as fichas de avaliação dele? O estagiário da vice-presidência é muito competente e já o ajudou a implementar alguns recursos para otimizar seu trabalho, sabe por quê? Porque o Caio foi esperto o bastante, ou preguiçoso o bastante, e deu abertura ao estagiário, entendeu a diferença?

Depois disso, não havia mais nada a dizer e fiquei muito feliz em saber que Dado estava evoluindo tão bem. Eu teria que encontrar uma maneira de dizer isso a ele mais tarde. Quando veríamos isso, Dr. Monstro defendendo o trabalho de Dado? Nunca!

— E agora que o Hugo está de volta da sua viagem, pode voltar aos packs, que desta campanha ele cuida.

— Não pode fazer isso, estou dando minha vida por isso.

— Eu já fiz, até o Hugo já está a caminho...

— Eu cheguei!! — Hugo apareceu na porta. — Ah, o que esse sapo gordo está fazendo aqui?

— Não posso ficar aqui com a armadilha do próprio Satanás.

— Entenda uma coisa, quem nasceu para ser Gregório nunca será Hugo. — E soprou-lhe um beijo de ódio, o ato seguinte foi uma porta fechada com muito ódio.

— Hugo, senti sua falta.

— Eu também, minha diva Liz. — E deu seus três beijos típicos. — Nada aqui funciona sem meu talento e meu gênio não é, Lula Molusco? — Quando o ouvi chamar Bernardo daquele jeito, não consegui conter o riso e tive que tapar a boca com a mão quando todos olhavam para mim. — E quem você é?

— Desculpe senhor, meu nome é Olivia, sou estagiária.

— Bom, vamos ao trabalho, temos muito o que fazer. — Gostei dele.

— Olivia, finalize a seleção e retorne ao seu setor. — Dito isso, ele se levantou e se virou. Olhei para a senhorita Liz, silenciosamente pedindo que ela fizesse alguma coisa.

— Bernardo, quero que a Oli volte. A Michele está de férias, preciso de ajuda.

— Vou mandar outro estagiário.

— Você está sendo irracional.

— Não vou voltar atrás na minha palavra. — E saiu fechando a porta.

Olhei para Liz e minha tristeza se multiplicou.

— Ok, o que vocês fizeram com essa centopeia? — Hugo perguntou sem entender nada.

— Não tem jeito, Dona Liz. Vou voltar para minha sala. Obrigado por tentar me animar.

— Fica, pelo menos vamos escolher.

— É melhor eu ir, meu chefe já deve estar louco.

[...]

Quando saí do trabalho estava mais triste do que quando cheguei, não tive notícias de Dado o dia todo e isso me deixou muito ansiosa.

— Não me dê um presente desses de novo, sabe como foi difícil andar com essa coisa?

— Dado? — Ele apareceu com meu presente que consistia em 60 cafés pré-prontos do que ele sempre me dava.

— Ouvi dizer que o Dr. Monstro falou bem de mim, quero detalhes. — Colocou os cafés com muita dificuldade no carro. Depois que ele terminou eu pulei em seus braços o abraçando o mais forte que pude, não querendo mais soltá-lo.

— Ok, ok, já chega.

— Está tudo bem? Com... nós, sabe? — Perguntei, apreensiva com a resposta.

— Ainda estou magoado e não sei se posso confiar mais em você.

— Dado, me perdoe, não quis mentir e não sorri pelas suas costas, acredite.

— Você vai me contar?

— Por favor, eu imploro, entenda, não posso contar a ninguém.

— Por que não, você está fugindo da polícia ou algo assim?

— Quase isso. — Eu soltei sem perceber.

— O que?

— Por favor, não posso falar. Nem mesmo Bernardo conhece toda a história.

— Olivia não, não posso ter esse tipo de amizade. Sinto muito. — Ele entrou no carro e foi embora.

[...]

Olivia chegou em casa despedaçada, seu coração se partiu em mil pedaços. Tudo doeu, Bernardo, Eduardo, aquela situação, tudo doeu nela. Ela queria chorar e sumir, não necessariamente nessa ordem.

A semana foi passando e ela parecia mais um zumbi, sentia-se uma missa de corpo presente porque não tinha mais alma. A tristeza e a angústia tomaram conta dela. Não conseguia falar com Bernardo, nem queria depois daquele dia. Eduardo, às vezes, a cumprimentava, mas não era a mesma coisa. Queria que o amigo voltasse e saísse dessa situação.

O estresse e a falta de sono a sobrecarregaram, a mulher não lidou muito bem com isso, mas a vida não para nem espera por ninguém - 'o carrossel não para de girar' - essa frase é quase tortuosa. Em algum momento do dia, ela teve que ir até a vice-presidência pegar um documento e quando entrou não viu Caio nem Eduardo, mas, sim sua amiga Liz.

— Bom dia, Oli. — Liz estava procurando algo nas gavetas da escrivaninha do marido.

— Bom dia, dona Liz. Você sabe onde está seu Caio? Ou Eduardo?

— Os meninos foram a uma reunião. Posso te ajudar em algo?

— Quero um documento de aprovação de orçamento.

— Bem, eu não sei onde está, mas eu te ajudo a pesquisar. Aproveite e se você encontrar o contrato das modelos, me dê. Caio é muito bagunceiro. — Olivia sorriu com relutância e foi buscar os documentos.

Procuraram tudo, e na última gaveta da mesa que Olivia procurava, encontraram. Enquanto isso, quando a garota se levantou, ela sentiu a pressão cair e tudo ao seu redor começou a girar, Liz percebendo isso, a fez sentar antes que ela se machucasse.

— Oli, está tudo bem? Você está pálida.

— Tô me sentindo meio fraca.

— Você comeu hoje?

— Sim... Ah! Minha cabeça dói — disse com a mão na testa e os olhos fechados.

— Espera um momento. — Liz saiu da sala e pediu a uma das secretárias que lhe trouxesse água com açúcar. — Aqui, isso vai ajudar.

— Obrigada. — Agradeceu depois de beber o líquido.

— Você tem que ir ao médico, tá parecendo uma alma penada.

— Esses dias têm sido bastante estressantes e não tenho dormido bem.

— Você não pode fazer isso, Oli. Isso te mata, sabia?

— Não pude evitar.

— Pode se levantar?

— Sim.

— Vamos ao médico então. Vou chamar o Bernardo.

— Não. — Já era tarde, ela já tinha saído.

Liz caminhou até o escritório dele e nem esperou ser anunciada. Ela entrou direto e foi até quem importava.

— Você sabe o que está acontecendo com sua esposa? — Bernardo a olhou demonstrando sua incógnita. — Ela não está bem.

— O que aconteceu?

— Aparentemente ela está muito estressada e não está dormindo bem, Deus sabe o porquê. A mulher quase desmaiou em meus braços. — Bernardo olhou para ela como se não entendesse para onde aquela conversa estava indo. — Vou levá-la ao hospital.

— Ótimo, me dê notícias. — E voltou-se para a tela do computador.

Indignada, Liz resolveu sair da sala, mas antes que pudesse fechar a porta, ela voltou.

— Qual é o seu problema?

— É você que está estressada.

— E eu realmente estou. Você ouviu o que eu disse?

— Eu escutei, mas não posso ir agora.

— Bernardo... Sua. Esposa. Está. Doente. Não entende? — A mulher reafirmou devagar como se ele fosse uma criança e precisasse da informação esmiuçada.

— Eu já entendi, você vai levá-la ao hospital. Dê-me notícias.

— Se você não mudar sua atitude, você também a perderá. Escreva o que estou lhe dizendo.

E retirando sua presença da sala, voltou novamente para o local onde sua amiga a esperava.

— Vamos, Oli. — Pegou-a pelo braço suavemente.

— E Bernardo? Ele não vai?

Liz guardava segredo, sabia que se falasse pioraria. Só olhou para ela, mas Olivia já sabia a resposta e Liz tinha razão, isso a deixou pior.

[...]

— Dona Liz, por que tá demorando tanto?

— Não sei, mas acho que o resultado dos exames não vai custar muito mais para sair. — Olivia voltou a olhar discretamente em volta, procurando qualquer vestígio do marido e nem mesmo uma sombra dele ela encontrou, o que era como uma faca cravado no seu peito.

— Estou feliz por você estar aqui, senhorita. — O médico entrou na sala sorrindo e isso fez com que as mulheres relaxassem um pouco mais.

— Olá doutor, o que aconteceu com minha amiga? — Liz perguntou preocupada principalmente pela demora.

— Olivia, devo dizer que seus níveis de estresse estão elevadíssimos, e isso não é bom para ninguém.

— Eu sei, doutor, mas foram dias difíceis.

— Eu entendo, mas pelo menos, tente dormir. Você está com dificuldade?

— Sim, um pouco.

— Vou receitar ansiolíticos para te acalmar mais e te ajudar a dormir, ok?

— Sim, posso ir agora?

— Ainda não. Acho que você tem um ginecologista, certo?

— Sim — respondeu, ela um tanto quanto titubeante.

— Excelente, marque uma consulta com ele porque, parabéns, você está grávida. — Tudo ao redor da paciente era pequeno e fora de foco, Liz a olhava assustada também.

— Mas isso não é possível. Fiz um exame de sangue há uma semana e não deu nada, e também tomo medicação.

— No teste que você realizou, o óvulo pode ainda não ter sido fertilizado. E apesar de ser muito seguro, sabemos que a única forma de prevenir a gravidez com cem por cento de eficácia é não fazer sexo. E para isso, eu recomendo fortemente que você cuide bem do seu estresse. Mais alguma pergunta?

— Não. — A mulher não conseguia nem pensar, muito menos falar.

— Então, eu me retiro, pode me acompanhar, por favor? — Pediu à Liz.

— Espere doutor, você não está escondendo nada de mim, né?

— A lei me proíbe de fazer isso. Só vou te dar uma pequena orientação, nada mais.

Após recomendações para fazê-la comer bem e descansar o suficiente, o homem foi embora. Aproveitando que estava mais sozinha, resolveu fazer uma ligação.

— Olá.

— Bernardo, acho melhor você vir aqui.

— Ela está bem?

— Não, não está tudo bem. Ela quer você aqui, você é o marido. Você é quem deveria estar aqui, segurando a mão dela, acalmando-a e dizendo a ela que tudo vai ficar bem.

— De saúde Liz, ela está bem?

— Por que você não me ouve? Ela não está bem.

— Eu não posso lidar com isso agora.

— Vou levá-la para casa, e quando chegar sugiro que converse com ela, você me ouviu desta vez? — E encerrou a chamada.

[...]

— O que o médico disse?

— Só que você deve se alimentar de forma saudável, descansar bastante e não se estressar demais ou, pelo menos, tentar. — Fiquei calada o resto do caminho, ainda sem acreditar. Que dia louco, comecei me sentindo sozinha e abandonada no mundo, agora descubro que vou ser mãe.

Cheguei em casa, me despedi da Liz e ela foi embora depois de muito insistir. Não conseguia mais incomodar o dia dela. Fui para o meu quarto, tomei um banho e tentei relaxar, mas não era muito fácil. Então saí do banheiro, vesti uma roupa confortável, tomei o remédio e fui dormir.

No entanto, meu cérebro não parava, eu estava grávida, estava grávida mesmo. Agora não era o momento para isso, eu não estava no controle da minha vida, o que ia acontecer a partir de agora? E o que eu sei sobre ser mãe? E Bernardo, qual seria a reação dele? Nunca conversamos sobre isso, ultimamente nem nos falamos. Nunca pensei em ter filhos, e agora tenho um crescendo e sendo concebido dentro do meu corpo.

Algumas horas se passaram e finalmente consegui relaxar e dormir, mas não muito, pois ouvi alguns barulhos que me fizeram acordar e perceber que Bernardo havia chegado. Como vou dizer isso a ele? Eu realmente tinha que dizer agora? E se eu esperasse um pouco? Achei que seria melhor falar logo, meu corpo inteiro tremia de nervosismo só de pensar. Imagino que se eu ficasse com isso teria um infarto.

— Bernardo? — Sentei-me na cama e acendi o abajur do meu lado da cama.

— Eu não queria te acordar. — Ele disse enquanto tirava a roupa.

— Nós precisamos conversar.

— Deixe-me tomar um banho primeiro. — Ele suspirou cansado.

Não tinha muito o que fazer a não ser esperar ansiosamente que ele saísse. Se eu tivesse visão a laser, aquela porta já teria se desintegrado, do tanto que eu a observava.

Quando ele saiu já vestido, achei que ia me sentir mal de novo, tal era o meu nervosismo. Ele sentou de um lado da cama e eu estava na frente dele, ele não podia mais fugir.

— Como você está se sentindo?

— Estou melhor, descansei um pouco.

— Que bom.

— Temos algo mais sério para tratar.

— Você não pode esperar até amanhã? Eu estou cansado.

— Eu também, mas não.

— Então diga. — Se comprometeu.

— Eu sei... — respirei fundo tentando encontrar coragem. — Eu sei que... não falamos sobre isso, mas... aconteceu. Estou grávida. — Eu disse imediatamente para não deixar espaço para arrependimentos. E sua reação foi a esperada; levantou-se abruptamente da cama.

— O que você disse?

— Estou grávida. E eu sei que é muito cedo, agora que estávamos nos dando bem, ou não, não sei, mas aconteceu.

— Não quero filho, Olivia. — Ele disse muito sério.

— Também acho que sou muito jovem para ser mãe, mas aconteceu.

— Por que você parou de tomar a medicação? — Eu também me levantei e fui até ele.

— Não parei, tomo desde o dia do nosso casamento.

— Então algo está errado.

— O que você está insinuando?

— Algo está errado, eu nunca quis ter filhos, não os quero agora.

— Você não pode voltar, já estou grávida. Já estou esperando nosso filho.

— Eu NÃO quero essa criança. — Deu grande ênfase a sua frase.

— Você não quer essa criança? Assim tão fácil? Ele é seu também, fizemos isso juntos.

— Não, não, não. — Seu discurso foi forte e muito irritado. — Eu não quero isso, não está no acordo.

— Bem, você tem que entender que as coisas às vezes saem dos trilhos.

— Comigo não, não sei o que você vai fazer, mas não quero esse filho.

— Do que você está falando? — Meu nível de indignação chegou a um ponto tão alto que eu nunca havia sentido antes. — Você quer que eu faça o quê? Fingir que não existe, fingir que não tenho um bebê crescendo dentro de mim?

— Não sei, se livra dele.

— Me livrar dele? Você quer que eu aborte?

— Sim! — Ele falou com grande convicção. Fiquei horrorizada, como ele pôde dizer isso? Dei um passo para trás como se tivesse levado um soco no estômago, o que certamente doeria menos do que essas palavras.

Pensamentos tortuosos

— Não acredito que você disse isso. É verdade isso, Bernardo? — Coloquei a mão no rosto tremendo. — Responde!

— Olivia, filho só serve para atrapalhar a vida. Não está vendo? Esse... bebê nem nasceu e olha o estrago que está fazendo.

— O problema não é o bebê, mas você. Como você pode pensar assim? — Me aproximei dele tocando seu rosto. — Que te fizeram? — Ele virou o rosto e tirou minhas mãos.

— Você vai tirar o bebê? — O ar estava me faltando nos pulmões, ele estava realmente falando sério. — Onde você está indo?

— Eu não posso ficar com você. — Consegui falar enquanto caminhava em direção à porta.

— Você sabe que não pode ir.

— De acordo com suas "regras", nosso acordo está quebrado. Eu não tenho que ficar mais.

— Olivia, pare, por favor.

— Parar por quê? — Virei para ele como uma fera. — Em? Por quê? Eu aguentei sua frieza, sua indiferença, sua grosseria tudo por gratidão, mas já acabou. Você foi longe demais dessa vez. E você pode ter certeza, como dois mais dois são quatro, que eu não vou sumir com este bebê. Mas eu vou sumir da sua vida. E dane-se seja lá qual for o seu plano, vai usar a sua mãe se quiser, eu não. Não mais. — Virei novamente para a porta nem me importei de qual foi a reação dele, agora eu tinha que me virar sozinha.

[...]

— Posso ficar aqui por alguns dias? — Cheguei ao local e esperei com todas as minhas forças que ele me atendesse, por ser eu e porque era tarde demais.

— O que aconteceu?

— Por favor, Dado. — Eu contive minhas lágrimas, mas meu rosto as entregou.

— Entra. — E quando eu já estava dentro, me sentindo segura, comecei a chorar. Dado me abraçou e me confortou sem saber o que fazer. Algum tempo depois, Eric apareceu também e congelou ao ver minha condição, mas isso não me importou muito. Eu queria tirar tudo, precisava jogar fora mesmo que o único jeito fosse chorar.

— Oli, o que aconteceu?

Quanto mais eu pensava no que tinha acontecido, mais eu queria chorar. Por que tudo tinha que ser tão difícil? Estava indo tão bem, eu pensei que tinha encontrado seu lado humano, mas não, ele só queria terminar seu plano de vingança, ou qualquer outra coisa. Doeu tanto pensar que eu era uma peça de xadrez em sua mão, que ele só me queria para seu prazer, e depois? Ele ia me descartar? Afastar-me dele como se eu não tivesse sentimentos?

— Minha linda, calma. Vou pegar um pouco de água. — Ele se afastou e voltou segundos depois com um copo.

— Obrigado, Eric.

— Agora me diga, o que aconteceu? — Eu deveria contar? Bernardo não me disse o motivo de não confiava em ninguém, mas eu confiava em Dado. Ele nunca me machucaria.

— Hoje era pra ser um dia muito feliz, pessoal. Mas virou um pesadelo.

— Ouvi dizer que a senhorita Liz levou você para o hospital.

— Tá doente?

Sorri um pouco triste e sarcástico. — Sim, mas é minha alma que está doente. — Eles me olharam como se não entendessem nada, e eu não os julgo. — Hoje descobri que estou grávida. — Eric abriu um largo sorriso e me abraçou.

— Parabéns? — Seu humor sumiu quando percebeu que eu não vibrei tanto quanto ele. - É uma boa notícia, não é? — Ele perguntou um pouco confuso.

— Era para ser, mas...

— Ai nanica, pelo amor de Deus. Tá me deixando nervoso. — Eric deu um tapinha na cabeça de Dado.

— Cabeçudo! Não tá vendo como ela tá?! — Eric o repreendeu — Oli, você não quer descansar? Será melhor, mais tarde, se quiser, podemos conversar.

— Obrigado Eric, mas quero falar.

— Então tudo bem. — Ele se aproximou também, querendo saber a história e isso por alguns milissegundos me fez rir.

— Era para ser uma boa notícia, mas Bernardo não reagiu bem.

— Como assim ele não reagiu bem? Ele fez algo com você? — Dado já falou com um tom irritado.

— Espera, se ele tivesse me dado um tapa na cara doeria menos, ele me pediu para fazer um aborto.

— Como é? — Desta vez, nem Eric conseguiu manter a calma. — Ele é um idiota, como ele teve coragem de te falar isso?

— É o próprio Dr. Monstro, isso é ridículo Olivia. O que vai fazer?

— Ainda não sei. — Eu disse querendo chorar de novo.

— Você não vai voltar para aquela casa, nem para aquele cachorro egocêntrico que pensa que é um semideus.

— Mas mulher. Que tipo de relacionamento vocês têm? —Desta vez foi Dado quem se aproximou para saber da fofoca, era algo que ele queria saber há muito tempo.

— Ah gente. — Suspirei cansada. — Estamos casados. — Eu finalmente confessei.

Os dois arregalaram os olhos, meio confusos, surpresos e assustados.

— Não... agora você vai contar essa fofoca toda... pode soltar a sopa. — Eric disse entusiasmado e Eduardo se juntou.

Era agora, eu ia contar tudo, ou quase tudo, havia coisas que eu não estava preparada para dizer nem para mim mesma na frente do espelho. Contaria o que sabia, pois não sabia nada da história por parte do Bernardo.

— Tudo começou quando decidi vir do interior para trabalhar... — fiz uma pausa, era difícil dizer essas coisas.

— E já veio de lá casada?

— Não, casei depois que cheguei. Quando eu cheguei fiquei na casa do meu tio, Antony. — A lágrima correu ao lembrar da dor que aquele homem causou tanto a mim quanto aos meus pais.

Entre nós dois

[...]

[Bernardo]

Acabou tudo, ela nunca mais voltaria para casa. O casamento acabou e agora ficou ainda mais difícil colocar as mãos em Santiago e Antony! Não acredito nessa história, para mim é apenas uma armadilha e o Ricardo concorda comigo. Eu não queria falar nada com a Olivia para ela não se preocupar com nada, agora ela está lá sem segurança.

Por que ela tem que ser tão teimosa? Ela deveria estar aqui comigo, porque eu a protejo, mas não... ela tinha que sair de casa, ela tinha que ir. MALDITA SEJA! Mas eu não vou desistir, Santiago vai pagar por tudo que fez, e Antony? Eu vou até o inferno pra destruir ele se for possível, ele vai sofrer muito, muito mesmo, a morte para ele vai ser um presente, ele vai pagar por isso.

Precisava falar com o Ricardo, Olivia não pode ficar desprotegida, ainda mais agora com sua "condição". Por que essa criança tinha que aparecer agora? Ela veio para estragar tudo, se fôssemos só nós dois, daríamos um jeito de ficarmos juntos, mas com essa criança não é possível.

Cheguei no quarto e olhei para a cama, seria uma noite muito grande sem minha criança, maldita Olivia! Por que você me fez me apaixonar por você? Isso não estava nos planos e não, na minha vida nada sai dos trilhos, tudo é calculado em milímetros... até você chegar e bagunçar tudo. Eu me odeio por me deixar cair em seu feitiço, jurei não passar por isso novamente e olha para mim! Você é uma vergonha, Bernardo.

Eu não conseguia me deitar naquela cama, não depois de tantas noites com ela, não com seu cheiro. Comecei como um louco jogando todos os lençóis e travesseiros para todo lado, aquela sensação de ficar sem chão de novo era insuportável. A solução foi deixar tudo como estava e ir dormir em outro quarto.

Acordei pior do que quando fui para a cama. Não consegui dormir a noite toda. O pouco que dormi estava repleto de pesadelos, e minha decisão for permanecer acordado. Resultado? Isso me rendeu uma grande dor de cabeça.

Levantar e ir trabalhar foi a melhor coisa que fiz. Me preparei, mas quando abri a porta apareceu alguém.

— Pai?

— Bernardo, que bom que você ainda não saiu. Temos que conversar. — Ele passou por mim e eu fechei a porta e então caminhei em direção a ele. — Você não vai me dar um abraço? — Perguntou abrindo os braços.

— Claro, desculpe. — Eu o abracei forte. — Mas me diga o que está fazendo aqui. — Sentamos no sofá um de frente para o outro. — E onde está a mãe?

— Ela está em casa, eu vim sozinho, precisamos ter uma conversa de homem para homem.

— Não posso fazer isso agora pai, tenho que ir na empresa. — Levantei e comecei a andar.

— Sente-se Bernardo, você vai falar comigo. — Ordenou seriamente.

— Tudo bem, aconteceu alguma coisa? — Sentei-me novamente.

— Meu filho... — começou mais suave. — Já conversamos antes, deixe para trás essa história de vingança. Não vale a pena.

— Já conversamos, não vou deixar eles se safarem. Não é justo, não é justo o que fizeram com a empresa, não é justo o que fizeram com você e a mamãe...

— É isso mesmo, ou é por causa do que aconteceu com Bianca? — Engoli a seco

— É por tudo, pai. Eles vão pagar. — Falei com convicção. Meu pai suspirou tentando se acalmar e se recostou levemente no sofá.

— E Olivia, como ela está? Aliás, onde ela está?

— Como você sabe sobre ela? — Ele olhou para mim e eu sabia a resposta.

— Liz. — Disse ele sem arrependimento. — Não fique bravo com ela, Liz só queria ajudar.

— Ela se meteu em um assunto que não era da sua conta.

— Não era mesmo, Bernardo? Ela me contou tudo. Quando você ia contar aos seus pais que você se casou? Em? Quando você ia dizer a eles que está usando essa jovem para uma vingança vazia?

— Não estou usando Olivia e a vingança não é vazia... Pai, você não entende?

— Eu entendo, eu entendo que você está cheio de ódio em seu coração. Livre-se disso meu filho, ele o levará à morte.

— Eu preciso terminar este capítulo, isso me consome.

— Pois finalize, mas longe de toda essa história. Vá viver sua vida. Não sei o que aconteceu entre você e essa moça, não sei como se sentem um pelo outro, mas esqueça esse passado, Bernardo. — Ele fez uma pausa, se aproximando e olhando nos meus olhos. — Você é o maior tesouro da minha vida e sua mãe. Não faça nem uma coisa estúpida. — Retornou à sua posição. — Se você não usa Olivia, o que há entre vocês? — Era uma pergunta muito difícil de responder. — Onde ela está? — Ele perguntou quando viu meu silêncio.

— Não está aqui.

— E onde está? — Excelente, pergunte, onde estava Olivia? — Bernardo? — Ele me chamou para fora do meu transe. — Você sabe que sua mãe e eu estamos aqui para você, certo?

— Eu realmente tenho que ir trabalhar, pai.

— Tudo bem. — Desistiu. — Mas eu vou com você, já faz um tempo desde que fui lá.

[...]

Eu não posso negar que eu tinha a menor esperança de vê-la na empresa hoje. Droga Olivia, eu precisava saber se você estava bem.

Quando chegamos na empresa os funcionários fizeram uma festa quando viram meu pai, peguei o sinal de que ele estava ocupado e fui para a minha sala, toda aquela bagunça piorou muito meu humor e minha dor de cabeça.

— Caio, quero seu estagiário aqui em dois minutos. — Eu pedi.

— Se for para criar problemas sobre Olivia, a resposta é não — explicou ele.

— DOIS MINUTOS, CAIO. — E desliguei o telefone.

Não se passou o prazo que eu falei a porta foi aberta, ele entrou e minha raiva foi efervescendo dentro de mim.

— Pois não? — Ele disse sério, um pouco desafiador. Eu sorri com sua prepotência.

— Onde ela está? — Eu disse sem piscar e com a frase cheia de ódio.

— Não sei o que você está falando.

— Não se faça de desentendido, eu sei que você sabe dela.

— E por que você quer saber? Ela não é propriedade sua.

— Você não sabe de nada, moleque. — Eu o desafiei e aproximei-me dele.

— Você realmente acha que eu tenho medo de você? — Ele sorriu sarcasticamente. — Tão egocêntrico. O que você vai fazer, me demitir? Tentar me bater? Ainda assim não saberá nada. Não entende? Você só a machucou.

— Se acha tão macho, tão autossuficiente. Entende uma coisa, ela entrou nessa comigo porque quis, eu não a forcei. Então é bom que ela volte pra casa.

— Tá ameaçando? Ela pode ter ido por vontade própria, mas toda vez que você a trata como lixo, sou eu quem tem que confortá-la, apesar que o lixo humano é você. — Eu não ia dar a ele o prazer de me tirar do controle.

— O que você acha que sabe sobre nós dois?

— Eu sei o suficiente. Ela e o bebê não precisam de você.

— E você esperava isso, certo? Que eu deixasse a cena para que pudesse finalmente ficar com ela.

— O que? Você é doente. Somos apenas amigos e ela não é um brinquedo que eu vou manipular ao meu gosto, Olivia é um ser humano maravilhoso, de puros sentimentos que já passou por muita coisa na vida. Ela é inteligente, engraçada, talentosa... eu poderia ficar o dia todo falando das qualidades dela, mas não ia adiantar, você só a quer para descarte. Não consegue apreciar seu verdadeiro valor.

— Você não nos conhece, não sabe nada do que aconteceu entre nós.

— E também não me importo, vou protegê-la de você se necessário, e ninguém vai forçá-la a voltar... é um desperdício dos sentimentos dela. — Ele falou baixinho essa última frase.

— O que você disse?

— Você é cego, Bernardo? Em? Em que mundo você vive? Você é louco, cego, doente e psicótico. E você sabe o que está perdendo. — Ele me deu as costas e começou a caminhar em direção à porta, não aguentei seu ar de superioridade então o puxei e o encurralei contra a parede.

— O que você quer dizer com isso?

— Me solta seu bipolar maluco.

— Vamos lá, você não é um macho forte? Proteja-se. — Eu o provoquei. — Não vai se mexer? Não tenho medo de perder a cabeça com você. — Pedi-lhe mais para reagir. Ele tentou, mas não era páreo para mim. — O que você quis dizer com isso, hum?

— Você pode ser forte, mas é burro. — Apertei ainda mais.

— Repita o que disse, repita! E acabo com você agora mesmo.

— Você é tão corajoso assim? Ou você simplesmente quer afirmar sua masculinidade? Se você ainda não descobriu, não sou eu que vou te dizer. Não é problema meu.

— Bernardo, onde... Meu Deus Bernardo, o que você está fazendo? — Meu pai chegou no momento menos propício, se não conseguisse uma confissão, pelo menos arrancaria alguns dentes daquele idiota. — Solta ele, Bernardo! — Eu não tive escolha. Eu odiava tanto aquele desgraçado, tanto.

— Ah... patrão — disse zombeteiro enquanto ajeitava a roupa. — Se ainda não está claro, eu me demito deste hospício. — E deu uma batida forte na porta.

— O que acha que estava fazendo? Você ia machucar o menino? O que está acontecendo contigo?

— Eu quero ficar sozinho, papai.

— Não Bernardo, vai me explicar agora mesmo o que está acontecendo. Pelo amor de Deus, olhe para você, sua idade, você está agindo como um adolescente imprudente.

— Pai, por favor...

— Não! — Faz muito tempo que não o via tão bravo. — Você continua correndo atrás desses homens em busca de vingança, você se casa e não fala nada, sua esposa está sabe-se lá Deus onde e agora está saindo a socos com os empregados... Dê uma boa olhada na sua vida. Se não está dando certo, cala boca e conserte, mas haja como um homem de verdade. — E me deixou com meus demônios.

A odisseia

— Dado, o que você está fazendo aqui? — Assustei-me com a sua entrada abrupta e com o seu olhar de ódio, além da hora de sua chegada. Era muito cedo, ainda não era nem hora do almoço.

— Teu marido é um babaca, egocêntrico, estúpido e com síndrome de Deus.

— O que aconteceu? — Perguntei preocupada, ele parecia muito mal.

— Ah, nada, Oli. — Ele deu de ombros como se isso não importasse.

— Como nada? Por que você está assim e por que está aqui a esta hora? — Permaneceu em silêncio. — FALA EDUARDO.

— Ele me chamou para "conversar". — Marcou as aspas com os dedos.

— O que aconteceu?

— Ele quer saber de você. O pior é que acho que ele sabe que está comigo.

— Mas isso não explica a razão de você estar aqui agora, neste momento.

— Discutimos e eu me demiti.

— O que? — Levantei-me indignada. — Você se demitiu? Você está louco? Se for por minha causa, eu vou lá agora mesmo falar com ele.

— Não, Oli. Ouve! Pare e senta. Não quero voltar pra lá, muito menos agradar aquele desgraçado.

— Deixa disso! Você precisa do emprego e gosta de trabalhar com seu Caio.

— Mas eu não quero, não quero mais ter que olhar na cara do Bernardo. O que é aquilo ali? — Questionado sobre os objetos todos na mesa mudando de assunto.

— Olha que fofura, o Eric trouxe pra me animar... São mijões e tinta de tecido.

— Hã... e...? — Continuou confuso.

— Mijão é roupa de bebê.

— Eu sei disso, e daí?

— A tinta é para pintar os mijões, para deixá-los bonitos.

— Ahhh... eu quero — correu até a ponta da mesa, pegou um mijão e um pouco de tinta e começou a desenhar. — Cadê ele?

— Eric não é vagabundo como nós, ele trabalha.

— Ah, você sabe quem tá na área?

— Quem?

— Teu sogro, e a sogra deve estar por aí também, e se o filho é assim, a mãe deve ser de surucucu na frente. — Sorri para ele, era impossível ficar séria com essa pessoa.

— Mas o que seu Humberto está fazendo aqui?

— Não sei, ele apareceu na empresa hoje. Fizeram maior festa, parece que ele era um bom chefe. Mas considerando que Bernardo o substituiu, até um homem das cavernas faria melhor.

— Para, Dado. Pelo menos para aquela empresa, o Bernardo é bom... mas isso é muito estranho, eles nem moram aqui. Tanto quanto eu sei, eles não estão na cidade há muito tempo.

— Vai ver eles descobriram que puseram um monstro no mundo e a mama monstro quis colocar ele de volta no útero. — Falou tudo de forma muito natural enquanto pintava no tecido.

— Ah, que piada de mau gosto. — Eu até tentei, mas não consegui segurar o riso.

— Mas e daí... você gostou de dormir na minha cama? Porque o sofá é maravilhoso. — Ele fez uma cara de mártir.

— Fico feliz que tenha gostado do sofá, você vai dormir mais lá.

— Vamos nanica, deixa eu dormir com você, a cama é para casal... ou você tem medo do meu charme? — Falou levantando, elevando a sobrancelha e aprofundando a voz.

— O problema é, será que você resistirá ao meu charme? — Eu fiz o mesmo que ele.

— Só dormindo juntos para descobrir. E você fica super sexy na minha roupa. Uau, eu vou te pegar agora. — Zombou de mim.

— Falando nisso, tenho que ir buscar uma roupa, e tem que ser enquanto ele está no trabalho. — Fiz uma pausa e olhei para o que estava desenhando. — O que você está fazendo? — Era um grande círculo com várias voltas.

— A criança vai usar isso...

— O que é isto?

— É a vida, complexa, difícil e sem saída.

— Você não acha que é muita pressão pra um mijão?

— Nada, para já crescer esperto.

— Vou me arrumar e voltar para pegar minhas coisas.

Fui para o quarto e me vesti com a mesma roupa do dia anterior. Tinha que ser rápida, não queria vê-lo, mas na verdade estava com medo de não resistir. Saí rapidamente do quarto e caminhei em direção à cozinha.

— Posso pegar seu celular emprestado?

— Toma. — Ele tirou do bolso. — O que quer?

— Pedir um carro, minha bomba resolveu parar.

Ele tirou o celular da minha mão. — Você acha que vai sozinha para onde?

— Vou pegar minhas coisas. — Tentei pegar celular de volta.

— Você não vai voltar lá sozinha. Eu te levo.

— Não precisa. Ele nem vai estar lá.

— Não importa. Você acha que mesmo estando grávida, eu vou deixar você ir sozinha. De maneira nenhuma.

— Estou grávida, não tenho doença terminal. Esquece, vou tentar pedi do meu.

— Nanica, eu só quero te proteger.

— Ok, Dado, você me leva. Mas não é necessário subir.

— Mas então não...

— Não precisa.

— Está bem. — Ele disse resignado. — Mas me explique qual é a onda da sua bomba, você pode comprar um celular melhor.

— Não uso porque quero, mas porque preciso. — Ele coçou a cabeça sem entender.

— Onde está o radar de fofocas? Acorda, Dado. Este é um telefone antigo, dificilmente rastreável. Bernardo estava com medo de me encontrarem, então me deu isso. Ricardo disse na última vez que nos vimos que ele havia morrido, mas eu não acredito, por isso continuo usando. Bernardo me deu um celular novo, mas é para falar só com ele, e está tudo registrado com as coisas dele.

— Que romântico ele, hein. — Ele zombou.

— Vamos logo.

[...]

Afinal, não foi fácil voltar àquele apartamento, e não apenas por causa dos acontecimentos recentes, mas em geral. Lembrei-me da solidão que sentia, da tristeza, do medo, da insegurança, tudo me cercava.

Entrei no apê e fui para o quarto, comecei a juntar minhas roupas e colocá-las na cama. — Onde está aquela mala? — Procurei por todo canto lá dentro e não encontrei. — Está no outro quarto, daquele dia que pintamos aqui e tiramos tudo — disse como se houvesse mais alguém ali comigo. Fui para o quarto, acendi a luz e me assustei com o que vi.

— Bernardo? — Fiquei desesperada, estava em casa naquela hora e deitado na cama todo bagunçado. Coloquei minha mão em sua artéria carótida e tomei seu pulso. Só então me senti mais calma, mas por que ele não acordava? Olhei em volta até encontrar o ansiolítico que o médico havia me dado. — Bernardo. — Chamei novamente sacudindo-o. Ele começou a se mover e então eu pude respirar mais facilmente.

— Olivia... Olivia. — De repente ele se levantou rapidamente e se aproximou de mim me abraçando com força. — Você voltou. — Ele parecia aqueles cachorros desesperados quando não vê o dono há muito tempo e o abraça, mas não consegue ficar quieto. Ele apertou várias partes do meu corpo ao mesmo tempo. — Você voltou para mim. — Havia algo errado, nunca foi assim. Afastei-me dele e o olhei, a princípio pensei que talvez estivesse bêbado, mas não, Bernardo não cheirava a álcool. Então percebi que ele estava em algum tipo de sonambulismo. Eu o deitei novamente e o acomodei. — Não vá, eu preciso de você.

— Você nem está acordado direito.

— Eu sei o que estou fazendo e falando. Por favor, não vá. — Ele parecia tão triste e solitário. Mas eu não esqueci o que aconteceu, eu também estava triste, sozinha e com medo, não ia mais colocá-lo acima de mim.

— Vai dormir, Bernardo. — Saí do quarto com passos largos, nem peguei a mala. Entrei no quarto e continuei arrumando minhas coisas, meu plano era esperar ele adormecer novamente e voltar para lá. Mas alguma parte do universo estava contra mim, porque quando me virei novamente ele estava parado na porta.

— Não pegue suas coisas, vamos conversar.

— Não há meio termo nesta situação. Acabou para nós. E eu nem estou falando só do despautério que você me pediu para fazer, eu estou falando por tudo mesmo. — Disse a ele com firmeza. — Não posso fingir que nada aconteceu.

— Pelo menos fique aqui em casa, comigo.

— Para que? Eu aprecio o que você fez por mim, mas já chega. Eu vou continuar com minha vida.

— Olivia, por favor. Pense no que você está fazendo. — Ele até parecia muito sincero.

— Não posso mais confiar em você, você me machucou muito.

— Como posso me redimir?

— Não tem jeito, não pode voltar atrás. Você nem se arrepende do que fez. Não funciona assim.

— Olivia. — Aproximou-se de uma distância perigosa. — Não deixe minha vida, por favor. — Segurou meu rosto entre suas mãos. — Por favor, eu... eu...

— Você o quê? — Olhei para ele, esperando que ele dissesse aquelas palavras.

— Só... não vai embora. — Relaxei meus ombros, decepcionada.

— Eu nem tenho motivos para ficar. — Tirei minhas mãos dele.

— Não posso te perder também.

— E não posso ser o estepe da sua vida.

Ele parecia sério — Você não é um estepe, eu nunca usei você. No começo estávamos juntos, você sabe por quê, mas eu... eu nunca usei você.

— Você o quê? — Estava em silêncio. — O que, Bernardo?

— Tem razão, é melhor você ir. — E saiu da sala lentamente. O que aconteceu aqui?

Entre nós dois

Está tudo bem? - 11:20

A mensagem de Dado veio me distraindo.

Sim. Pode ir se quiser, posso demorar um pouco. - Entregue 11:21
Vou esperar. - 11:21

O que aconteceu com ele, por que seu Humberto estava aqui? Tudo era tão nebuloso e confuso. Resolvi voltar para o outro quarto. Não tive escolha, tinha que ir buscar minha mala e quando cheguei, Bernardo estava sentado em uma cadeira olhando pela janela, parecia tão perdido quanto eu, ou mais.

— Ei. — Toquei seu ombro e me agachei para alcançá-lo. Ele rapidamente virou o rosto e enxugou uma lágrima. Estava chorando?

— Quer que eu te ajude a pegar sua mala?

— Não, me diga o que está acontecendo aqui. — Coloquei minha mão em seu peito próximo ao seu coração.

— Não consigo entender. Não quero arrastá-la para este vazio. — Ele pegou minha mão e a beijou carinhosamente. — Então é melhor você ir. Eduardo tem razão, você é uma pessoa maravilhosa, de sentimentos puros, que já passou por muita coisa nessa vida. Não quero lhe trazer mais sofrimento. — Foi a primeira vez que o vi tão sincero e tão sensível.

— O que aconteceu com você? Fala comigo. — Ele olhou para cima, perdido na paisagem. — Quem é Sebastian? O que ele e Antony fizeram com você?

— Sebastian destruiu minha vida.

— Como?

— Não quero falar sobre isso, ainda dói.

— Falar ajuda.

Ele olhou para mim novamente. — Obrigado, mas não agora. — Ficamos alguns segundos olhando um para o outro sem dizer nada. — Eu realmente não quero que você vá, não acredito nessa história de que ele está morto.

— Eu também não.

— Eu posso te proteger, se acontecer alguma coisa com você, não sei o que vai acontecer comigo. — Ele me abraçou com força e eu podia sentir sua dor. — Fica comigo.

145

— Ainda queremos coisas diferentes e não podemos passar por cima disso. — Afastei-me dele devagar, peguei minha mala e fui embora, rapidamente arrumei minhas coisas, fiquei com medo que ele me pedisse para ficar de novo e eu acabasse aceitando.

[...]

— Que vida fácil vocês têm. Os dois em casa o dia todo e eu sou o único que trabalha. — Eric chegou em casa no final do dia e nos encontrou deitados no sofá assistindo TV.

— Você disse a ele?

— Ele precisava saber e eu estava ansiosa.

— Relaxa — bufou — amanhã vou procurar outro emprego.

— Ainda acho que deva voltar para a empresa.

— O que eu faria lá? Eu não sou bem-vindo. E tu? Não foi demitida nem se demitiu. Por que não volta?

— Não sei se devo. Estar perto de Bernardo não vai me ajudar.

— Tu tá só me enrolando e ainda não me disse o porquê você demorou tanto.

— Demorou onde? — Eric perguntou curioso.

— Ela foi lá buscar as coisas.

— Não tenho nada para contar, eram muitas coisas e não conseguia achar minha mala, só isso.

— Sei...

— Você, pelo menos, fez o jantar ou comprou alguma coisa? Estou faminto.

— Sou uma convidada de primeira, tem jantar.

— Acho que vou te trocar, Eduardo. — E foi para a cozinha.

— Tanto tempo lá, devia ter roubado uma cama.

— Desculpe Dado, a gente dá um jeito nisso, prometo.

[...]

Entre nós dois

— Meu filho, pense na bagunça, e não sei se vamos conseguir arrumar, nem sei se tem como. — Eu disse com a barriga ainda muito pequena e deitada para dormir. — Mas posso te dizer uma coisa, sinto falta do seu pai. — Peguei uma blusa que tinha surrupiado do Bernardo e cheirei.

Acordei muito tarde no dia seguinte, fazia muito tempo que não dormia tanto. No entanto, eu me levantei e ninguém estava lá.

Alguém tem que manter a casa, né? - Dado

Nesse caso, sou eu. - Eric

Para com isso... Coma, Nanica, não deixe o moleque com fome. Adeus, adeus.

Coloquei o bilhete no peito, que bons amigos fiz na minha vida. Tomei um café e logo depois lembrei que tinha um celular, fui até ele e fiquei intrigada ao ver a quantidade de mensagens de Liz.

Olá, Oli. Bom dia. - 8:13

Está tudo bem com você? - 8:20

Estou um pouco preocupada, você não veio trabalhar ontem ou hoje. - 8:21

Aparentemente, a reação do Bernardo não foi das melhores. - 8:23

Também estou preocupada com ele. - 8:42

Vamos nos encontrar hoje para conversar? Eu acho que é necessário. - 8:42

O que aconteceu com Bernardo? Eu imediatamente comecei a responder freneticamente.

Bom dia, dona Liz. Estou bem, obrigada pela preocupação - Entregue 10:15

Vamos nos encontrar, sim. Diga-me onde e quando. - Entregue 10h15

Bernardo não podia estar tão ruim. Ontem ele não estava o sinônimo de bem-estar, mas daí Liz ficar tão preocupada, já acho difícil.

Excelente. Podemos almoçar juntos. Acho que terei algum tempo livre por volta das 13h, ok? - 10:17

Sim. Onde? - Entregue 10:17

Vou verificar aqui e te mando a localização, ok? - 10:18

Sim, até. - Entregue 10:18

Será que ligo pra ele? Pra quê? Ele não iria atender, de qualquer maneira. Mas se eu tentasse apenas uma vez... não, ele não quer falar, senão ele teria me ligado. Mas apenas uma vez. NÃO. Que tal uma mensagem, só para ele saber que estou aqui? Pare de ser burra, ele nem olha as mensagens. Mas... NÃOOOOO! AQUIETA O FACHO MULHER!!!

Depois dessa discussão muito bem desenvolvida com todos os meus divertidamente, resolvi deixar o celular de lado, era tentador demais.

— Isso é hora de tomar café? Vida fácil. — Dado chegou em casa, cessando definitivamente o diálogo na minha cabeça.

— É meu lanche antes do almoço. O que faz aqui? Não estava procurando emprego?

— Estou sem cópias do meu currículo. 2021 e ainda há empresas que aceitam currículos impressos, que retrógrado. Agora vou enviar alguns e-mails.

— Ainda acho injusto ter saído da empresa, isso vai manchar seu currículo.

— Naa... tá de boa, vou me virar. — Ele disse roubando um pouco da minha comida. — Mas, o que vai fazer hoje?

— Eu... já me levantei, vou comer e daqui a pouco saio.

— Uuu... que dia incrível. — Ele riu de mim. — E posso saber onde você está indo?

— Sim, vou almoçar com a dona Liz.

— Será que ela não quer te levar de volta pro Dr. Monstro?

— Não, eu confio nela.

— Sim... ela não sei, mas seu Caio é muito bom. Como será que viraram amigo do projeto Voldemort?

— Tsk! — Dei um tapinha na cabeça dele. — Pare de dar esses apelidos horríveis pra ele.

— Está bem...

— Sabe algo que me deixa louca?

— Hum? — Disse com a boca cheia, roubando mais da minha comida.

— Se aquele homem está mesmo morto, e não foi mesmo Bernardo quem mandou as flores. Então quem fez isso? Isso não entra na minha cabeça, muito menos que era um admirador secreto.

— Então... — Sorriu sombriamente. — Foi eu.

— O que??? Como assim você??? Por quê???

— Desde o dia do hospital eu fiquei com a pulga atrás da orelha. Liguei essa situação com a outra dele te mudar de setor tão repentinamente e me odiar só pela minha existência, mas queria ter muita certeza. Então te mandei as flores, pra ver o que ele fazia, mas não deu em nada, pelo menos não que eu pudesse ver, mas a minha desconfiança só aumentou.

— Dado, pelo amor de Deus, aquelas flores me deram muita dor de cabeça.

— Me desculpe Oli, mas você não disse nada, eu tive que agir.

— Tudo bem. — Suspirei — Já foi mesmo.

[...]

— Boa tarde, Sra. Liz.

— Boa tarde Oli, sente-se.

— Já pediu?

— Não, eu estava esperando por você. — No ato seguinte, o garçom apareceu e fizemos nossos pedidos. — Então, me conte tudo.

— Ai dona Liz, nem te conto. Achei que seria difícil contar a ele, mas foi pior do que eu imaginei.

— O que aconteceu?

— Ele me pediu para fazer um aborto. — Liz recostou-se na cadeira, os olhos arregalados como se tivesse acabado de receber um choque.

— O que? Ele foi capaz de te pedir isso? Vim aqui para tentar defender e tentar entender porque ele tá tão ruim e diferente, mas não tem jeito. Bernardo ultrapassou todos os limites.

— Nossa, dói muito só de lembrar.

— Eu imagino. Não consigo nem imaginar o Caio me pedindo algo assim... Mas você ainda está no apartamento com ele?

— Não, foi no mesmo dia que saí. Vou ficar alguns dias com o Dado até saber o que fazer.

— Falando no Eduardo, como ele está? Na empresa, é só o que você fala.

— Como assim? Ele se demitiu, mas já está procurando outro emprego.

— Ele não te contou?

— Ele disse que teve uma discussão com Bernardo.

— Ele tá sendo gentil então. Não foi uma discussão simples, Bernardo partiu pra cima dele. — Eu coloquei minha mão na boca com horror. — Humberto teve que separá-los, senão Bernardo teria feito Deus sabe o quê.

— O que? Não, isso não pode ser verdade.

— Infelizmente é.

— Ele não me disse nada.

— Sinto muito. — Ela tocou minha mão na mesa.

— Ontem voltei para o apartamento e me assustei porque o Bernardo estava lá, e ele estava muito mal, muito triste, e até o vi chorar.

— Bernardo não é o mesmo há muito tempo.

— O que você quer dizer?

— Teve uma época em que ele era sério, mas brincava. Às vezes muito bobo, quando se juntava com Caio então, pareciam duas crianças. Esse era meu amigo... Esse Bernardo, de agora que eu nem o reconheço, nem o Caio, e os dois são amigos de infância. — Essa afirmação me chocou, era do mesmo homem que estávamos falando?

— E o que aconteceu para ele mudar tanto?

— Me desculpe, mas não sou eu que vou te dizer isso.

— Tudo bem... — Tive que aceitar esse fato. — Mas o que seu Humberto está fazendo aqui?

— Eu o chamei. Bernardo sempre respeitou muito o pai, talvez ele possa ajudar.

— Espero que sim.

— Sente falta dele?

— Muito. É estranho, mas mesmo com seu jeito estranho, Bernardo me conquistou... estou apaixonada por ele, não posso mais negar. — Liz me olhou apenada.

[...]

Saí do elevador com calma, mas me apressei ao ouvir vozes um tanto perturbadas.

— Bernardo, o que você está fazendo aqui?

— Nada Oli, ele está saindo da minha casa, agora. — Dado estava com as veias do pescoço saltadas de raiva.

— Olivia, eu só quero conversar.

— Não há o que falar — interveio, Eduardo.

— Espera Dado... sobre o que você quer falar?

— Poderia ser em particular?

— Sim, vamos. — Tive que aceitar, definitivamente não queria mais brigas.

— Oli, você não vai com ele, por favor.

— Está tudo bem. Eu não demoro.

Caminhei até a saída do prédio com ele sem dizer uma palavra, entramos no carro e ficamos lá.

— Me alegro que esteja bem. — As palavras de Liz ecoaram na minha cabeça.

— Como você pôde tentar machucar o Eduardo?

— O que?

— Eu sei que você tentou bater nele. Meu Deus, Bernardo, o que você pensa que está fazendo?

— Eu não...

— O que? Você não queria? Mas fez. Quantas vezes eu já te disse que Eduardo é meu amigo?! E então, na primeira oportunidade, você bate nele. — Eu estava com muita raiva.

— Não sei o que dizer… — Ele abaixou a cabeça.

— Você acha que estou bem? Olhe para mim. EU PAREÇO BEM? Goste você ou não, você ainda é meu marido, e tudo o que fizemos foi brigar. Você me pede para abortar nosso filho, no dia seguinte você me pede para ficar, e no mesmo instante você me pede para ir embora. ME DIZ COMO DIABOS EU PODERIA ESTAR BEM? Você está dançando com meus sentimentos e sabe qual é o pior? Sabe? — Ele balançou sua cabeça. — O pior é que sinto sua falta, sinto falta de nós porque... caramba! Estou apaixonada por você...

Ele me olhou em êxtase, sem reação pelo meu surto, mas eu merecia surtar e gritar um pouco. Na verdade, ele me fez passar tanta raiva que merecia que eu só gritasse com ele por, pelo menos, um mês.

— Sinto muito.

— Sente pelo quê? É uma lista muito longa.

— Por tudo, sei que tenho sido um monstro para você.

— Tem mesmo. — Eu concordei.

— Mas eu quero você de volta. — Respirei fundo, peguei a mão dele e coloquei na minha barriga.

— Olha... Isso dentro de mim é um bebê de verdade, não uma boneca, não um brinquedo. Você não pode jogar fora quando não quiser mais e não pode ignorar sua existência, e muito menos pode fazer tudo o que fez e vir se desculpar, isso não apaga o que aconteceu. Bernardo, dói muito, mais do que você imagina. É preciso mais do que isso para eu confiar em você novamente.

— O que quer que eu faça?

— Mostre-me com atitudes que você mudou. As palavras geralmente são vazias. Pra você é fácil falar que não quer um filho e tá tudo bem, você pode só sumir, mas eu não posso fugir dessa responsabilidade tão fácil. Esse bebê está crescendo dentro de mim, dentro de mim, você entende? Eu não posso simplesmente falar que eu não o quero mais, porque enquanto você pode ser considerado herói entre outros homens eu serei vista como no mínimo uma assassina ou desnaturada. Tu acha que só porque eu sou mulher, eu automaticamente quero ser mãe ou sei lidar com isso? Pois saiba que não, eu não queria ser mãe agora e toda essa pressão está vindo só sobre mim. Eu sei que eu também fiz esse bebê, mas não é justo só eu sofrer por isso, só eu ter que passar por isso sozinha. Você tá sendo tão covarde comigo, então não, só um pedido de desculpas não vai consertar tudo, nem me fazer voltar mesmo que eu esteja apaixonada por você — Me virei para sair do carro, mas senti um puxão e rapidamente seus lábios estavam nos meus, por um tempo me deixei levar por aquele toque suave, senti muita falta dele. Suas mãos percorreram meu corpo com urgência, mas seu beijo não demonstrou desespero, era algo mais calmo e úmido. Quando paramos de nos beijar por falta de ar, ainda apertamos nossas testas.

— Vou te contar tudo, prometo. Mas fique comigo, por favor... estou afundando sem você. — Eu gentilmente passei meu dedo sobre sua pele onde uma lágrima caiu.

— Bernardo...

— Meus pais querem te conhecer, por favor — disse suplicante.

— Não ouviu nada do que eu disse?

— Me dê a oportunidade de te mostrar quem sou eu de verdade. — O olhei por um tempo e vi um mar de sinceridade inundado seus olhos.

— Tudo bem, mas não seja tanto você. O seu "Você" vem me assustando por muito tempo — Eu concordei, poderia ser a decisão mais repentina da minha vida, mas algo me dizia que eu não me arrependeria de ir com ele.

O novo velho

— Você vai mesmo a este jantar?

— Sim, eu prometi.

— Estamos falando do mesmo Bernardo? Você se lembra do que ele fez, certo?

— Eduardo, eu não sou louca.

— Mas parece. O cara só te machucou desde que vocês se conheceram, aí ele faz uma cena chorando e você vai atrás dele achando já está tudo certo?

Caminhei até ele respirando fundo e colocando minhas mãos em seus ombros.

— Não é isso, algo aconteceu nesse meio tempo. — Ele balançou a cabeça em negação. — Dado, não é ele que tá falando, sou eu quem tá sentindo. Você entendeu?

— Não, eu definitivamente não entendo. Na minha opinião, ele está apenas fazendo uso de sua fragilidade momentânea.

— Fragilidade momentânea?

— Sim, todas as grávidas são sensíveis a muitos hormônios. — Olhei para ele sem entender de onde ele tinha tirado aquilo. — Sou irmão mais velho, vi minha mãe engravidar três vezes, sei do que estou falando. Ele tá te enganando. — E saiu da sala já irritado com aquele assunto.

Será que Eduardo está certo? E se ele estiver brincando comigo? Ele até me disse que estava me usando, por que eu acreditaria nele agora? E se eu estiver tão coberta de hormônios que nem consigo pensar racionalmente? Já era tarde demais, se fosse assim, eu pagaria para ver. Bernardo não é tão cínico, não é?

Eu não sabia o que esperar dos pais dele, só os tinha visto através de fotos e a única coisa que Bernardo me disse foram seus nomes, fiquei no escuro. Mas também sabia que eram ricos e certamente elegantes.

Entre nós dois

— Eric?

— O que? — Me gritou do outro quarto.

— Me ajuda a me arrumar? — Mais rápido do que ele podia ver, ele já estava na sala todo animado.

— Vamos ver o que tem nas suas roupas. — O rapaz revirou tudo, jogando roupas para todos os lados. — Este vestido é muito bonito, simples e elegante. — Sorri melancolicamente olhando para a peça na mão de Eric. — O que é, você não gosta?

— É lindo mesmo, faz tempo que não uso. Aliás só usei uma vez, nem lembrava.

— E por que essa cara?

— Usei no dia do meu casamento.

— Então queima, por que não te trouxe boa sorte. — Coloquei a mão na cintura fazendo uma cara de deboche, como dizia Eduardo quando eu fazia essa pose. Estava parecendo uma xícara.

— Vou usar sim. Me dê isto. — Peguei o vestido e coloquei rapidamente, já estava no prazo e Bernardo é muito pontual. — Agora vem a maquiagem.

Escusado dizer que Eric foi acima e além. Ficou incrível. Calcei meus sapatos e coloquei meu perfume. Esperei alguns minutos que, na minha cabeça, eram muitos por causa do meu extremo nervosismo, e então a campainha tocou.

— Prometa-me, por tudo o que é mais sagrado, de que qualquer coisa, tu vai me chamar.

— Eu te prometo. — Dei um beijo nele e abri a porta. No momento em que Bernardo apareceu, Dado fez cara feia, se virou e foi embora.

— Nosso relacionamento está melhorando — disse em relação ao Eduardo.

— Sim... ele guardou a faca dessa vez. Pelo menos isso. — Me deu um sorriso bobo.

— Está linda.

— Obrigado, você também. Vamos?

— Sim. — Fechei a porta atrás de mim e começamos a andar. — Já vi este vestido antes. — Ele colocou a mão no queixo tentando se lembrar. — Foi no dia do nosso casamento.

— Se lembra? — Perguntei a ele assustada, porque ele se lembra disso.

— Claro, foi um dia importante. — Tenho certeza que minhas boche-
chas ficaram vermelhas.

— Mas o que posso esperar de seus pais?

— São pais normais, nada muito diferente.

— Eles sabem da nossa... situação?

— Eu tive que contar.

— Você contou tudo para ele?

— Não, eles não precisam saber tudo.

— Sabem por que estou com você?

— Pode relaxar? Eles não vão sentar você em uma cadeira, acender
uma luz em seus olhos e começar a te interrogar, não.

— Eu só quero saber o que esperar.

— São pais normais, Oli. Não se preocupe. — Foi a primeira vez que
ele me chamou assim, e me senti bem.

[...]

— Ah! Olha, antes de sair do carro, tenho que te dizer que minha mãe
é um pouco surda, então você vai ter que falar um pouco mais alto.

— Tudo bem. — Saímos do carro, Bernardo me pegou pela mão e
eu agradeci. O nervosismo tomou conta de mim. A casa era enorme, e me
sentia um peixe fora d'água.

Bernardo abriu a porta e entramos no local. Ele estava praticamente me
puxando porque eu não tinha controle das minhas pernas, meu corpo todo
estava congelado de antecipação. Caminhamos mais um pouco e chegamos
à sala, meu coração estava prestes a saltar pela boca.

— Bernardo. — Uma senhora se aproximou de forma muito efusiva,
então presumi que fosse a mãe. — Meu bebê. — Mães! O homem já tinha
aproximadamente a mesma quantidade de cabelos brancos que seu pai. Ela
o abraçou com força e quando o soltou ela olhou para mim e eu senti que
ia desmaiar a qualquer momento.

— Oi querida. Meu nome é Andréia.

— Boa noite senhora, obrigado pelo convite.

— Por que ela está gritando? — Questionou ela ao filho com um sorriso
amarelo e dentes semicerrados.

Entre nós dois

— Me desculpe…. eu…. eu não...

Olhei para Bernardo com os olhos semicerrados, o homem tinha o fardo de fingir que não era com ele.

— Não acredito. — Eu o empurrei um pouco.

— Você entende agora o porquê te chamo de bebê? — Na verdade não, mas eu não ia dizer nada.

— Prazer, Olivia. — Estendi a mão, mas aparentemente não foi suficiente, a senhora me abraçou com muito carinho.

— Vamos sentar. — Nos aproximamos e, segundos depois, apareceu Humberto com o Rick nas costas, por que o Rick estava aqui? — Meu amor, venha aqui. — Chamou o marido.

— Oli, este é meu pai, Humberto. Pai, esta é a Olivia.

— Prazer em conhecê-lo, senhor. — Ele se absteve em um aperto de mão.

— Olá, tia! O que você está fazendo aqui?

— Vim jantar, disseram que a comida é boa e você?

— Hoje fico com o vovô e a vovó.

— Sempre que chegamos à cidade, Caio e Liz o deixam um pouco conosco, porque alguém se recusa a nos dar netos legítimos. — A mulher destacou bem a palavra. Fiquei em silêncio. Se ela disse era porque eles ainda não sabiam, e isso me fez sentir ainda mais desconfortável do que já estava.

— Sim... vamos sentar. — Finalmente nos acomodamos.

— Então Olivia, o que podemos saber sobre você? — Dona Andréia perguntou curiosa. — É muito estranho chamá-la de "Sra.". Andréia não é nome de senhora, muito menos de avó. — É muito estranho, isso é uma coisa que você se pergunta quando está se conhecendo, não depois de um casamento.

— Andréia, por favor.

— Ah Humberto, esse teu filho. Não entendo.

— Agora é só meu?

— Papai, mamãe... Rum — Pigarreou.

— Não-não há muito o que saber sobre mim. — Comecei a mudar de assunto — Sou filha única, meus pais moram no interior. Não consegui terminar a faculdade, então resolvi vir trabalhar para cá.

— E o que você estudou?

—Economia, porque meu pai sempre quis. Mas, às escondidas, fiz cursos de publicidade.

— Interessante. Será muito bem útil na empresa, eu suponho. — Concluiu. Bernardo me olhou estranho com essa afirmação, porque era algo que ele não sabia.

— Sim... sim pai, ela está trabalhando com a Liz.

— Estou?

— Claro. — Respondeu com obviedade. — É que ela ficou um tempo no almoxarifado, mas está de volta.

— No estoque? Que ideia idiota foi essa, Bernardo? — Criticou. Gostei da Andréia, chamo ela assim agora. DONA Andréia não combina, dá nem liga. Isso é o que eu queria fazer há muito tempo.

— Eu tenho meus motivos, mãe. — Ela o olhou de cima a baixo desafiadoramente.

— Vovô, encontrei sua perna. — Rick veio correndo.

— Eu não ouvi o que ouvi, não é? — Cochichei para Bernardo.

— Rick, eu disse para você soltar a perna do seu avô. — Não tinha como essa frase parecer normal. Andréia ralhou com o menino que saiu correndo arrastando a perna.

— Papai tem uma perna mecânica.

— Ah sim! Que susto. Por quê?

— Eu te conto depois.

— Vamos jantar? — Andréia apareceu depois de alguns minutos sem a perna e com Rick nos braços. — Pega ele aqui Bernardo, não tenho mais idade para isso.

— Vem aqui carinha. — Surpreendeu-o colocando-o de bruços de costas.

— Tiooooo.

— É para aprender a não mexer nas coisas do seu avô. — Eles foram andando e eu fiquei um tempo olhando aquela cena, não conseguia entender Bernardo.

— Se tivesse pensado melhor teria, pelo menos, quatro filhos. — Disse o Sr. Humberto logo atrás de mim.

— E por que não tiveram mais?

— Naquela época éramos jovens, queríamos conquistar muitas coisas e achávamos que um bastava, mas não. Nem para nós, nem para ele. Bernardo cresceu, saiu de casa e ficamos sozinhos de novo, Andréia e eu, e também sei que Bernardo se sentiu muito só... se não fosse Caio fazendo companhia a ele, não sei o que teria acontecido... ao longo dos anos tentamos ter outro filho, mas não conseguimos.

— Sinto muito. — Ele sorriu de volta.

— Agora o que nos resta é a esperança dos nossos netos. Mas aparentemente também está longe. — Ele fez uma pausa. — Não se esqueça, minha filha, os filhos são a benção de Deus em nossas vidas. — Discretamente levei minhas mãos à minha barriga.

— Eu também concordo com o senhor.

— Bem, a esperança é a última a morrer... você pode me ajudar? Rick derramou suco na minha perna e agora não está funcionando direito.

— Claro. — Caminhamos devagar até a sala de jantar. Chegando lá, Andréia cuidou dele e eu me sentei ao lado de Bernardo.

[...]

— O jantar foi ótimo.

— Eu disse que não tinha com o que se preocupar.

— Para onde você está me levando?

— Para nossa casa. — Ele disse obviamente.

— Mas eu estou com os meninos.

— Quero ficar mais um pouco com você, em particular. — Tirou a mão do volante e colocou na minha perna, acariciando-a.

— Ainda não é hora para isso.

— Conversamos quando chegar em casa, calma.

Mais alguns minutos no carro e chegamos. Era difícil pensar que ele só queria conversar, porque manteve a mão em mim o tempo todo. Entramos no apartamento e ele me levou para a sala, nos sentando de frente para o outro, começamos.

— Eu quero que você volte, criança, eu quero que você seja minha, de verdade. — Ele disse enquanto passava a mão pelo meu rosto.

— Nós já conversamos sobre isso.

— Sim. — Ele assentiu.

— Por que você não quer ter filhos? — Perguntei de supetão sem preparar o terreno mesmo, estava entalado na minha garganta. — Eu te vi hoje com Rick.

Ele suspirou calmamente, como se procurasse coragem para trazê-lo à tona. — Eu já tive um filho, e tão rápido quanto veio, foi embora. — Ele parecia tão magoado, me deixando embasbacada com essa afirmação.

— Ele mor...reu?

— Não. — Ele disse muito sério.

— Então o que aconteceu?

— Olivia, você também deve ter coisas que te machucam tanto que só de pensar nelas já te corta vários pedaços, né? Essa história é uma dessas, não me peça para continuar, por favor. — Seus olhos estavam vermelhos.

— Isso impede você de querer ser pai novamente?

— Me dê um tempo, deixe eu me acostumar com essa ideia de novo!

— Não sei se este é um bom plano.

— Dê-me mais uma chance... de ser um verdadeiro marido, seu parceiro.

— E o pai? Poderia ser?

— Me dê o tempo que eu pedi, vou me esforçar. Eu farei qualquer coisa para ter você de volta.

— Tenho medo. Isso não vai dar certo, implicitamente eu já tenho que arcar e passar por tudo isso sozinha e eu não quero ficar com você e acordar qualquer dia desse com você me dizendo que se arrepende e que não quer mais. Eu não vou entrar nessa de novo.

— Isso não vai acontecer.

— Quem me garante? Isso já aconteceu uma vez, por que não acontecer de novo? Nesse cenário, eu prefiro ficar sozinha do que ficar com você. — Uau, até eu me surpreendi com o que eu disse. Bernardo ficou alguns segundos inarticulado.

— Eu também tenho medo, mas não consigo mais viver sem você. — Segurou minha mão entre as suas. — Eu estava acostumado a ficar sozinho, mas aí você apareceu no meio daquela chuva. Eu disse que ia te contar tudo, mas agora vou te mostrar uma coisa. Vem. — Ele me pegou pela mão e me levou até o último cômodo da casa, que estava sempre fechado. Não ficava aberto nem para limpar e, na verdade, sempre me intrigava com o que haveria lá dentro. — Fique aqui, já volto.

Fiquei na porta do quarto e esperei por ele por alguns minutos, então ele voltou com a chave, inseriu-a na fechadura e a porta se abriu. Bernardo entrou primeiro, respirou fundo com certa angústia, acendeu a luz e tudo estava coberto com lençóis empoeirados.

— Foi aqui que eu morri em vida. — Ele começou a puxar os lençóis e minha vontade inicial era chorar.

— Bernardo... O que...?

Toquei nos móveis, todos muito bonitos, muito delicados, e quando tirei o último lençol vi que escondia um berço de madeira branca, e um móbile com uma nuvem rosa e uns planetas muito bonitos. Era um quarto completo. Olhando novamente, vi um armário, onde estavam os pertences do bebê. Abri as portas e as gavetas, e meu coração apertou ainda mais ao ver todas aquelas roupas, sapatos e produtos para o bebê.

Mirei Bernardo, e vi aquele homem tão grande e tão forte chorando como uma criança. Minha única reação foi abraçá-lo para acalmá-lo.

— Era minha menininha, Olivia.

— Vai ficar tudo bem, eu prometo. — Vê-lo chorar assim teve o mesmo efeito em mim.

— Não quero mais sentir essa dor, é avassaladora.

— Olhe para mim. — Eu olho em meus olhos. — Nós vamos, vamos resolver isso, eu prometo.

— Promete mesmo?

— Sim, ainda não sei como, mas sim... — Ele me apertou contra seu corpo, como se não quisesse mais se separar, e talvez não quisesse, e eu partilhava desse sentimento.

— Fique aqui comigo, preciso de você.

— Eu preciso também. — Ele me empurrou contra a parede procurando meu corpo com urgência, beijando minha boca com puro erotismo e movendo sua mão por baixo do meu vestido, subindo minha perna até sua cintura. Ele tirou minha outra perna do chão e saiu do quarto.

— Para onde você está me levando?

— Ainda não fizemos amor na nossa cama.

[...]

— Tenho que ir.

— Ir aonde?

— Voltar para o apartamento. Tenho que recolher minhas coisas.

— Pegue depois, ou melhor ainda, nem precisa, compre mais.

— Não posso sair assim sem me despedir dos meninos, eles são anjos na minha vida.

— Então se despeça amanhã e pronto. — Ele apertou meu corpo.

— É só hoje à noite e depois... Todas as noites serão nossas. — O beijei — me leva?

— Se não tem outro remédio... Mas amanhã de manhã eu vou buscá-la, você está me ouvindo?

— Sim. — Peguei seu rosto em suas mãos e o beijei novamente.

— Vamos logo antes que eu me arrependa.

Nos vestimos e fomos para o apartamento dos meninos. Não tive coragem nem de olhar no celular, devia ter muitas mensagens e ligações perdidas do Dado.

— Amanhã de manhã.

— Cedinho. — Nós nos beijamos rapidamente, então eu saí do carro.

Andei um pouco e entrei no apartamento, me assustei pela hora os dois ainda estarem acordados.

— Gente, pela hora a noite rendeu em. — Eric disse divertido, como sempre.

— Achei que você não voltaria hoje.

— Você me deve vinte, Eduardo. — Ele apontou para ele. — Mas, como foi?

— Como era mama monstro?

— Ela não é um monstro. — Sentei-me entre eles.

— Foi tudo bem então? — Perguntou Dado com descrença.

— Sim.

— Vamos, desembucha. Tá escondendo algo.

— Então…. Équeamanhãeuvoltopracasa.

— O que?

— Tire a macaúba da boca.

— Amanhã volto para casa.

— Não te disse que foi uma boa noite?

— Dado...?

— Não vou falar nada Oli, vou dormir. — E se levantou e saiu bruscamente.

— É só inveja.

— Ele está chateado, Eric.

— Naaaa. Ele só quer te proteger, ele acha que Bernardo só quer te machucar. Mas se você viu que não há perigo, eu confio em você.

— Obrigada. — Eu o abracei. — Vou sentir falta de morar com você, foi tão rápido, mas tão bom.

— Eu também vou, principalmente porque Eduardo não faz nada.

— Quem vai embora é vocês, porque eu durmo no sofá. — Eduardo voltou com um travesseiro na mão, nos tirando do sofá.

— Ai! Tá bom. — Eric saiu e eu com ele.

— Obrigado por me proteger. — Dei um beijo na bochecha dele e saí.

Entrei no quarto e comecei a arrumar minhas coisas, estava morrendo de vontade de chegar lá outro dia e voltar para casa, voltar para o Bernardo, para o meu marido.

Arrumei tudo e mal consegui dormir de tanta ansiedade, mas para minha alegria, chegou o dia. Verifiquei se não tinha sobrado nada. Tomei banho, tomei café da manhã e esperei com muita atenção.

Porém, as horas se passaram e ele não chegava, Dado estava comigo apenas observando de longe, provavelmente me julgando também.

— Que horas ele disse que viria?

— Muito cedo.

— Calma nanica, deve ter perdido as horas, só isso. — Ele tentou me acalmar, mas eu senti que era outra coisa. Eu me perguntei se ele já havia se arrependido. Será que ele não me ama mais? Eu era apenas um jogo que uma vez me conquistou, me fez descartável? Liguei para ele várias vezes e seu celular estava desligado. E as horas foram passando e nada. Era quase hora do almoço e não havia sinal dele, eu estava prestes a entrar em desespero até que, finalmente, bateram na porta. Eu me preparei para brigar com ele quando me assustei com a pessoa que eu tinha na frente.

— Ricardo? O que você está fazendo aqui?

— Você tem que vir comigo, Olivia.

— Como você sabe onde eu estava?

— Eu sei onde você está o tempo todo, mas perdi Bernardo de madrugada.

— O que? M-mas...

— Não há tempo agora, você tem que vir comigo.

— Quem é você? — Dado veio atrás de mim muito desconfiado. — Ela não vai a lugar nenhum.

— Tudo bem, é o Ricardo que te falei, lembra?

— Mas por que ele quer te levar?

— Bernardo desapareceu. — Era uma frase impossível de dizer sem chorar.

— O que? Como assim?

— Vamos, Olivia.

Entrei no quarto, peguei minhas coisas e voltei rapidamente.

— Vou ficar bem, entrarei em contato quando puder, prometo. — Eu o abracei bem forte e fui com o Ricardo.

[...]

Poucos minutos depois, Eduardo estava concentrado em seu computador, sua paz foi arrebatada pelas batidas na porta. Ele a abriu e ficou surpreso com a pessoa que estava na sua frente.

— Onde tá a Olivia? Eu a perdi no radar.

— Cara, do que tu está falando? Ela saiu com você alguns minutos atrás.

— Droga, ele foi mais rápido.

— Quem é ele? — Ricardo começou a andar rapidamente movendo seu celular freneticamente ignorando a pergunta do menino. — Ela está em perigo?

— Isso não é da sua conta.

— Claro que é, Oli é como minha irmã. Me diz o que tá acontecendo.
— Ele o ameaçou.

— Antony voltou, e ela e Bernardo estão em perigo, pegue meu cartão.
— Ele entregou o papel para o outro homem. — Encontre-me mais tarde,
pode ser útil.

Ele entrou no carro e saiu em alta velocidade, a única coisa que Eduardo
conseguiu fazer foi colocar a mão na cabeça, apavorado com o que estava
acontecendo.

Céu aberto

Eduardo correu de volta para seu apartamento, vestiu algumas roupas e foi até o endereço que estava no cartão. Era sua melhor amiga que estava em jogo, ele não podia ficar parado.

[...]

— Me diz o que tá acontecendo? — Eduardo perguntou, curioso e assustado.

— Há alguns dias recebi a notícia de que Antony estava morto, mas não acreditei nessa história, nem Bernardo, e nós estávamos certos. Ele voltou e parece que quer resolver esse assunto de uma vez por todas.

— Mas como ele conseguiu passar por você? Seu rosto, até mesmo sua voz.

— Antony era um oficial de inteligência, uma fantasia e um dispositivo para mudar sua voz estão ao seu alcance fácil.

— E quem é Sebastian? Ele está atrás da Oli?

— Não exatamente, ele quer se vingar de Bernardo e sua família.

— Por quê?

— Estamos prontos. — Outro policial bateu na porta e enfiou a cabeça para dentro.

— OK, vamos! — Ricardo se levantou com a mesma atitude de quem vai para a guerra, mas era mais do que isso, ele ia resgatar um amigo, e nada poderia dar errado. — Caio cometeu fraude na empresa e tentou matar os pais do Bernardo, desde então ele o persegue e por isso continua escondido, acho que o acerto de contas chegou. — Andou pelos corredores da delegacia recolhendo tudo o que era necessário para a missão.

— Eduardo... que bom, você ainda está aí. — Eric chegou sem fôlego e apavorado.

— O que faz aqui?

— O que estou fazendo aqui? Você me mandou uma mensagem que Oli foi sequestrada e você quer que eu fique em casa tricotando?

— Espera... você mandou mensagem dizendo o que exatamente? — Ricardo perguntou.

— Que Olivia havia sido sequestrada e o local onde eu estava.

— Maldita seja! Dê-me os telefones. — Ricardo ordenou com raiva. E os dois homens permaneceram sem reação. — Rápido, Antony pode estar monitorando tudo, principalmente vocês que estão perto dela. — Permaneceram estáticos. — AGORA. — Ele gritou, fazendo com que os dois reagissem. — Acho que ainda não entendem a gravidade da situação. Sua amiga não desapareceu por causa de algum criminoso aleatório, muito pelo contrário. Ele é um dos melhores policiais em seu campo, mas ainda tem uma vingança envolvida. Nada pode dar errado, ou eles podem entregar Olivia e Bernardo a Deus. Entenderam agora? — Ele não gritou novamente, mas seu tom era extremamente aterrorizante. Dito isso, Ricardo saiu determinado.

— Tudo bem, mas o que podemos fazer? Queremos ajudar. — Quando ouviu esta frase pronunciada pelo Eduardo, quis que fosse uma brincadeira de muito mau gosto.

— Acho que ainda não entrou na sua cabeça. — Ele se aproximou dos dois novamente. — Isto não é um parque infantil, é a vida deles que está em jogo. Você quer ajudar? Nem respire, pode estragar tudo. — E aquele homem super calmo que estava conversando com Eduardo, minutos depois, simplesmente sumiu.

— Que fazemos? Não aguento ficar em casa esperando para ver se ainda vou ver minha amiga viva ou morta.

— Calma Eric, eu tenho um plano. Vamos segui-los.

— Você não pode ser normal. Você quer seguir a polícia, a PO-LÍ-CIA? — Bem enfatizado.

— Sim. — E deu de ombros como se o que acabara de dizer tivesse mais eloquência do que um poema de Shakespeare.

— Ta brincando, né?

— Eu consigo. Você está comigo ou vai tricotar em casa? — O outro homem zombou.

— Aiinn... Que Deus nos proteja. E nossa amiguinha também — disse enquanto juntava as mãos em uma oração silenciosa.

[...]

Bernardo acordou desorientado, com muita dor na cabeça que acompanhava a dor no corpo. Não foi fácil levá-lo, tiveram que brigar antes, mas no crime não há regra de "sem covardia". Quando percebem que estavam perdendo, ou chamam outra pessoa para lutar ou já mostram uma arma, e infelizmente ninguém é à prova de balas. Pensando em tudo que poderia perder se reagisse morrendo ali mesmo, Bernardo entrou no carro e deixou ser levado. Só podia pensar que felizmente Olivia estava a salvo. Ricardo estava a protegendo, e agora ele esperava que ele tentasse resgatá-lo, essa história não poderia terminar assim.

— Nosso convidado finalmente acordou. — Bernardo olhou para cima e tudo estava fora de foco, mas aquela voz era inconfundível. — Peço desculpas, pelo jeito truculento que trouxemos você até aqui, é que você não pode mandar um bruto para fazer esse tipo de serviço, eles não têm a verdadeira finesse.

— Você realmente quer que eu te coloque de volta no buraco em que você esteve todo esse tempo? — O homem muito bem-vestido se aproximou de seu refém com um sorriso maroto.

— Não está em condições de fazer ameaças, está algemado e drogado, enquanto eu estou livre e com posse de armas. É melhor calar a sua boca. — Ele andou um pouco e decidiu que seria ainda melhor se ele provocasse um pouco mais. - Quer ver uma foto da minha filha, Bernardo? Ela está cada dia mais bonita, claro que se parece absurdamente comigo.

A simples menção dessa criança e desse fato enfureceu Bernardo, que começou a lutar contra a coluna à qual estava amarrado, conseguindo por um golpe de sorte dar uma rasteira em Sebastian que caiu, mas se levantou com chamas nos olhos.

— Não me estresse muito... acho que você ainda não entendeu a austeridade da sua situação. — Quanto mais o moreno ouvia aquela voz, mais o ódio crescia. Incapaz de fazer muitas jogadas na companhia de seu atual algoz, Bernardo cuspiu em Sebastian, que reagiu imediatamente colocando uma arma em sua cabeça. — Vou explodir sua cabeça e não vai sobrar um pedaço para papai Humberto e mamãe Andréia enterrarem.

— Como você pôde fazer o que fez com eles? Meus pais sempre te trataram como um filho.

— Bernardo tão ingênuo, não quero um pai e uma mãe, quero dinheiro. E com o dinheiro que vou conseguir matando você, se eu quiser, até compro novos pais. — E sorriu um pouco inadvertidamente, quase como um psicopata.

— Sebastian, fase dois concluída. — Ao ouvir essa frase, o homem com a arma na mão suavizou o rosto como se tivesse ganhado na loteria.

— Perfeito. Acho que você já conhece o Antony, não é Bernardo? — E deu espaço para que o sequestrado olhasse para o carrasco de sua Olivia e o visse pela primeira vez pessoalmente.

— Animal, por que você machucou tanto a Olivia? Eu vou te matar, bastardo. — Antony, extremamente sério como sempre, aproximou-se de Bernardo.

— Antes de tocar em sequer num fio de cabelo, você estará dois metros abaixo do solo. — Ele o ameaçou coberto de muito ódio. — Vamos acabar com isso, Sebastian. — Disse isso olhando no fundo dos olhos de Bernardo. — Não quero que apareça nem um herói e estrague tudo. — Ele finalmente disse olhando para seu parceiro.

— Ainda não, vamos brincar um pouco. — Bernardo sabia que algo parecido com tortura estava acontecendo.

— BERNARDO... BERNARDO... — Gritos podiam ser ouvidos ao longe e ao ouvir aquela voz doce que naquele momento passava a sensação de dor, o homem se desesperou, em estado de choque, angustiado.

— NÃO... Olivia. — Ele gritou, transtornado. Eles conseguiram pegá-la, então onde estava Ricardo? — Filhos da puta, soltem ela agora.

— E que comece a diversão do show — exclamou Sebastian, feliz com a reação consternada do ex-amigo. — Achei que você queria sua esposa aqui com você. Como esses reféns são ingratos. Fazemos o possível para que fiquem bem e vejam como somos pagos, é uma pena.

— Onde ela está? — Seu corpo já estava marcado pelas cordas que queimavam sua pele toda vez que se movia com força contra elas.

— Esse galpão é muito grande Bernardo. Não se preocupe, não somos tão vilões, vamos deixar se verem pela última vez em algum momento.

— Doente mental, Ricardo vai nos encontrar. — Dizer isso era como contar a ele a piada mais engraçada do mundo.

— Ricardo nem sabe por onde começar. — Segurou o rosto do homem com força. — E acho melhor você nem tentar uma brincadeira ou ambos estarão mortos antes de piscar. — Soltou sua cabeça, jogando-a de lado.

[...]

No meio de uma estrada quase abandonada, a polícia tentava a todo custo encontrar qualquer coisa que levasse aos dois. O rastreador os levou até o carro de Bernardo, que estava parado no mesmo local onde ele havia sido apanhado e levado.

— Não há sinal de onde possam estar. — Um agente se aproximou de Ricardo dando-lhe esta notícia fatídica.

— Maldita seja! Você verificou o carro, cada pequena parte?

— Sim senhor.

— Pois procure melhor, sua besta, eles não desapareceram no ar. — Ricardo ordenou extremamente exasperado. Faziam horas que procuravam qualquer pista e nada, absolutamente nada, como se tivessem sido abduzidos. Ricardo sabia que seria difícil, estava lidando com um ex-policial altamente treinado, não deixaria nada solto. Mas mesmo um policial altamente treinado sabe que não existe crime perfeito, então ele sabia que Antony cairia em algum pequeno 'detalhe', só não sabia qual ainda.

Um pouco longe, vendo tudo, estavam Eduardo e Eric no carro.

— Eduardo, estou com o coração na mão. Está quase escuro e até agora não temos ideia de onde eles estão, e se chegarmos tarde demais?

— Para de falar besteira Eric, deve haver alguma coisa. Nanica e Bernardo vão ficar bem, eu sei disso. Já posso até prever ela chegando pra ficar mais uns dias com a gente porque o Bernardo fez alguma merda.

— Apesar de ser cruel o que tu acabou de dizer, eu nunca quis tanto isso.

— Olha, eles estão indo embora.

— Será se encontraram algo?

— Não sei. Espero que sim.

[...]

Bernardo estava há muito tempo com um homem que era só músculo sentado ao lado dele. Ele tinha um curioso aparelho em cima da mesa, o que era isso?

— Bernardo, está tudo bem? — O homem ouviu de longe.

— Estou bem. E você, fizeram algo com você?

— Não, mas está escuro aqui. — Bernardo lembrou-se do dia chuvoso em que não havia luz em sua casa e do terror que sua esposa sentia no escuro.

— Não precisa ter medo, estou aqui com você. Lembra o que fizemos na noite em que ficamos sem energia?

— S-sim. — Eles se comunicavam com o tom de voz alterado, já que estavam longe, mas tudo o que queriam era se ver mesmo por um mero segundo.

— Então feche os olhos e pense, você vai se acalmar. — E acabou viajando no momento em que fizeram amor pela primeira vez, se soubesse que ia se apaixonar loucamente por Olivia ou que estaria assim em poucos dias, teria aproveitado muito mais. — Nós vamos ficar bem, eu prometo.

— Está bem. — Depois de a mulher não dizer mais nada, Bernardo entendeu que ela estava pensando naquele momento mágico que viveram juntos.

O homem sentiu que era hora de fazer alguma coisa, ele não sabia dizer, mas já estava lá há muito tempo, então fez algo que ou o mataria ou o salvaria. Bernardo sabia como se livrar das algemas, estava apenas se preparando psicologicamente para isso e, uma vez que o fizesse, não haveria mais volta. Então, sem muito pensar mais sobre isso, ele fez, com a mão direita empurrou o polegar deslocando-o e fechando a boca com força e se curvando de dor, depois disso conseguiu retirar a algema da mão muito lentamente para não fazer barulho.

Depois de longos minutos tentando controlar a dor, ele começou a mexer as cordas, mas escorregou e sacudiu sua algema, ressaltando um barulho. Fazendo assim aquele poço de músculos prestar atenção nele, levantando-se rapidamente e deixando cair aquele curioso aparelho no chão.

— Ei! Tá querendo dar uma de esperto playboy? — e deu um soco no estômago dele fazendo-o cuspir sangue. Então, pegou algumas correntes que tinha ali e as colocou nas mãos, mas antes disso para completar sua maldade, puxou o polegar do homem para trás fazendo-o gritar de dor.

— Bernardoo... — O grito de sofrimento da mulher do outro lado não pôde ser acalmado pelo homem, pois ele estava em sua própria dor naquele momento.

— Bernardo, meu irmão. Você não quer apressar as coisas, não é? — Sebastian voltou mostrando a arma na cintura. — Estou gostando muito disso.

[...]

Depois que Eric e Eduardo viram os homens com um aparelho na mão e imediatamente entraram em seus carros, eles se prepararam para sair também.

— Que seja uma boa notícia, que seja uma boa notícia. — Repetiu o rapaz, vulgo Dado, como um mantra.

— Por que eles estão se separando?

— Não sei. Abaixa. — Um veículo os ultrapassou, sem dar muita importância. — Vamos seguir o carro do Ricardo.

Os carros foram silenciosamente para um local muito bem escondido e de difícil acesso. Eduardo manobrou com muita habilidade atrás dos patrulheiros disfarçados.

Depois de um longo caminho, chegaram a um galpão, que clichê. No entanto, isso não importava, agora começava a parte mais difícil, o resgate.

— Onde você está indo?

— Vou me aproximar — disse abrindo a porta do carro.

— Você está louco? Eles com certeza têm armas, sabia?

— Não vou fazer nada, só quero ver. Você vai ficar aí?

— Meu Deus, se eu morrer por sua causa, eu volto e te coloco em um buraco. — Praguejou Eric.

Mais à frente, os policiais estavam a postos, cada um em sua posição estratégica, já conhecendo seus papéis e tarefas. Com armas de grande calibre, com munição até os dentes e coletes à prova de balas, se aproximaram de um ponto específico.

Fazendo seu típico sinal manual de comunicação, Ricardo liderou a operação parecendo forte e confiante, mas temia pela vida de seu amigo e da esposa.

Entre nós dois

Entraram no galpão, e tiveram a certeza que era o local certo. Mas não sabiam que, logo atrás, tinham dois civis abelhudos que, pela escuridão e falta de treinamento, cometeram um erro incipiente: tropeçaram em um dos barris, fazendo um barulho impossível de camuflar.

[...]

— Sebastian, temos companhia. — Outro homem se aproximou com a notícia. Bernardo olhou para seu atual inimigo com um sorriso, que não reagiu bem.

— Tá feliz, Bernardo? Você acha que isso é uma piada? Te disse para não tentar nem uma gracinha, agora alguém vai pagar. — Ameaçou o homem com mais ódio e astúcia do que ele era capaz de medir.

Para consternação do moreno, ele ouviu algo ao longe que se tornaria seu pior pesadelo.

— Não, por favor, pare. Por favor, eu te imploro...

— Não toca nela. — Bernardo esbravejou contra Sebastian.

— Agora é tarde, eu avisei.

— Por favor, não, por favor. — Olivia disse ao longe com uma voz chorosa banhada em desespero. Houve um tiro, o som de um corpo sendo jogado no chão, e então um silêncio mortal, minutos depois um homem manchado de sangue apareceu da escuridão, limpando as mãos.

— NÃOOOOOOOOOOOOOOO - Bernardo gritou com toda sua alma, com toda sua força, com todo seu âmago, ele gritou tanto que seus pulmões ficaram sem ar — FILHO DA PUTA, ELA ESTAVA GRÁVIDA CARALHO, EU VOU TE MATAR... DESSA VEZ VOCÊ NÃO VAI ESCAPAR. — Proclamou maldosamente e também sem forças para continuar de pé, seu mundo foi despedaçado pela segunda vez e tudo por causa da mesma pessoa.

— Parece que seu filho se foi... de novo. — Sebastian sorriu descaradamente.

Retrouvailles

— O que acham que estão fazendo? — Ricardo encurralou os dois, detendo o tom de voz para não fazer mais sinais. — Estão pensando que é algum tipo de brincadeira? São vidas reais e balas reais, e adivinhe o que elas fazem? Elas matam.

— Ouvi um tiro. — Eric exclamou assustado.

— Saiam daqui agora. — Vociferou.

— Mas e se eles mataram alguém?

— Então, aí vai ter sido culpa de vocês. — Acusou impiedosamente. — Vão querer matar outra pessoa ou morrer? — Eric, percebendo que não teria mais nada para fazer, puxou Eduardo pelas roupas extremamente ressabiado.

Segundos depois começou uma movimentação e os homens foram cercados e feitos reféns, porém Ricardo, muito experiente, saiu em sua defesa e conseguiu fugir e se esconder daquele local. Com seu plano B em mente, procurou um local estratégico para se refugiar e depois atacar.

[...]

— Onde está Ricardo? — Sebastian perguntou exasperado.

— Eu já disse que ele não veio. — O policial continuou a contar sua história, mas Sebastian não se convenceu, não era iniciante e também conhecia bem o policial. Com um único olhar para o "só músculo" ele entendeu o que tinha que fazer e deu mais socos no rosto do pobre homem.

— Sebastian, pare de fazer palhaçada, vamos acabar com isso. Tô de saco cheio já.

— Concordo Antony, a piada está perdendo a graça.

O homem corpulento soltou Bernardo e o levou para o centro daquele lugar escuro, sujo e fedorento, colocou-o de joelhos e o entregou ao patrão

Entre nós dois

para fazer o que tinha que fazer. O moreno permaneceu estático, sentiu que mais uma vez não tinha motivos para continuar vivendo, havia apenas a casca vazia de seu corpo e sua sensação era de que tudo bem se isso também fosse tirado dele.

Os minutos naquela posição foram uma tortura tanto para ele quanto para os agentes que viam aquela cena, porém, para seus atrozes, a trama se adensava. Os segundos se transformaram em minutos e nem a sensação de ter uma arma apontada para a cabeça fez Bernardo reagir, até que num piscar de olhos se ouviu o som de um tiro.

O corpo de Antony caiu no chão com o impacto certeiro no meio da testa. Sem muito tempo para reagir, a mesma coisa aconteceu com Sebastian, baleado várias vezes em uma guerra de balas perdidas. Protegeram-se quem pôde e aqueles minutos foram mais do que cruciais para que os outros homens que se separaram chegassem para oferecer reforços, era inevitável que alguns dos mocinhos acabassem feridos, baleados e tiveram a triste notícia de que dois estavam mortos. Já os carrascos e seus capangas não estavam mais no mesmo plano dos demais, os vivos. Ricardo surgiu do esconderijo pronto junto com mais dois policiais especiais, varrendo toda a área e chegando à conclusão de que não havia mais ninguém ali, pelo menos não vivo, nem em forma de ataque.

Seus homens foram liberados e o homem de cabelos grisalhos foi até seu amigo o ajudando a se levantar.

— Eu disse que ia meter bala na cabeça deles. — Ricardo justificou com pura malevolência na voz. — Bernardo, acabou.

— Sim, acabou. — O homem, incapaz de controlar o ritmo correto da respiração, controlou-se o máximo possível para não desabar.

— Você pode ir para casa agora. — Ele balançou o ombro. — Acabou, Bernardo. — Reiterou.

— Tá, e agora? Olivia se foi. Você quer que eu dance, brinque, comemore? Acabou, mas a que preço? — Ricardo ficou calado, não sabia o que dizer nem como continuar aquela conversa. Era notável que Bernardo estava desolado, e ele ainda acreditava que aquela palavra era extremamente fraca para descrevê-lo.

Bernardo não queria procurá-la, nem seu corpo, nem em um milhão de anos estava preparado para isso. O que ele mais prometeu a ela foi sua segurança, e agora não apenas ela estava morta, mas também seu filho.

Caminhou incerto naquela escuridão até a saída daquele lugar onde alguns minutos depois chegaram algumas ambulâncias para lhes dar os primeiros socorros. Fizeram-no sentar em uma delas para examiná-lo, mas ele não estava vivo. Tudo o que o fazia ser ele, não existia mais.

— Bernardo, onde está Oli? — Acordou do transe ao ouvir a voz de Eduardo que, com as ambulâncias funcionando, acabou voltando ao local. Bernardo não disse uma palavra, apenas sentiu os olhos se encherem de lágrimas e escorrerem pelo rosto, os meninos, vendo sua reação, lhes faltou ar.

— Eduardo, o tiro que ouvimos...

— Meu Deus, Eric, eu não... não posso... que tipo de merda é essa? — O rapaz falou desconsolado.

Era tudo uma confusão de ambulâncias, carros de polícia e corpos em sacos pretos passando o tempo todo. Que nem perceberam que um discreto modelo de carro preto aparecia suavemente no meio de toda aquela confusão.

— Bernardo? Bernardo? — A mulher o procurou desanimada e quando o encontrou, correu loucamente em sua direção abraçando-o com tanta força que quase o fez cair.

— Olivia? — Ele a afastou de seu corpo olhando para o rosto dela. — É você? Isso não é imaginação na minha cabeça?

— Não, sou eu. — E o abraçou novamente.

— Mas onde você estava meu amor? Eu ouvi o tiro, e então aquele homem...

— Eu estava em outro galpão, longe daqui. Estávamos conversando por comunicadores, eu não sabia disso. — Ela o pressionou mais perto de seu corpo.

— Eu disse que ia protegê-la, Bernardo. — Ricardo apareceu com o rosto mais liso.

— Você sabia que ela não estava aqui? — O homem apenas acenou com a cabeça. — Não sei se te bato por não dizer nada, ou agradeço por isso.

— Um abraço tá bom. — Extremamente nervoso, Bernardo levantou-se de onde estava e abraçou o amigo de forma tipicamente masculina, voltando milissegundos depois para os braços de sua amada.

— Ai nanica, que bom que você está viva. Quem ia fofocar comigo?! — Recuperando o fôlego, Dado virou-se para a amiga.

Entre nós dois

— O que vocês estão fazendo aqui? — Ela disse sorrindo. Os meninos olharam para Ricardo que não disse nada, simplesmente se afastou. Já havia extrapolado sua cota anual de confusão com aqueles dois.

— O importante é que está tudo bem galera. Urrrruuuuu — Eric pronunciou quebrando o gelo. Em seguida, grudou em seu primo quando, ao seu lado, passou um saco preto com um cadáver. — Muito cedo pra comemoração.

— Bernardo, você está mesmo bem?

— Sim, meu amor — repetiu a forma carinhosa com que a havia chamado há alguns minutos atrás. — Eles não fizeram nada comigo.

— Seiii... Vamos para o hospital. — Disse ela, já sabendo o tipo de marido que tinha.

— Eu quero ir para casa e ficar com você.

— Vamos para o hospital e depois faço o que te disse.

— O que?

Ainda em seus braços, ele acariciou seu rosto com as mãos. — Todas as noites serão nossas. — O beijou, nunca pensou que desejaria beijar alguém tanto como ele e vice-versa. Era o sopro de ar fresco que buscavam para apagar tudo que tinham passado durante esses meses e, principalmente, todos esses dias.

— Super-romântico. Agora vamos — brincou Eduardo, cortando o clima.

[...]

— Ai! Finalmente, Bernardo acordou, que susto.

— O que aconteceu?

— Os médicos te atenderam e depois você não acordava mais.

— Bom dia, como estão?

— Querendo ir para casa, doutor. — Bernardo respondeu cansado.

— Então tenho boas notícias. Você tem uma pequena hemorragia no pâncreas, mas vai se curar sozinha.

— Então não precisa de cirurgia?

— Não. Já foi feito curativos e seu dedo não foi quebrado, então tudo bem.

— E quanto a senhora. — Iniciou a outa médica dentro do quarto.

— Está tudo bem também, só advirto novamente sobre seu alto nível de estresse. Entendo que essa foi uma situação atípica, mas a partir de agora tenha uma rotina mais tranquila.

— Vou me cuidar melhor, prometo.

— Maravilha, vou assinar os papéis de alta e você pode ir agora.

[...]

— Nunca pensei que seria tão bom voltar para casa.

— Melhor que isso Olivia, agora podemos viver nossa vida normalmente.

— Ainda não consigo acreditar que aquele traste realmente se foi.

— Acredite, dessa vez ele morreu mesmo... Preciso de um banho.

— Ahh! Eu também, mas estou tão cansada e com tanta fome. Posso comer no banheiro?

— Só se eu puder também.

— Podemos tomar um banho e pedir algo.

— Super apoio.

[Olivia]

Fomos fazer nossas determinadas tarefas e, logo após, a parte melhor e mais agradável: comer. Depois de nos alimentarmos adequadamente, fomos para o quarto para finalmente descansar.

— Que saudade desta cama.

— Eu também. Mas isso não foi só disso que eu senti falta.

— Não?

— Não.

Bernardo virou meu corpo para ele e em uma fração de segundo ele estava beijando minha boca com muita vontade e devassidão. Sua língua pedia passagem e tudo se encaixava perfeitamente e tudo me enlouquecia, sua boca, seu corpo se movendo contra o meu, sua língua, tudo me fez sentir mais normal.

— Eu senti falta disso, meu amor.

— Eu também senti. Mas, eu quero dormir.

— Você não vai mais embora, não é?

Segurei seu rosto em minhas mãos. — Não, não vamos a lugar nenhum.

— Eu não ia deixar mesmo.

— Então, acho que podemos deixar isso para depois, quando estivermos mais dispostos.

— Só de estar aqui sã e salva comigo e saber que não vamos mais nos perder é o suficiente para mim.

— E o que faço com você? Você fez eu me apaixonar de uma forma tão intensa que eu não consigo mais viver sem você.

— Me esforcei bastante pra isso. — Sorrimos. — Não pense que comigo foi diferente, aquela viagem que eu fui foram as reuniões mais longas que tive na minha vida.

— Por quê?

— Não conseguia me concentrar, pensava em você o tempo todo. Eu quase perdi a cabeça e, quando te vi à noite e você disse que sentia minha falta, eu finalmente dei um suspiro de alívio. Eu sabia que as coisas estavam melhorando entre nós, mas não sabia como você se sentia em relação a mim.

— Bem, eu sei que passei o tempo todo pensando em você também. Tudo me fez sentir sua falta, e eu sentia falta de tudo, até daquele seu mau humor.

— Não consigo explicar a alegria e a paz de ter você aqui, agora comigo, neste apartamento, nesta cama, em meus braços.

— Eu costumo chamar de quenturinha gostosa

— Gostei disso — disse ele sorrindo. — Sente muito?

— Estava tudo muito misturado entre nós, mas às vezes eu sinto, e agora estou sentindo mais forte do que nunca. Eu, você, nosso bebê, nossa família.

— Nossa família — repetiu sonhadoramente. — Esta frase é muito estranha para mim, mas também me traz muita alegria e graças a você. Obrigado, meu amor. — E entre seus braços, entre seus beijos lentos e molhados, entre o calor de sua pele e suas carícias, me perdi de novo. Era quase impossível que isso realmente estivesse acontecendo. Bernardo e eu estávamos declarando nosso amor em plena luz do dia, e eu ficaria assim por toda a eternidade, mas o cansaço batia a cada minuto que passava.

— Meu amor, por que não descansamos um pouco?

— Depois eu que sou velho. — E eu pressionei meu corpo contra o dele e finalmente consegui adormecer, mas antes disso eu o ouvi dizer: "eu nunca vou deixar você ir de novo".

[...]

Acordei assustada com a campainha tocando freneticamente causando, devido ao choque e ao barulho, dores em minha cabeça. Bernardo e eu nos entreolhamos completamente bêbados em nossos sonhos, acho que tentando identificar quem era o outro até que me levantei e fui até a porta.

— Onde está meu filho? — Assim que abri, uma mãe desesperada que não contava a conversa entrou e foi direto para o quarto.

— Não consigo acompanhá-la. — Disse o Sr. Humberto divertido. — Como está minha filha?

— Bem, entre. — Eu disse entre um bocejo, o homem entrou e eu fechei a porta atrás de mim.

— Que dia, Olivia.

— Nem me fale, seu Humberto, mas o que importa é que estamos felizes que tudo acabou.

— Não sei se você pode ser mais feliz que eu. Vou ter meu filho de volta, agora que essa história de vingança acabou e pra sempre.

— Estou louca para conhecer esse velho Bernardo.

— Não sei o que você sente por ele agora, mas se for paixão ou amor, garanto que só vai aumentar.

— Não aumente muito minhas expectativas, estou muito feliz com esse Bernardo que tenho.

— Estou bem, mãe — Bernardo apareceu na sala tentando se afastar da senhora, sem sucesso. Logo o pai se juntou abraçando ele também e eu assisti aquela cena com a mão no peito emocionada. Finalmente podia ver meus pais de novo, conversar com eles, e tenho tanto para contar. Perceber isso me deixou tão feliz.

— Eu quero é te dar uma surra. Por pouco eu não fico sem filho.

— Tá tudo bem, mãe.

— Agora sim, mas você não imagina o medo que eu tive.

— Concordo com sua mãe, filho. Você não sabe o susto que nos deu.

— Se um dia decidir ser pai, vai entender — disse minha sogra sugestiva, nos olhamos e trocamos sorrisos amarelos.

— Na verdade... — começou a falar.

Entre nós dois

— Vou lá dentro, um instante. — Caminhei para o quarto novamente, peguei meu celular e meu coração batia rápido e acelerado. Depois de nem sei quanto tempo que fiquei sem falar com meus pais, resolvi ligar. Fiquei caminhando com o celular na mão caçando coragem de ligar, mas na verdade era pura ansiedade. Liguei e esperei ansiosamente que me respondessem. Na primeira ligação, não obtive resposta, mas não ia desistir, liguei novamente e finalmente ouvi uma voz do outro lado.

— Olá?

— Mamãe?

— Oli, é você minha filha?

— Sim, mãe, sou eu. — Ouvi respiração rápida do outro lado e depois soluços, e deste lado da linha não foi diferente.

— Você está bem meu amor?

— Mãe, tô com saudades.

— Não há um segundo que eu não pense em você, minha vida.

— Eu também. Onde está o pai?

— Foi tanta emoção de ouvir sua voz, que até esqueci. Eu vou chamar para ele. — Ficou sem palavras por um momento, mas logo voltou.

— Oli?

— Oi, papai.

— Você não sabe como fico feliz em ouvir sua voz, minha menina.

— Eu também, papai. Coloque a mãe no telefone também.

— Tudo bem.

— Quero que vocês venham para cá, tenho muitas novidades.

— Minha filha, é seguro?

— Sim pai, nunca foi tão seguro.

— Então vamos logo pela manhã.

— Que felicidade, não vejo a hora de abraçar vocês! Não sei como pude estar tão longe, não sabem como me sinto agora — terminei a frase chorando profundamente.

— Nós também minha vida. E eu quero saber tudo. Falando nisso, onde você mora?

— Mãe, quando você chegar aqui eu te conto tudo. Não quero lhe dizer pelo telefone.

181

— Ah Oli, aí eu fico ansiosa.

— Só mais algumas horas. E nem vou dormir esperando vocês chegarem.

— Nós também, meu amor, mas temos que começar a arrumar nossas coisas agora mesmo.

— Ok, e não se preocupem com a estadia, vão ficar comigo.

— Está tudo bem, querida. Vejo você em breve.

— Sim, mãe.

— Te amo. — Ambos disseram juntos.

— E eu os amo imensamente, mais do que podem imaginar.

A ligação terminou e meu rosto estava banhado em lágrimas, mas ouvi-los novamente me deu um gás, tanta alegria, paz, tranquilidade, tudo voltava ao normal, com algumas coisas diferentes, mas que eram maravilhosas.

— Com quem falava? — Bernardo veio por trás me abraçando. — Não quer contar aos meus pais que está grávida?

— Não é isso amor, é que meus pais nem sabem que sou casada, quero contar a eles primeiro.

— Eu entendo.

— E espero que não se importe, mas finalmente falei com eles e os chamei aqui.

— Então, finalmente vou conhecer meus sogros?

— Vai sim. E estou tão animada que nem consigo pensar. — Ficou na minha frente.

— Calma aí meu fiozinho desencapado, quando eles vêm?

— Amanhã, então no final da tarde eles chegam... entendeu? Vou ver meus pais!! — Comecei a pular no meio de seus braços.

— Entendo, e isso é maravilhoso, mas calma.

— Eu não consigo. Tô tão animada.

— Tudo bem. — Começou a pular também.

— Onde estão seus pais?

— Eles foram embora, papai convenceu mamãe que precisávamos descansar.

— Espero que eles se deem bem com meus pais.

— Sim, eles vão, não se preocupe. Se não, eles vão fingir. — Paramos de pular.

Entre nós dois

— Eu não quero isso.

— Quero ver quando este bebê nascer, a competição vai ser grande.

— Meu Deus, não tinha pensado nisso. — Eu coloquei minha mão na minha cabeça, preocupada.

— Calma mulher, eu já sei um jeito de te acalmar.

— Como?

De repente, ele me levantou do chão.

— Chega de dormir, ninguém mais vai nos interromper. Só você e eu, fazendo amor.

— Gostei deste cenário.

O pedaço do coração

Não consegui dormir a noite toda. Me virei, fui tomar água, fui ao banheiro, sentei no sofá, tentei ler, nada me acalmou a ponto de conseguir dormir. Eu estava tão enérgica, tão ansiosa para a chegada deles, tão feliz que eu poderia construir um prédio sem sequer suar. Quanto ao Bernardo, dizem que numa relação um vira e dorme e o outro leva uma eternidade, o outro sou eu hoje. Tive uma noite muito cansativa, mas também estava muito ansiosa.

— Bom dia, amor. — Bernardo acordou no mesmo horário de sempre e com isso foi a primeira vez que acordei e a cama não estava vazia. Eu espero que seja assim daqui pra frente. Quer dizer, dormir, dormir não, eu me virei à noite, mas ainda espero ser acordada por ele sempre, até o fim dos nossos dias. — Nossa, que bafo ruim. — Ele disse logo após me beijar.

— E tu passou a noite inteira bebendo perfume de flores, né lindo?

— Que humor em...

— Não dormi bem à noite.

— Fique calma, bafo de gambá, seus pais chegam aqui em poucas horas. — E correu para o banheiro.

— Do que você chamou? Bernardooo!!!

[...]

Voltar para a empresa novamente, e foi um pouco estranho. Fazia alguns dias que eu não ia e cheguei com o Bernardo e, ainda por cima, encarar os olhos de todos foi bastante desconfortável. Sem contar que agora estou sem o Dado para ficar comigo, me fazer rir e me contar todas as fofocas. Ah! E o café. Como eu precisava de um café agora. Passei pelo andar administrativo, entrando na sala com Bernardo, como ele havia me pedido.

— Você pode ficar com a Liz. — Disse ele, contornando a mesa e sentando-se à minha frente em sua cadeira.

— Ha, eu... Eu pensei que isso já tava claro, mas tá bom... — sorri amarelo para ele. — Você não vai me mudar quando tiver vontade ou quando ficar bravo comigo? — Perguntei desconfiada, não sabia como explicar, mas ainda tinha certo receio dele.

— Não, minha mãe me ameaçou.

— Oh! Então é por isso?? — Cruzei os braços em desgosto. Ele só fez isso por ameaça e não por meus méritos.

— Estou brincando. Você merece, e Liz também precisa de sua ajuda.

— Achei que você não tinha aprendido a lição. — Quando me virei para sair da sala, ele me chamou novamente.

— Chame Eduardo aqui, por favor.

— Se for pra brigar com ele de novo, sem chance.

— Não, claro que não. Eu só quero conversar, ligue para ele.

— Ok, eu vou. — Aproximei-me dele por cima da mesa e descansei meus braços em seus ombros. — Vamos almoçar juntos?

— Não vai dar, amor. Tenho reunião.

— Poxaa. Tudo bem... ah...

— Sim, seus pais chegam hoje. Tu só fala disso.

— Sim, nada de chegar tarde em casa.

— Ok, agora vai lá minha lagosta e não esqueça de chamar o Eduardo.

— Tu tá se achando com esses apelidos besta, né?! Mas eu amo esse seu lado mais descontraído... com uma pitada mais.... humana, sabe? — Levantei até ficar na ponta dos dedos dele e o beijei lentamente. Quando percebi que estava ficando mole e perdendo o controle do meu corpo, resolvi me separar antes de fazer alguma loucura ali mesmo. Saindo do escritório dele, fui para o escritório da minha nova chefe.

— Bom dia, dona Liz.

— Bom dia, Olivia. — Veio até mim e me deu um abraço caloroso. — Estou muito feliz que você esteja bem. Os dias foram muito turbulentos, não?

— E como... — disse já me sentando. — Quanta coisa aconteceu nesses dias.

— E como está tudo agora?

— Agora que o pior pesadelo passou, estou muito mais calma. Posso viver minha vida com tranquilidade, sem temer que, a qualquer momento, um louco possa prejudicar Bernardo e a mim.

— E como vai tudo entre vocês dois?

Eu relaxei minhas costas contra o encosto da cadeira suspirando feliz e sonhado.

— Só com isso aí, já sei que tudo está indo maravilhosamente bem.

— É maravilhoso, Liz. A cada dia que passa, eu me apaixono ainda mais.

— Estou muito feliz, e ainda mais que vamos trabalhar juntos novamente e agora não há perigo de ser trocada. Quem vai de mal a pior é o Caio.

Por quê? — Eu estava preocupado.

— Eduardo o ajudou muito, e agora está sozinho e até treinando um novo estagiário, isso leva tempo.

— Falando nisso, Bernardo me pediu para chamá-lo aqui.

— O que será que ele quer?

— Não sei, mas pelo menos, ele me garantiu que não é para brigar.

— Menos mal. Da outra vez foi bem assustador, dava para ouvir os gritos ao longe. Mas enfim, vamos parar de fofoca porque há muito trabalho a fazer.

— Que saudades que eu tava disso.

— Bem, vamos lá, temos um evento para preparar, na reunião eu vou te atualizar sobre tudo.

Enquanto íamos aos estúdios que seria com seu Hugo, Maria, sua assistente, dona Liz e eu, aproveitei para enviar algumas mensagens.

Dadoooooooooooooo - Entregue 9:17

Late -9:18

Teu zói... Bernardo pediu para você vir aqui na empresa.- Entregue 9:18

O que o Dr. Monstro quer? - 9:19

Não sei, ele disse que quer conversar. - Entregue 9:20

Tá, eu vou à tarde. - 9:20

Fiquei feliz quando soube do que se tratava o evento, era para promover a conscientização sobre o câncer de mama em mulheres e homens. Não pude fazer parte da produção, mas pelo menos, vou fazer parte do evento.

Correu tudo muito bem, mas havia muitos pontos a serem resolvidos, então a reunião demorou muito. Tivemos que almoçar lá, e quando acabou minha bunda já estava quadrada e dormente. Olhei para o relógio e meu coração pulou de alegria, meus pais já deviam estar chegando.

— Dona Liz, preciso te pedir um favor.

— É claro.

— Meus pais estão vindo para a cidade agora e faz muito tempo que não os vejo, posso sair mais cedo hoje?

— Com uma condição. — Eu já esperava que ela me desse mais trabalho, ou que me pedisse para que fosse embora muito mais tarde nos próximos dias, mas não.

— Qual?

— Não me chame de senhora, somos quase cunhadas. — Dei um suspiro de alívio, eu adorava trabalhar, mas pelos próximos dias eu só queria saber dos meus pais.

— Mas aqui a senhora é minha chefe. A gente faz assim, aqui eu chamo ela de dona, mas lá fora eu só chamo Liz, tá bom?

— Está tudo bem. O que não tem remédio, remediado está.

— Obrigado, já estou indo então.

Rapidamente peguei minha bolsa e fui para a sala do meu marido. Que estranho pensar "MEU MARIDO". Digo, já estamos juntos há muito tempo, mas só agora o vejo assim, e é muito estranha essa sensação de que o mundo dá voltas. Entrei na sala sem esperar ser anunciada e encontrei ele e Eduardo conversando.

— Devo interromper o chá da tarde das meninas? Deveriam ter me chamado.

— Tudo isso é ciúme porque para o Bernardo eu sou mais mulher do que tu? — Dado me provocou ao se aproximar do outro homem o abraçando.

— Como são estúpidos. — Disse rindo.

— Acha que não é verdade? — Bernardo retribuiu o abraço.

— Ok, agora estou preocupada.

— Não adianta lutar contra o nosso amor, sempre foi mais forte. Nossas brigas eram apenas para disfarçar. — Eduardo continuou a brincadeira.

— Quando o amor é tão puro e verdadeiro quanto o nosso, nada pode ser separado. — Acrescentou Bernardo.

— Vixi Maria, nem seu Hugo é tão gay quanto você. Vou ligar para ele e dizer que temos mais dois membros.

Os dois se olharam e rapidamente se soltaram.

— O que estavam fazendo?

— Conversando, nanica.

— Sobre? — Eduardo se aproximou de mim colocando a mão no meu ombro.

— Agora você tem com quem fofocar de novo.

— Tu vai voltar? — Questionei feliz abraçando-o.

— Dr. Monstro me disse que a vice-presidência está afundando sem mim.

— Que bom Dado, senti sua falta.

— Você vai me contar tudo o que aconteceu aqui, eu quero saber.

— Sim, mas não agora, porque estou indo embora.

— Só porque é casada com o velho da lancha tá se achando. — Respondeu com deboche. — Deixa eu me esfregar em ti pra vê se eu pego essa sorte.

— Ram ram... Dr. Monstro? — Pigarreou

— Não é nada disso bocó. Vou buscar meus pais. — Continuei a conversa ignorando meu marido.

— Pegar meus sogros? Eu te levo. — Ouvimos um raspar na garganta muito irritante.

— É só uma brincadeira, chefinho. Vamos, Nanica.

— Amor, nos vemos daqui a pouco, não demora! — Eu o beijei e me inclinei sobre a mesa.

— Não vou. Vai lá buscar MEUS sogros.

[...]

— Vou te jogar pela janela se não ficar quieta.

— Não dá Dado, vou explodir de ansiedade. Ali, ali estão eles...

— Ué, vai lá mulher, levante a bunda desse banco e vai.

Saí do carro com as pernas tremendo. Eles olhavam de um lado para o outro me procurando e, quando finalmente me viram, correram até mim como eu corri até eles. E ali no meio de tanta gente, na rodoviária, finalmente

Entre nós dois

nos abraçamos e sanamos a saudade do tempo perdido. Com os braços dos meus pais em volta do meu corpo senti que tudo voltou ao seu lugar, que tudo estava em paz novamente, que finalmente choraria pensando neles, porém com sentimento de gratidão.

— Minha filha, a saudade era maior que eu.

— A minha também, mamãe.

— Minha filhinha... ainda não acredito que estamos com você de novo.

— Eu também não, papai! Parece um sonho muito lindo e mágico. M-mas agora vamos para casa, para nos acomodarmos melhor e matarmos a saudade e poder contar tudo pra você...

— Sim minha vida, do que você veio?

— Vim de carro com um amigo, vocês seguem a gente.

— Tudo bem.

[...]

— Mi casa es su casa. Significa entra aí em francês. Fiquem à vontade.

— Uau minha filha, que apartamento elegante.

— Sim, como você consegue pagar?

— Ah, tenho muito para te contar. Mas vamos se acomodar primeiro.

— Cadê o seu amigo?

— Mãe, ele disse que queria nos deixar mais à vontade e foi embora. E eu agradeço por isso, porque quero ficar muito tempo apregada em vocês, até cansarem de mim.

— Isso é impossível na minha vida. Até o último suspiro da minha vida eu vou te amar, e eu juro que onde você estiver, eu vou te amar ainda mais e cuidar de você.

— Ah mãe... — a abracei de novo, chorando de tanto amor que transbordou, como consegui ficar tanto tempo longe deles, ainda não sei.

— Não me deixe fora disso. — Meu pai disse e se juntou ao nosso abraço, e sabe aquela quenturinha gostosa? Eu estava quase queimando por dentro.

— Meu Deus, estou tão chorosa. Que tal nos arrumarmos, ficarmos mais confortáveis e depois colocarmos o papo em dia?

[...]

— Filha, ainda estou boba com esse apartamento. — Minha mãe disse vislumbrada.

— Você está bem meu, amor? Parece que ela está preocupada com alguma coisa.

— Sim, você está esperando por alguém?

Olhei novamente para o relógio impaciente e freneticamente. A cada segundo que passava, cada vez que o ponteiro se movia eu sentia mais agonia. Já estava quase na hora do jantar e nada do Bernardo. Ele me prometeu que chegaria cedo e nem me ligou para avisar que chegaria atrasado.

— Oli? — Meu pai me tirou do transe.

— Sim?

— Parece estar muito nervosa.

— Não é nada papai. Estou esperando alguém, só isso.

— E quem é meu amor? É teu amigo? — Perguntou minha mãe animada e sugestiva.

— Ou um namorado?

— Que história é essa do seu namorado, Oli?

— Não é nada disso.

— Bem, pode começar a falar senhorita, até agora tu não respondeu uma única pergunta que fizemos e fica olhando para esse relógio e aquela porta esperando Deus sabe quem.

— Quando ele chegar, vou te contar tudo e vocês vão entender tudo, eu te prometo.

Tentei acalmá-los, mas estava perturbada. Onde está Bernardo?

Quietude

— Por que não vamos jantar? Não sei vocês, mas estou faminta.

— Você tá muito estranha, minha garotinha.

— Não pai, é só cansaço. Tô mais quebrada que arroz de terceira.

— Ok, vamos comer, porque a fome também chegou pra mim. — Meu pai se levantou e foi para a sala de jantar. Pensei que minha mãe também tinha saído e eu estava olhando para a porta, distraída apenas quando senti uma mão no meu ombro.

— Eu sei que algo está acontecendo minha menina, eu te conheço. — Senti seu olhar penetrar em minha alma. Como as mães podiam sentir esse tipo de coisa? Ela se agachou na minha altura. — Eu sei que, na hora certa, você vai nos dizer. Eu confio em você, filha.

— Obrigado, Mãe. — Ela se levantou, passou a mão pelo meu cabelo e foi ao encontro do meu pai.

Respirei fundo, peguei meu celular nas mãos, liguei para Bernardo e fui mandada direto para a caixa postal. No entanto, no exato momento em que me levantei para ir ao encontro dos meus pais, a porta se abriu e ele entrou. Finalmente, consegui respirar com calma. Tantas coisas passaram pela minha cabeça, e nenhuma delas positiva. O medo que eu tinha que algo acontecera com ele era muito maior do que a raiva que eu sentia por não ter me avisado que ia me atrasar.

— Onde tu se meteu? Pelo amor de Deus, que susto. — Caminhei em direção a ele, ainda de pé na porta e controlando o tom da minha voz para não ser ouvida.

— Desculpe a demora, estava resolvendo algumas coisas.

— Que coisas, Bernardo? — Só então pude realmente notar, o homem estava exausto, sua gravata estava frouxa e seu rosto abatido. — O que aconteceu?

— Vamos conversar depois, ok? Deixe-me tomar um banho primeiro. Onde estão seus pais?

— Estão na sala de jantar, você está me preocupando.

— Não é grande coisa, vou me arrumar e já volto para falar com eles. — Ele segurou meu rosto em suas mãos e me deu um beijo rápido, depois passou por mim e foi para o quarto.

— Oli, o que você está fazendo aí? Não disse que estava com fome, vamos comer.

— Sim, Papai. Vamos lá.

Entrei em outra sala e sentei na mesma cadeira de sempre, ao lado da de Bernardo.

— Vamos esperar mais um pouco, a pessoa que eu estava esperando chegou.

— E quem é essa pessoa? Eu já estou ficando agoniado.

— Mais alguns minutos e você verá.

E como disse ao meu pai, Bernardo não demorou a aparecer. Sabe aquela sensação de nervosismo e constrangimento, que surge quando você leva seu primeiro namorado para pedir permissão ao pai? Bem, era exatamente isso que eu estava sentindo. Mas com mais medo, porque a história era bem mais complicada. É o famoso "o buraco é bem mais em baixo".

— Pai, mãe, quero apresentar, Bernardo. Bernardo, estes são os meus pais — disse, ao lado do homem.

— Prazer em conhecê-lo, seu Agripino, Dona Amélia.

— Você sabe que nós somos os pais da Olivia, mas o que você é dela? — Perguntou meu pai perceptivamente.

Bernardo apertou minha mão um pouco e me olhou nos olhos, como se me perguntasse se era um bom momento. Conhecendo bem meu pai, eu sabia que ele queria ouvir de mim, então tomei a iniciativa.

— Papai, Bernardo e eu estamos juntos.

— Juntos como amigos? Ou como namorados?

Seria este um bom momento para dizer que estava casada e grávida? Atrasar essa conversa não adiantaria.

— Na verdade, seu Agripino, é mais que isso.

— O que quer dizer com isso? — Minha mãe ficou observando em silêncio.

— Por que não jantamos primeiro, pai? A história é um pouco longa.

— Entre nós dois

— Nada disso, pode ter uma longa história para contar, mas eu só fiz uma pergunta.

Bernardo apertou minha mão, me puxou para perto e sussurrou: Oli, você acha que é tarde demais para ligar para minha mãe? — Eu tive que segurar uma risada, ele estava mesmo com medo do meu pai? Um homem daquele tamanho, estava mesmo com medo de um senhor de idade com metade da sua altura?

— O que estão cochichando?

— Tá bom pai, se você quer saber, a gente te conta tudo.

— Pois bem. — Ele se recostou na cadeira, cruzou os dedos e esperou que começássemos.

— Tudo começou quando consegui fugir da casa de Antony.

— Arg! Que nojo que eu tenho só de ouvir esse nome. Sorte que tia Francisca não está mais viva para ver que seu filho virou um monstro. — Meu pai disse com muito rancor em cada palavra.

— Sim, Agripino, mas continua, minha filha.

— Consegui fugir com muita dificuldade e por conta de um descuido dele. Era noite e estava chovendo muito quando consegui sair da casa dele. Não pensei em nada, apenas corri para ficar o mais longe possível dele.

— Naquela mesma noite, eu estava voltando do trabalho e acabei atropelando uma mulher, e essa mulher era a Oli. — Disse Bernardo

— Meu Senhor, minha filha! Você quebrou alguma coisa? Ficou no hospital por muito tempo? Oh! Minha menina. — Minha mãe disse, pela segunda vez, segurando minhas mãos sobre a mesa.

— Não, mãe, tive sorte de não ter sido grave.

— E então...? O que aconteceu?

— Fui atrás do Antony, por algumas coisas que ele havia feito junto com outro funcionário da minha empresa. — Meu marido continuou.

— Que coisas? — Perguntei curiosa, Bernardo nunca tinha me contado porque ele estava no meio de tudo isso.

— Ele tentou dar um golpe junto com Sebastian, comprando equipamentos de contrabandistas. Eles queriam quebrar a empresa e, junto com os outros pilantras, roubar todo o nosso dinheiro. Mas meu pai descobriu.

— E o que aconteceu com seu pai, foi culpa dele?

— Sim, armaram um acidente de carro para os meus pais. Felizmente eles sobreviveram.

— Claro, quando eu estava na casa dele, vi alguns papéis sobre isso. Eles não queriam apenas desfazer a empresa e pegar o dinheiro, o plano era destruir sua família de todas as maneiras que você possa imaginar. — Bernardo me olhou assustado, não sabia que eu tinha essa informação e muito menos que o plano era bem pior do que ele imaginava.

— E então? O que?

— Bem, quando descobri que Oli era sua sobrinha, quis mantê-la por perto pois sabia que, mais cedo ou mais tarde, ele viria buscá-la.

— Quer dizer, usou minha filha como isca de bucha. — Declarou irritado.

— Não foi assim, seu Agripino –– disse Bernardo, um pouco trêmulo. Era engraçado vê-lo naquela situação. –– Em troca de ficar comigo, ofereci para ela este apartamento, tudo o que precisava e, acima de tudo, segurança.

— Sim, pai! Só estou viva, graças a ele. — disse tentando acalmar meu pai, e acariciando sutilmente a mão de Bernardo, olhando-o com ternura.

— Mas o que você quer dizer com "mais do que isso"?

A parte mais difícil da conversa veio, e eu não estava pronta para isso.

— No meio disso tudo... — começou Bernardo. — Tive uma noiva que acabou me enganando, e para proteger meus bens que eu havia repassado para ela... além de Olivia ficar comigo aqui, eu a pedi em casamento.

Ao final desta última palavra, nenhum barulho foi ouvido. Meus pais estavam em choque, o que não era surpreendente. Eles olharam um para o outro, e olharam para nós dois, sem saber o que dizer ou como agir.

— É isso é mesmo, Olivia? — Meu pai conseguiu articular depois de muito tempo — Você é casada com este homem?

Então, foi a minha vez de apertar a mão do Bernardo. — Sim, Papai. Bernardo e eu somos casados.

— Quando você disse que tinha muitas novidades para contar, nunca imaginei que fosse algo assim, minha filha.

— Peço desculpas, papai e mamãe. — Encostei meu corpo na mesa me aproximando deles e segurando suas mãos nas minhas. — Eu estava desesperada, com medo de voltar para as garras daquele homem. Bernardo me ofereceu segurança, e eu aceitei. Mas não podia contar nada a vocês, porque não podia ter nem um telefone e correr o risco de ser rastreada. Pai, mãe, fiz o que achei melhor para mim, mais seguro e, felizmente, graças a Deus deu certo, está tudo bem agora. E no meio de toda essa confusão. — Me reclinei na cadeira e direcionei meu olhar para meu marido. — Descobri como o Bernardo é maravilhoso. Eu encontrei o amor com ele. — O moreno pegou minha mão e deu um beijo carinhoso.

— Bernardo? — Meu pai chamou, fazendo-o voltar ao seu posto sério. — Não posso deixar de agradecer o que você fez, e está fazendo, por minha filha. Se ela está viva e bem hoje, eu lhe devo, e essa dívida durará para sempre, pois nunca encontrarei algo tão precioso quanto a vida de minha menina, que é o amor, o sol e a razão da minha vida.

— Papai! — Me levantei da cadeira, dei a volta na mesa e fui abraçá-lo, já muito emocionada. — Você não está bravo comigo?

— Você está viva, saudável e segura meu amor. Nada neste mundo poderia me fazer mais feliz.

— Sim, minha vida, concordo com seu pai. Você está viva, isso é o que importa. — Abracei os dois por longos minutos e chorei de felicidade por ter os melhores pais do mundo, como eu os amo.

— Agora nos conte tudo, as novidades, quero saber tudo.

[...]

— Parece que meu pai ainda está na defensiva com você. — Conversamos enquanto fazíamos a cama para finalmente irmos dormir.

— Deve ser porque minha idade está mais próxima da dele do que da sua. Você é um feto.

— Tu que é velho.

— Um homem... — deitou na cama — de quase cinquenta anos, casado com uma mulher de vinte e quatro anos, e que ainda por cima está grávida. Quando eu disse que só queria ter filhos depois que me estabilizasse, acho que não era exatamente isso.

— Mas aconteceu. — Deitei com ele. — E o melhor é que esse bebê cresce saudável dentro de mim e que estamos bem. Enfim, nunca pensei que esse dia chegaria.

— Sim, finalmente. — Ele me puxou para ele me dando um beijo rápido.

— Agora me diga amor, por que você demorou tanto?

— Eu estava resolvendo algumas coisas.

— Você já me disse, quero saber o que são essas coisas.

Respirou fundo olhando para o nada. — Bianca apareceu na empresa.

A simples menção desse nome me deixou paralisada, o que ela queria? Será se veio atrás de reconquistar Bernardo? Ele me deixaria por ela? Por que ele tinha que aparecer agora?

— Eh-o que ela queria?

Naquele momento ele me olhou nos olhos, como se quisesse dizer apenas uma vez e aquele assunto acabaria para sempre. - Ela queria reivindicar as ações que eu havia doado para ela quando descobri que ela estava grávida e pensei que era meu.

— Como assim você pensou que era seu?

— Lembra quando eu te disse que perdi minha garota?

— Sim.

— Ela não era minha, era do Sebastian. Eles tiveram um caso.

— Sinto muito. — Disse a ele, acariciando seu rosto sofrido por tocar nesse assunto.

— Está tudo bem. — Ele tirou minha mão de seu rosto e beijou a palma.

— Mas o que houve?

— A partir do momento que descobri sua traição, ela deixou de ter direitos nos bens.

— E ela aceitou bem?

— Não, mas tivemos uma conversa muito franca. Bianca não vai mais nos incomodar.

— Bom meu amor, chega de tantas aventuras e tanta gente que nos incomoda.

— Concordo, nem tenho mais idade pra isso.

— Já posso até te imaginar, um velho rabugento, brigando por tudo e reclamando de tudo. Senhor, quem te suportará?

— Você se casou porque quis, agora aguente.

— E você nem vai negar?

— Para que? É melhor te torturar com isso.

Antes que eu pudesse responder, senti seu hálito quente e refrescante em meu rosto, e então minha boca foi agraciada pela dele. Senti seus lábios macios tocando minha pele com movimentos lentos, sua língua pedindo uma passagem na minha boca, e suas mãos percorrendo meu corpo, me envolvendo naquele calor gostoso.

— Eu tenho algo para lhe perguntar.

— Agora? — Disse sem fôlego.

— Sim.

— Bem, diga.

— Naquele dia que quase fizemos amor pela primeira vez, quando voltei de viagem... O que aconteceu?

— O-o que você quer dizer? — Eu sabia que mais cedo ou mais tarde essa pergunta surgiria, mas não imaginava que seria naquele momento.

— Não parecia que você realmente queria estar comigo.

— Eu queria sim.

— Você não foi capaz de me dizer. Tem alguma coisa que você ainda não me contou?

Fiquei em silêncio por um tempo na vã esperança de que ele deixasse para lá, mas obviamente ele não o fez.

— Tem alguma coisa, não tem? — Concordei com a cabeça já com os olhos marejados. — Me diz.

— Ele me trancou em casa porque eu fiquei sabendo dos planos dele com o Sebastian, mas também... mas também...

— O que?

— Eu achava que era coisa da minha cabeça, até acontecer com você naquele dia.

— O que? Não estou entendendo.

— Ele abusou de mim algumas vezes, e então comecei a sentir e pensar que meu corpo não foi feito para me dar prazer, mas para dar prazer a outra pessoa. Por isso não falei nada naquela hora, porque se você estava gostando, embora eu não estivesse à vontade, parecia bom para mim mesmo assim.

Após esta declaração, consegui olhar nos olhos de Bernardo e pude ver seu estado catatônico. Ele abria e fechava a boca como um peixe fora d'água e seu olhar estava fixo em um ponto como se estivesse procurando uma maneira de processar tudo o que eu tinha dito.

— Ele abusou de você? — Acenei. — Muitas vezes? — Neguei. — Amor, olhe para mim. Eu já fiz você se sentir assim?

— Não, tu não. — Me desesperei. — Nem em um milhão de anos eu quero que você pense isso. Você sempre se preocupou comigo, cuidou de mim. Fazer amor com você é maravilhoso, incrível, melhor do que eu jamais imaginei na minha vida. É uma explosão de alegria, prazer, felicidade e êxtase.

— Não quero que você tenha esse sentimento novamente. Infelizmente, o que aconteceu eu não posso mudar mais, mas nunca mais vai acontecer, eu prometo a você minha criança. — Ele me abraçou com força, me embalando em seus braços e o calor agradável voltou e meu coração bateu mais forte quando ele me chamou assim de novo, já estava com saudades.

— Isso me fez sentir um lixo, como se eu não valesse nada, como se o que estava acontecendo fosse minha culpa, como se eu merecesse. Mas eu não sou mais aquela garota. Ainda dói, mas não tanto quanto antes, e eu não quero me sentir assim, porque eu não sou mais assim, eu já aprendi como o amor deve ser. Tem que ser calmo, sem exigências e sem nos fazer sentir que é uma obrigação.

— Você me surpreende a cada dia, minha vida. Eu te amo.

— Eu também te amo, meu amor.

[...]

— O que está acontecendo? Oli, que barulho é esse? — Acho que era muito cedo, mas começaram alguns barulhos altos de conversas e vasilhas e, ainda por cima, o Bernardo começou a me empurrar para me acordar.

— Não sei, vai ver.

— Resolve você.

— Estou com sono, se tá tão curioso, vai lá.

— Ah! Nem pensar. Levanta. — Me puxou para fora da cama e me deixando em pé no meio do quarto.

— O que foi? — Perguntei com raiva, não se interfere assim no sono de uma pessoa.

— Vamos ver o que é isso.

— Tu tem duas pernas, vai lá. — Eu me joguei de volta na cama.

— São seus pais que estão lá. Vá ver você. — Ele puxou minha perna desta vez.

Entre nós dois

— Não vou sair da cama. Me larga, Bernardo.

— Te levo lá só de pijama pra lá. — Ameaçou.

— Por que você ainda não foi trabalhar? Era muito melhor quando eu acordava sozinha.

— Ainda é cedo, Rainha da Pérsia.

— Sim, ainda é muito cedo.

Ouvimos barulhos de risos, parecia ser muita gente, corremos até a porta para ouvir melhor.

— Tá ouvindo alguma coisa?

— Sim, alguém perguntando: "tá ouvindo alguma coisa?".

— Nooosssaaaa, como meu marido é engraçado, traga o Troféu Framboesa para ele.

— Besta, acho que são meus pais.

— ÓTIMO, já descobrimos. — Eu pulei de volta na cama.

— Não Senhora. — Ele me agarrou novamente me colocando em seus ombros e me levou para trocar de roupa.

[...]

— Bom dia, bom dia. — Chegamos à cozinha onde nossos pais estavam muito à vontade, muito entrelaçados, como se já se conheciam há muito tempo.

— Bom dia, meus filhos! Nós acordamos vocês? — Andréia perguntou.

— Não, mãe. Já estávamos nos levantando. — Olhei para ele com o canto do olho querendo pular em seu pescoço.

— Espero que não se importe, Olivia.

— Claro que não, você antecipou algo que teríamos que fazer em breve.

Bernardo e eu cumprimentamos a todos, e me surpreendi com o café da manhã que minha mãe fez, que saudade daquela comida caseira.

— Bom, mas já que estamos todos juntos, em um momento muito gostoso, vocês quatro se conheceram, acho que é um bom momento, não é meu amor? — Perguntou Bernardo sugestivamente enquanto tomávamos nosso café.

— Acho que sim. Papai, mamãe, Dona Andréia, seu Humberto, temos novidades para vocês.

— Meu Deus, nada muito sério, por favor, porque não tenho mais nervos para isso.

— Calma Andréia, vamos ouvi-los.

— Minha filha, concordo com ela. Não nos assuste.

— Calma mãe, é uma boa notícia.

— Sim, sim, muito bom.

— É...nós...

— Fala, já estou nervoso. — Papai exclamou exasperado.

— Calma... estamos... grávidos. — Eu finalmente disse.

Novamente houve um silêncio que machucou os ouvidos e, logo depois, os quatro se levantaram juntos e vieram até nós nos abraçando, nos beijando e nos agradecendo pelo tão esperado neto.

— É sério mesmo, minha menina?

— Sim, mãe. Estou grávida.

— Não é essa a sua piada, Bernardo?

— Não, mãe. Você terá seu tão esperado neto. — E depois houve muitas lágrimas e sorrisos de alegria.

— Oh Jesus, Deus nos ajude. — Exclamou Bernardo quando finalmente nos deixaram ir e as avós começaram a fazer planos sobre roupas e brinquedos, e os avós ficaram calados aproveitando a notícia por si mesmos.

— Minha vida não importa. — Eu me virei para ele e coloquei meus braços em volta de seus ombros. — Tudo se encaixa em nossa vida. E este bebê... — Eu peguei a mão dele junto com a minha e coloquei na minha barriga. — Veio para agregar ainda mais nossa alegria e trazer harmonia ao nosso lar.

Para sempre adolescentes

[...]

Por alguns meses, a única coisa que ouvi foram recomendações médicas, parabéns e reclamações do Dado dizendo que perdeu sua parceira de festa. Quão carente é esse menino? Só saímos uma vez. E não podemos esquecer de tantas mandingas e presentes de crochê das nossas avós.

Consegui um belo feito, na verdade foi meu bebê, fizemos meus pais saírem de onde viveram toda a vida para ficarem mais perto de mim e do neto. Agora que me sinto mãe, sei que somos capazes de tudo, QUALQUER COISA por um filho, e não consigo nem descrever a alegria de ter meus pais comigo neste momento feliz e singular da minha vida.

Bernardo disse que não queria saber o sexo do bebê, mas eu não tenho tanta força de espírito assim, aliás, como eu ia planejar? Comprar tudo unissex? De maneira nenhuma. Mas logo ele mudou de ideia e ficava jogando indiretas pra mim, pra eu soltar alguma coisa. Se deu mal! Vou torturá-lo até não poder mais. Quando comecei a decorar o quarto, ele pensou que descobriria com as cores e os móveis, mas não gosto da ideia de uma menina usar rosa e um menino usar azul. As cores não definem o gênero, quem foi o palhaço que estipulou isso? Na verdade, eu nem gosto de rosa.

— Só estou dizendo que quero poder me planejar também.

— Não é necessário querido, já estou organizando tudo.

— Também quero participar.

— Então, no próximo encontro, você pergunta para a Flávia.

— Por que esperar tudo isso se você pode me contar?

— Porque você me fez prometer que não te contaria, mesmo que você me implorasse e se eu quisesse. E ainda mais: poderia enfiar sua cabeça na banheira.

— Eu disse isso? Tão específico.

— Eu inventei a parte da banheira, mas é isso que estou querendo fazer agora.

— Como você é mau para mim. — O homem é uma eterna criança, a pessoa teve a audácia de fazer beicinho.

— Minha vida — toquei seu rosto com carinho. — Eu só estou fazendo o que você me pediu.

— Estou despedindo.

— Não vou te contar.

— Vou procurar, Olivia, e vou descobrir.

— Ainda tão nisso? — Minha sogra apareceu atrás de nós, eles passavam muito tempo em nosso apartamento, puro ciúme.

— Seu filho que não entende que estou apenas fazendo o que ele me pediu.

— Bernardo, dá licença, quero mostrar algumas coisas que fiz pra Oli.

Tudo estava muito quieto, até demais quando ouvi duas pessoas barulhentas e animadas entrando quase derrubando a porta.

— Vamos, Oli. - Dado apareceu com um chapéu engraçado e tocando uma vuvuzela.

— Está na hora mana.

— Você realmente vai, amor?

— Pode apostar que sim, chefinho. — Dado respondeu, apoiando o braço no ombro de Bernardo.

— E posso saber para onde estão indo? — Ele perguntou olhando para o braço do meu amigo por cima do ombro.

— Aí já quer saber demais. Vamos Oli, já estamos atrasados.

— Que Deus me ajude. — Olhei para cima pedindo algo como ajuda e proteção. — Vamos lá. — Disse num misto de medo e emoção.

— Não vai se arrepender. — Eric se animou e olhou sugestivamente para Eduardo.

— É bom vocês me devolverem ela antes da meia-noite, ouviram? — Ameaçado.

— Claro, só não sei em que dia. — Eduardo provocou, já estavam me tirando do apartamento sem sequer me dar a oportunidade de me despedir de Bernardo.

— Ok, em que buraco você vai me colocar?

— Aí tu ofende, mulher, eu já te deixei na mão?

— Não Dado, mas...

— Mas nada, cala boca e vamos embora.

— Eric!!!! — Eu o chamei. O homem parecia mais focado e confiável.

— Mana, respira fundo, pega na mão de Deus e vamos. — Não ajudou em nada. Por que eu deixei eles fazerem isso? Saímos do prédio e havia um carro estacionado na rua, então entramos, mas me pareceu estranho, pois não era o veículo de Eduardo.

— Que carro é esse?

— Aluguel.

— Por quê?

— Bernardo é neurótico, talvez esteja tentando nos seguir ou colocar um rastreador no meu carro que eu não saiba.

— Tu tá vendo muito Discovery.

— Eu também disse isso a ele. — Eric concordou.

— Estamos em sintonia.

— Pode parar por aí, a única sintonia aceitável aqui é a rádio, porque agora a festa vai começar.

— Aonde vamos?

— Inicialmente vamos fazer um passeio de barco!

— Um barco? Me dá medo. Mas vamos.

— Espera, falta uma coisa. — Eric que estava sentado no banco de trás abriu uma caixa, pegando algo parecido com um banner. Estendeu e colocou logo acima da janela do motorista. E ela disse "Despedida da jovem pessoa".

— Como assim, gente?

— Tu tá casada e grávida. Não é mais jovem ou uma pessoa, agora é só uma mãe. — Eric explicou

— Tu tá muito fora das paradas, sabia?

— Sem críticas, passamos a noite inteira pensando no nome. — Eric reclamou por trás.

— Enfim, vamos lá, que enrolação.

— Espera, Dado. Uma coisa está faltando. — Os dois colocaram óculos cor-de-rosa, os de Eduardo eram em forma de coração, os de Eric eram em forma de borboleta, então eles me deram um em forma de mão fazendo o símbolo: OK.

— Agora a música. — E através do aplicativo móvel conectado ao carro, a música logo começou, antiga, mas um hino.

"Crazy in love". — Sinta o poder drangerous woman da diva Beyoncé.

E, no mesmo instante, Dado ligou o carro e começamos a passear pelas ruas da cidade.

— I look and stare so deep in your eyes. I touch on you more and more every time. When you leave I'm begging you not to go. — Peguei meu celular e usei como se fosse microfone e logo Eric continuou.

— Call your name two or three times in a row. Such a funny thing for me to try to explain. How I'm feeling and my pride is the one to blame. 'Cuz I know I don't understand. Just how your love can do what no one else can. — No refrão não conseguimos aguentar e fizemos o nosso duo.

— Got me looking so crazy right now, your love's. Got me looking so crazy right now. Got me looking so crazy right now, your touch. Got me looking so crazy right now. Got me hoping you'll page me right now, your Kiss. Got me hoping you'll save me right now. Looking so crazy in love's. Got me looking, got me looking so crazy in love.

— Coloca outro, Eric...

— Não vou tirar esse hino atemporal.

— Não sei a letra, também quero cantar.

— Tá, estranho. Deixa eu ver aqui... achei, este aqui está perfeito por enquanto.

Quando ouvi as melodias, comecei a mover meu corpo contra o banco. Como era bom estar com os meninos.

— Senti falta de estar com vocês.

— Quer dizer, alguém da sua idade? — Eric perguntou brincando.

— Sim.

— Ninguém te disse para casar com um Sugar Daddy. — Dado alfinetou.

— E que velho da lancha em... não tem irmão não?!

— A forma que fez, só produziu um.

— Ah peste, vou morrer solteiro.

— Dado e eu seremos seus cupidos.

— Edu não arruma nem pra ele.

— O treinador não joga, bebê.

— Fiquem quietos meros mortais, é este o momento. Waking up. Beside you, I'm my loaded gun. I can't contain this anymore. I'm all yours, I've got no control. No control. Powerless. And I don't care, it's obvious. I just can't get enough of you. The pedal's down, my eyes are closed. No control.

— Essa música dá aquela vibe, sabe? — Senti a melodia da música percorrendo meu corpo.

— Eu sei... aquela vibe de dançar muito, beber muito e beijar muito na boca. — Ele falou extremamente animado.

— E isso que ainda nem bebemos.

Aquele momento com os meninos foi mágico. Eu estava viva e precisava disso longe dos sogros, dos pais e do marido que me regulavam o tempo todo.

— Honey. I'd walk through fire for you. Just let me adore you. Oh, honey. I'd walk through fire for you. Just let me adore you. Like it's the only thing I'll ever do. Like it's the only thing I'll ever do...

— O que aconteceu Dado?

— O carro tá parando.

— Jura gênio, por quê?

— Ah... já sei. Maldita seja! — Bateu no volante com raiva depois de parar o carro no acostamento.

— O que aconteceu? O carro morreu? — Perguntei preocupada.

— Não, ficamos sem gasolina.

— Ah, sério? — Olhei para o painel e estava em zero.

— Você não pensou nisso?

— A culpa é do Eric.

— Minha não, meu amor.

— Claro que é! Quando tu saiu ontem, eu disse para abastecer.

— Não senhor, tu disse que tinha abastecido.

— Lógico que não, retardado. Era a única coisa que você tinha que fazer...

— Ah sim, claro. Além de todo resto, não é preguiçoso?

— Gente, calma. Brigar não vai adiantar. Vamos resolver isso, vou ligar para o Bernardo e pedir ajuda.

— De maneira nenhuma. — Ele tirou o celular da minha mão. — Se você disser alguma coisa, ele vai querer arrancar nossos pescoços. Vamos resolver aqui.

— Mas não tem nada aqui.

— Passamos por um posto não tem muito tempo. Vamos andar até lá. — Eric deu a ideia.

Saímos do veículo e começamos a andar, mas nada é tão ruim que não possa piora. Tinha alguém rindo de nós em algum lugar, é claro! Não andamos muito e a chuva já nos pegou.

— Isso é sério? Onde está E.T.? Saia daí e mija em nós! — Eric falou indignado.

— Não reclame, a culpa é sua.

— Vão começar de novo?

— Não é minha culpa.

— Tu tem culpa pela gasolina, Sr. Perfeito.

— Eu odeio quando me chama assim. Além disso, desde quando um rolê planejado funciona?

— É um bom ponto. — Eu concordei com Eric tentando fazer os dois pararem.

— Não importa, vamos entrar ali.

Como eu disse, sempre há uma maneira de piorar as coisas. Entramos na varanda da casa para nos proteger da chuva, mas durou apenas alguns segundos quando ouvimos algo rosnar. Nos olhamos assustados, e não contamos conversa. Em tempos de medo e desespero fazemos coisas inimagináveis. Não sei como Eduardo conseguiu subir no telhado de madeira da casa, Eric subiu na árvore da rua e eu não consegui pensar muito e fugi. Ideia brilhante, Olivia, apostar corrida com dois cachorros. Corri o máximo que pude até o topo de um pequeno morro. Lá, pisei em um papelão, e escorreguei até embaixo, a adrenalina estava alta. Então, vi uma escada encostada em um poste dando sopa, quando percebi que já estava no topo e os cães latindo no chão. Estes filhotes de diabo da Tasmânia nunca desistem, não é?

Alguns minutos se passaram e finalmente eles foram embora.

— Ei, moça, desce daí. Tá ficando louca? — O funcionário que, provavelmente, foi quem usou as escadas antes de eu chegar ao local, viu aquela situação e certamente não entendeu muito.

— Não consigo descer. — Quando minha alma voltou ao corpo, vi o quão alto estava congelei.

— Uai, você subiu.

— Eu sei, mas não consigo descer. — Minhas pernas tremiam de medo.

— Oli, mulher... desce daí. — Eduardo e Eric vieram correndo, provavelmente despistaram os filhotes de capeta.

— Tô paralisada.

— Mulher, pra subir todo santo ajuda, pra descer todo santo empurra. Desce.

— NÃO CONSIGOOOOOOO! Ainda não entenderam?

— É muito perigoso com essa chuva.

— Então, me ajude a descer. — Eu já estava ficando com raiva.

Eu o observei andar e logo ouvi o som de um caminhão guindauto com uma plataforma elevatória. Ele subiu até mim e me pegou, me colocando dentro da plataforma ao lado dele e logo senti meu corpo descer.

— Nunca imaginei que tivesse medo de altura.

— Não tenho, meu medo é cair lá de cima.

— Tudo bem, mas e agora? — Eduardo questionou.

— Vamos continuar andando para o posto de gasolina. — Eric respondeu com obviedade. — A não ser… — Ele nos deixou meio sentenciados e foi atrás do homem, minutos depois ele voltou quicando. — Temos uma carona. Joaquim vai apenas guardar o equipamento e nos levar até lá.

— Joaquim?

— Segura o recalque Edu.

— Eu posso levar, mas só tem espaço lá atrás, ok?

— Tá no inferno, abraça o capeta, né?! — Eric deu de ombros caminhando em direção ao carro.

[...]

— Grande aventura em. — Constatei já dentro do carro

— Ah, um celular pra gravar você descendo aquele morro.

— Nem fale comigo Eric, só para rir depois. Mas no momento não passava nem Wi-Fi

— Criatura, tu tem algum ralado? — Dado perguntou preocupado.

— Só um aqui no meu cotovelo, por quê?

— Tudo medo do Bernardo. — Eric respondeu zombando do primo.

— Ah Dado, pelo amor de Deus. Liga o ar quente, que eu tô com frio.

— Vamos seguir viagem, meu povo.

— Coloca música aí meu co-piloto.

— Girl i've been fooled by your smile... I was mistaken by the way you love me. We let it straight for a while, yeah. But you deceived me, you convinced me yeah... – Dado puxou.

— Crazy in Love não sabe, mas esse.

— Sem ressentimentos, amor da minha vida. — Eduardo provocou.

— Cause i'm in love with the thought of you. With thought of you, with thought of you. I'm in love with the thought of you. Not the things you do, but the thought of you. Girl, i'm in love with the thought of you, you, you. Girl, i'm in love with the thought of you, you, you. Love with the thought of you.

— Meu Deus, Justin deve estar se revirando no túmulo agora. — Ele incitou Eric.

— Mas ele não está morto.

— Mas, morreria se visse isso

— Deixa música, DJ tesoura. — Dado reclamou quando Eric trocou a música.

— Chega, até o bebê da Oli tá entrando nele mesmo só de ouvir essa tua voz ridícula... Oli, meu amor, temos que fazer esse feat.

— Meu Deus, não sei cantar.

— Mulher, até cacarejando, vai ficar melhor que o Edu, vamos lá.

No momento em que ouvi a música, minha cabeça me levou de volta à adolescência e, em questão de segundos, fiz um filme na minha cabeça lembrando como era minha vida no campo, morando com meus pais, indo pra escola, com meus amigos... tão pacífico.

— Vamos Oli, comece.

— If I should die before I wake. It's cause you took my breath away. Losing you is like living in a world with no air, oh...

— I'm here alone, didn't wanna leave. My heart won't move, it's incomplete. Wish there was a way that I can make you understand...

Entre nós dois

— Aprenda como faz Dadooooo.

[...]

— Chegamos Mi Lady.

— Onde exatamente estamos?

— Você achou que íamos te levar para um spa?

— Tentei, mas perdi meu voto. — Eric argumentou.

— E o barco?

— Perdemos por causa do atraso.

No meio do caminho, cantando e conversando com os rapazes, nem percebi para onde estávamos indo. Fomos para uma cidade vizinha e seguimos mais para o interior, não posso negar, era tudo muito legal, sendo uma pousada com passeios ecológicos e uma espécie de parque de diversões.

— É pra te torturar, porque hoje tu vai poder ir de tudo aqui, mas quando o bebê nascer, vai só fica com vontade.

— Então me trouxeram para me deixar triste. — Eles se olharam e concordaram.

— Tipo isso.

— Enfim, vamos então.

Parecíamos três crianças, desde balançar em um balanço até brincar no parque. Eu me senti como uma menina novamente. Brincamos com tudo. Paramos para comer, porque estava prestes a devorar alguém, já estávamos secos, mas muito suados. Os meninos me arrastaram para todos os lugares.

— Tem certeza? — Perguntamos a Dado.

— Por que não?

— Geralmente depois dessa frase, acontece alguma merda. — Eu argumento.

— É só uma tirolesa.

— Bom, ajoelhou, tem que rezar, né?!

— Vai enfrentar, Oli?

— Eric, só vamos.

— É assim que se fala, nanica.

A experiência foi tão gratificante que a repetimos várias vezes. Infelizmente, já estava quase na hora de irmos embora. Já era tarde demais, para falar a verdade estava quase fechado.

— Antes de irmos, tem mais uma coisa que a gente precisa fazer.

— Ah Dado, por favor, tô morta.

— Para de reclamar criatura. Vamos trocar ingressos por prêmios.

— Gostei disso.

Caminhamos até a barraca, que era bem grande e tinha muitas opções. Fiquei vários minutos tentando escolher, já que fomos várias vezes a todos os brinquedos e, como éramos três, podíamos comprar a barraca se quiséssemos.

— Já escolhi, quero o unicórnio gigante.

— Tenho algo muito melhor que isso, vou pegar para você. — Disse o homem sorridente da loja.

— O que pode ser melhor que um unicórnio gigante? — Eric perguntou.

— Essa é a questão.

Não demorou muito até o homem voltar com um animal nos braços e a cada segundo eu ficava mais incrédula.

— Aqui está.

— Moço, isso é um bode.

— Sim — respondeu com normalidade.

— É um bode de verdade?

— Sim.

— Eu não posso criar um bode.

— Ele é muito manso e calmo, você não terá nenhum problema.

— Então por que cê tá me dando?

— Porque ele é realmente muito bom. — Nem é preciso dizer que os meninos neste momento estavam rachando de rir.

— Ah... Nanica, como disse um pensador contemporâneo: não sei o porquê, mas a vida é assim, você quer um unicórnio e ela te dá um bode.

— Moço, eu quero o unicórnio mesmo.

— Leve Oli, o chefinho vai adorar.

— Sim Mi lady, vai servi de treinamento pra vocês.

— Vocês fumaram o quê? — Eu pensei um pouco. — Até que ele é fofinho.

— Espere um minuto, tá falando sério? — Eric perguntou já preocupado.

— Por que não?

— Agora eu digo, isso vai dar ruim.

— Mais uma coisa moça, é um mini-bode, não cresce muito.

— Então, ele vai ficar assim, pequeno para sempre?

— Sim. — Preciso ter esse bode, pensei.

— Moço, eu quero então. — Se eu estivesse em um desenho, teria holofotes nos olhos por causa da alegria que estava sentindo. — Mas também vou querer o unicórnio.

— Feito.

— Oli, tu tá pensando direito?

— Sim, Nanica. É um animal vivo.

— Gente, eu sei. Tá tudo certo. Olha ele gente, que fofo.

— É muito mesmo, Edu.

— Fofo vai ser o Dr. Monstro servindo nossas cabeças no jantar.

— Desde quando você tem tanto medo dele? Eu vou levar ele e pronto. Vou ver um veterinário amanhã.

— Ele acabou de tomar leite, então agora você só pode alimentá-lo amanhã. Oh! Ele também gosta desse xerém que é fubá, ele adora.

— O homem me deu a farinha que tinha, e finalmente partimos.

— Nanica, só mais uma vez. Tem certeza?

— Qual nome você acha que combina com ele?

— Acho que sim, Edu.

— Que seja o que Deus quiser.

A combinação de toda a adrenalina, os jogos e a programação, eu já estava exausta. Só despertei com os meninos me acordando, era de madrugada, nem queria olhar o celular, sabia que tinha mais ligações do que quando saímos de casa sem autorização da mãe.

— Boa sorte com este bode pigmeu.

— Fala baixo, vai acordar ele.

— Amanhã eu te ligo, pra saber se tu ainda vai tá viva ou não.

— Espera, antes de ir quero dizer que adorei tudo, inclusive andar na chuva e correr de cachorros. Eu amo tê-los em minha vida, realmente. Vocês foram uma grande descoberta, são amigos genuínos. Amo vocês.

Nos abraçamos meio tortos por conta dos bancos, mas tudo o que ele disse era verdade. Saí do carro, entrei no prédio e subi no elevador. Fiquei feliz com o bode, mas também com medo da reação do Bernardo. Tenho certeza que ele ia ficar louco. Mas não de um jeito bom. Entrei no apartamento, acendi a luz da sala e, como esperado, Ben estava sentado me esperando com o celular na mão.

— Graças a Deus você está aqui... o que é isso? — Ele se aproximou sem fôlego, mas parou quando viu o bode.

— Olá, meu amor! Nossa, meu dia foi maravilhoso, foi muito divertido, adorei.

— Minha vida, o que é?

— Ganhei, não é fofo?

— Não, não é. Você disse que ganhou?

— Tecnicamente comprei, porque tirei da barraca depois de queimar o dinheiro todo dos meninos em brinquedos — disse, tirando meus sapatos e deixando minha bolsa de lado.

— Ou, ou, ou. Olivia, espere. Isto é sério? Esse bode é realmente seu? Isso não é uma piada?

— Não, meu amor, é nosso. Ainda não escolhi o nome.

— E você não vai. Devolva, ou dê para alguém, não podemos ter uma cabra.

— É um mini-bode, nem cresce muito. O que você acha de Brutus?

— Não, parece mais um Chewbacca.

— Não, amor, ele é todo fofinho, olha. O que você acha de Yoda?

— Combina com ele... quer dizer, não Oli. Não teremos um bode.

— Mini cabrito, minha vida. Yoda na verdade.

— Eu não quero.

— Meu amor, então, que a força esteja com você. Ou melhor, esteja com você a força pela qual ele ficará.

— Não, Oli.

— Vamos fazer um teste, então. Fica uns dias, se ele não se adaptar ou se não gostarmos, damos para alguém.

— Não, amor. — Coloquei Yoda cuidadosamente no chão porque ele estava dormindo e me aproximei do meu marido.

— Por favor, amor. Apenas alguns dias. O senhor disse que ele é muito calmo. Basta pensar, poderia até ser um amigo para o nosso bebê.

— Um bode? Não, obrigado.

— Por... — Dei-lhe um beijo do jeito que sabia que ele gostava — Favor. — Eu continuei. — Faça isso por mim.

— Que golpe baixo.

— É um sim?

— Sim, meu amor... Oh Senhor, vamos ver o que nos espera.

— Obrigado, obrigado minha vida.

— Vou querer uma recompensa mais tarde.

[...]

— Olivia! — Bernardo me chamou de dentro do quarto, pelo seu tom ele estava bravo. — Você está de brincadeira? É sério? — Ele veio para a cozinha onde estava e como eu pensei, ele estava com raiva. — Este é o terceiro terno que ele come. Vai dá pra alguém esse mini triturador. — Ele me mostrou a roupa.

— Meu amor, já te pedi para deixar a porta do quarto fechada.

— Não, ele vai embora.

— Querido, se você ficasse com ele por um tempo, veria como ele é bom.

— Bagunça tudo, come minha roupa, deita na cama com você do meu lado. É uma praga.

— Não me diga que tem ciúmes de um bode?

— Dá ele — ordenou sem muita paciência.

— Bernardo, agora é nosso.

— Para onde foi o teste?

— Ele tem que ir ao veterinário hoje, você leva e passa um tempo com o Yoda.

— Você acha mesmo que eu vou sair da empresa para levar esse bode ao veterinário?

— Não é grande coisa, é uma oportunidade de aproximação. Olha que fofo. — Eu peguei. — Não é Yoda? Diz que você quer ir com o papai, diz.

— Papai? Você só pode estar alucinando.

— Tenho uma reunião com a Liz, e precisamos acertar o cronograma de produção com a Michele, além de fazer alguns ajustes na apresentação.

— E certamente não tenho nada para fazer.

— Não é isso amor, só estou te pedindo um favor.

— Tudo bem, mas eu vou com seu carro.

[...]

— É bom saber que você ainda está viva.

— Não foi falta de esforço do Bernardo para me matar.

— Ele ainda não se acostumou com Yoda?

— Fica comendo roupa e bagunçando a casa. Bernardo parece um velho rabugento quando mexe nas coisas.

— Ele já está velho e rabugento. Eu já te disse, você se casou com Sugar Daddy, agora aguenta.

— Pedi para ele levar Yoda ao veterinário hoje, para ver se eles se dão bem.

— Ou ele pode passar com o carro por cima dele.

— Que horror Dado, ele não faria isso.

— Só estou dizendo que se ele chegar com alguma história de que aconteceu um "acidente", abra os olhos.

— Oli, vamos. — Dona Liz veio me chamar para a reunião. Iria ser um dia longo, mas isso me deixou muito satisfeita.

— Yo! Yoda! — Dado sussurrou em voz alta, levantando as mãos e incentivando o bode.

— Yo! Besta! — Respondi me afastando.

— Yoda? — Questionou a Sra. Liz.

— Ainda não te contei. Bernardo e eu agora temos uma cabra de estimação.

— Não, espera. — Parou de andar me fazendo parar também. — Um bode de verdade que faz "Mé"? — Reproduziu a onomatopeia.

— Sim.

— Um vivo?

Entre nós dois

— Sim, eu ganhei.

— Uma cabra?

— Sim.

— Me desculpa a surpresa, mas não consigo imaginar Bernardo com uma cabra em casa.

— Não está sendo fácil, mas sei que se acostuma.

— Por favor, eu até te pago se for possível, mas quando o Bernardo surtar, grava um vídeo e me manda?

— Não é difícil. Ele não é a pessoa mais paciente do mundo e Yoda parece gostar de provocá-lo.

— Por favor, preciso desse vídeo.

[...]

Intimidades

— Oi, mãe. — Os pais do Bernardo e os meus estavam de plantão em nossa casa. Acho que ficaram longe de nós por muito tempo e agora querem recuperar o tempo perdido.

— Olá minha vida, como foi o dia?

— Muito bom, havia tanta coisa para fazer que passou como uma bala. — Sentei-me na cadeira ao lado da minha mãe. — Onde está o meu pai?

— Ele disse que ia sair com Humberto, mas isso foi de manhã. Agora quem sabe onde eles devem estar.

— Estou feliz que vocês estejam se dando bem.

— Por sorte, Humberto tem paciência, porque seu pai...

— Eu sei, nem todos aguentam. — Comecei a passar a mão involuntariamente pela minha barriga já proeminente.

— É bom, não é meu amor?

— Bom é uma palavra muito fraca, eles precisam inventar algo mais significativo. Agora eu entendo muito mãe.

— Espere até que que tenha ele em seus braços.

— Mal posso esperar, mas isso me assusta pra caramba.

— É normal, todas nós já passamos por isso. Mas acredite, na minha vida. — Ela passou as mãos pelo meu rosto me fazendo olhar para ela. — Quando você a ver nascer, crescer saudável e feliz, vai esquecer tudo que te faz feliz agora, porque a sua felicidade será ela. É o que sinto até hoje quando olho para você, te sinto.

— Ah mãe, você sempre sabe o que dizer, sempre nos melhores momentos. — Eu disse com os olhos marejados, contemplando a grandeza do amor que minha mãe demonstrava.

— Você será uma mãe incrível na minha vida, ou melhor, já é. — A abracei e senti o calor daqueles braços em volta do meu corpo acalmando minha alma e minhas preocupações.

— Espero não ter perdido nada.

— Não, dona Andréia. É que minha mãe sempre sabe o que dizer.

— Bem, eu passo o dia todo no quarto do bebê.

— Eu também, posso até sentir o cheiro. — Minha mãe concordou.

— É? — Perguntei desconfiada, eu também deveria sentir isso?

— Falando em crianças, cadê o meu?

— Ele foi levar o Yoda ao veterinário.

— Ainda não acredito que você pegou uma cabra para criar.

— É um mini bode. E ele é muito legal. É que às vezes ele não gosta do Bernardo, ou o contrário, já nem sei. Mas está demorando.

Só deu tempo de ele terminar de falar e ouvimos a porta se abrir. Posso não sentir o cheiro imaginário do meu bebê, mas sinto Bernardo de longe.

— Ele chegou — disse sorridente e, provavelmente, com cara de adolescente apaixonada porque ouvi uma risadinha das mães. Levantei-me e fui até ele, não esperei que ele dissesse nada, corri para seus braços e o beijei com muita vontade.

— O que foi?

— Senti a tua falta.

— Vou embora mais vezes.

— Não, meu amor. — Sorriu de lado.

— E isso é para você. — E tirou um buquê de flores de trás de seu corpo. — Vindo pra cá, lembrei que nunca tinha te dado flores e como você estava triste naquele dia. É uma forma de pedir perdão.

— Meu amor, mas eu te perdoei.

— Eu sei, mas ainda não tinha te dado flores.

— Obrigada, minha vida. — Ofereci-lhe um beijo mais casto.

— Essas flores brancas representam sua pureza, sua alegria genuína e sua doçura, e o vermelho é seu lado feminino, forte, inteligente e sensual que me deixa louco.

— Você sabe que eu estou chorando por tudo, né?

— Se você chorar de alegria, não tem problema. — Escorregou o dedo sobre minha pele, parando uma lágrima. — Você é perfeita, meu amor. — Beijou-me com carinho e tranquilidade, levando suas mãos a passear sobre meu corpo reconhecendo minha pele.

— Bem... — Ouvimos um arranhão na garganta. — Acho que está na hora de irmos, não é Andréia?

— Tenho certeza. Até logo. — As duas saíram rapidamente como se estivessem fugindo.

— Você acha que nós expulsamos elas?

— Não, mas estou feliz que se foram.

— Por quê?

— Não é ruim eu querer ter um momento a sós com minha esposa, né?

— Não, e o que exatamente você quer com sua esposa?

— Bem, eu quero beijá-la, acariciá-la, apreciá-la e, claro, fazer amor com ela.

— Sua esposa aprova esse plano... — Sorrio em transe. — Espere um minuto, onde está Yoda?

— Matei e comi o coração. — Abri os olhos, assustado. — É uma piada, deixei ele no hotel de Pet. Eu quero que seja só você e eu hoje.

— Que susto.

— Você realmente acha que poderia fazer isso?

— ...

— Você acha mesmo?

— Espero estar errada.

— Como você é mau para mim.

— Brincadeira, amor. Mas repete o que você queria fazer com sua esposa novamente.

— Ah! Beijar... - Me deu um beijo rápido e desesperado — e algumas outras coisas que não me lembro agora. — Mas espere um pouco. — Me deixou onde estava e foi para o quarto. Aproveitei para colocar as flores em um vaso, sei que elas vão morrer e que vou ficar deprimida, mas isso não quer dizer que vou acelerar este processo.

— Pronto, amor. — Ele me levou para o banheiro do quarto, estando a banheira preparada para nos receber.

Bernardo, então me pôs em pé de frente para os espelhos da pia beijando paulatinamente meu pescoço e subindo suas mãos até a altura de meus seios. Senti uma leve pressão sobre eles. O homem sabia encontrar meus pontos fracos, porém isso não durou muito, pois logo nos despimos, tamanha era a urgência.

Entramos na banheira, sentamos um de frente para o outro e nos analisamos, nos amando com os olhos e, ao mesmo tempo, torturando-nos pelo prazer de nos tocarmos. Entretanto, queríamos ficar assim como se quiséssemos eternizar aquele momento, cada traço do nosso corpo. Ele abaixou a mão do meu cabelo, desenhando minha silhueta até os meus pés, pegando-os e começou a massageá-los, provocando estado de relaxamento em meu corpo. Deixando isso para trás, deu lugar a uma nova carícia; o beijo. Fechei meus olhos para somente sentir os efeitos no meu corpo, quando sua boca chegou até a parte interna da minha coxa, estremeci.

Eu, já desesperada, por mais profundidade em seu toque e movida pelo desejo, comecei a beijá-lo. Fui respondida rapidamente, enquanto me acariciava debaixo d'água, que me deixava louca. Depois de muitos beijos e muitas carícias trocadas, os turbilhões foram ligados, que o ajudaram na continuação das carícias que, a cada segundo, me deixava mais entregada. Não aguentando mais. Ele apenas sorriu para mim, me pedindo para não fechar os meus olhos e assim o fiz. Como numa tortura, ele me ofereceu mais beijos molhados e então muito calmamente passou os dedos pelos meus cabelos e me olhando nos olhos. Ele me colocou sentada em seu colo, e assim me amou delicadamente, me fazendo tremer de luxúria e emoção. Nossos olhares trocavam mensagens que nem uma palavra poderia traduzir.

[...]

— Oli, tenho mais uma coisa para te mostrar.

— Hoje você transpassou os limites. Mas o que é? — Meu espírito fofoqueiro e curioso despertou rapidamente.

— Vou pegar. — Ele pulou da cama, e sentei para esperar, cobrindo meu corpo com um lençol. Estávamos nos recuperando dos momentos de prazer que passamos juntos. Bernardo voltou com um envelope na mão, bem sério.

— Certamente você já se perguntou o porquê que quis me casar com você. E aqui está a explicação ou, pelo menos, uma parte dela. — Olhei para ele pensativa, e esperei que continuasse. Era uma pergunta muito frequente que eu tinha. — No dia em que seus pais chegaram, eu me atrasei porque Bianca veio atrás de mim. Quando descobri que estava grávida, me convenci de que ela era a mulher da minha vida. Então transferi algumas das minhas ações para o nome dela, mas algo dentro de mim queria me avisar que talvez não fosse a coisa certa. Não por me importar mais com a empresa, mas porque eu tinha minhas dúvidas sobre isso e, aparentemente, estava certo. O resultado foi uma traição e o engano de uma suposta filha. Depois que descobri, retirei tudo do nome dela o mais rápido que pude, mas queria que ficasse seguro, e foi enquanto pensava nisso que te atropelei naquela noite. — Continuei ouvindo tudo com muita atenção. — Depois de descobrir tudo o que eu precisava saber sobre você e depois que você concordou em se casar em troca de proteção. O que você assinou no dia do nosso casamento não foi apenas a certidão, mas também parte de minhas ações. — Olhei para ele estática e atônita.

— Bernardo, não quero nada disso. Ter você é mais que suficiente.

— Imaginei que não quisesse, por isso quis fazer.

— Mas e...

— Deixe-me terminar, por favor. Oli, não sou mais um menino, quero que você fique segura caso algo aconteça comigo. Não quero que você e meu filho fiquem sem apoio.

— Não diga isso, meu amor. — Coloquei seu rosto no meio das minhas mãos e o beijei.

— Quando te vi naquele hospital, queria me convencer de que estava fazendo isso apenas pelo bem dos meus interesses, mas no meu subconsciente eu sabia que era outra coisa, e agora entendo que era amor. Eu quero que você aceite, minha vida. Se não por você, então por nosso filho. — Ele tocou minha barriga suavemente.

— Nossa menina tem o melhor pai do mundo, e eu tenho o melhor marido. — Eu o abracei chorando de emoção.

— Isso é um sim?

— Sim, meu amor.

— E você disse nossa menina? — Cobri a boca com a mão por ter falado demais, porém já era tarde demais.

— Sim, nossa garota

— Vou ter minha princesinha? — Ele perguntou com os olhos molhados.

— Bom, vai ser menina. Agora, se vai ser princesa ou o cavalo da princesa, eu já não sei – sorri para ele rapidamente colocando a mão na minha barriga.

— Ela tá se mexendo?!

— Sim, é a primeira vez que ela faz isso.

— Olá meu amor, sou eu, seu papai. Você ainda nem nasceu e já é a razão da minha vida e do meu amor extremo... Ah! E sua mãe também. — Falou à minha barriga. Eu só podia me emocionar com aquela cena e por sentir minha garota se mexer pela primeira vez.

[...]

Neste momento eu só consigo lembrar de todos os desejos alimentícios que tive, todas as consultas com o ginecologista, todas as vezes que procurei meu marido durante a madrugada para saciar meus desejos sexuais, todas as vezes que faltei furar o piso de tanto andar para o banheiro, todas as dores lombares e nas pernas que senti, dores de cabeça e principalmente o desconforto no sono e a falta de ar. Porém, com toda a certeza do mundo, eu voltaria isso tudo de novo para não sentir o que estou passando agora, com menção honrosa ao principal culpado: Bernardo.

Só Deus sabe a vontade que estou de levantar deste leito e desferir um soco tão forte em meu marido que provoque, pelo menos, a perda de três dentes. E agora ele fica aqui com a maior cara lavada dizendo para eu respirar. Eu tenho cara de retardada por acaso? Acha que eu desaprendi a respirar? Eu mato ele com as minhas próprias mãos, deixa só ele abaixar a guarda.

— Eu quero um hambúrguer.

— Tu não tava rangendo os dentes de dor há dois segundos? — Perguntou confuso.

— Mas agora eu tô com fome. Traga um grande e suculento, com muita carne e muito molho, do jeito que fica escorrendo. — Só de descrever, minha boca estava salivando.

— Ok... — disse ele desconfiado.

Estou atrasado? - 19h30

Ela é que está atrasada. - Entrega às 19h30

Estou feliz que você esteja viva, pensei que tava só as tiras. - 19:32

Tiras não, mas só as tripas, certeza. - Entregue 19:32

Estamos indo. - 19:33

Onde se meteram? Tem quase meia hora que tu disse que tava vindo. - Entregue 19:33

Esperando o Eric fazer a maquiagem especial da noite e escolher o look, não aguento. - 19:34

Quero vocês aqui antes dela. - Entregue 19:34

Vou colocar ele na cacunda e já chego aí. - 19:35

— Como está, Olivia? — Flávia aparecia na porta para sua "ronda". De meia em meia hora ela vinha me ver

— Com fome, com raiva e querendo matar meu marido, e você?

— Que bom que você manteve o bom humor. Quero saber se mando você para casa rapidamente. Tê-los aqui não é bom para mim.

— Por quê? — Perguntei assustada.

— Teu marido causa muito alvoroço, então nem que eu tenha que tirar ela daí com um taco de beisebol, ela vai sair. — Sorrimos.

— Só te peço isso, por favor.

— Falando nisso, onde ele está?

— Pedi pra me trazer um sanduíche. Estava prestes a enfiar a mão na garganta dele e arrancar seu coração.

— Me chama se precisar de ajuda.

Meu momento de paz e relaxamento foi parar tão longe quanto a nossa dignidade quando estamos bêbados. Logo fui atingida por uma contração tão forte que eu mesma tive vontade de entrar em mim mesma.

Não é assim nos filmes, nem nos livros e olha que sou fã de séries médicas. São todas mentirosas!

— Perdi alguma coisa? — Bernardo disse entrando na sala, e então deu um passo para trás, com certeza por medo do meu olhar de morte.

— Infelizmente, você tem apenas 6 cm de dilatação. — Disse a médica apenada pela minha dor.

— Se você apertar muito, vai sair, não é?

— É melhor esperar os 4 cm restantes.

— Autorizo você a entrar com o taco de beisebol. — Ela sorriu.

— Volto em meia hora. — E nos deixou sozinhos novamente.

— Posso ajudar em algo?

Olhei para a causa de todo aquele sofrimento com mais ódio do que meu corpo podia suportar.

— Você... como se já não tivesse feito o suficiente. Onde está meu lanche?

— Estou esperando eles entregarem. — Pisando em falso e muito distante de mim, ele passou os dedos pela minha cabeça tentando me acalmar.

— Isso, me sufoca com esse perfume forte. — Ele levantou as mãos para o céu pedindo paciência.

— Existe alguma chance de que essa garota se torne um humano, já que está sendo gerada por você.

— Vai sair metade humana e metade capeta se parecer-se contigo.

[...]

O parto definitivamente não é glamoroso como retratado na ficção. Depois de não saber quanto tempo mais, não aguentava mais ficar na cama. Resolvi andar e entrar no banho de água morna. Quando a senti tocando minha pele, finalmente consegui relaxar um pouco. Mas a maior alegria da noite não seria isso, e sim que, em apenas alguns minutos, eu teria minha garota em meus braços.

— Pronto, o pai pode cortar o cordão. — Flávia entregou a tesoura para Bernardo que tremia mais que uma vara verde e, finalmente, ela estava ali em vida, saudável e chorando, minha menina.

— Já tem um nome?

— Bom, ainda não pensamos direito, não é meu amor? — Disse olhando para ela. Logo depois, olhei para meu marido e ele estava em choque, chorando como uma criança que acabou de perder o brinquedo. — Bernardo?

— Não se preocupe Olivia, a mulher se sente mãe desde o dia em que descobre a gravidez, enquanto o homem só quando vê o filho no mundo. Ele tá processando agora.

— Quer pegar, amor?

— Será que eu consigo? — Murmurou enquanto tentava tirá-la de meus braços. — Como é pequena! — Disse com ela no colo.

— Não diga isso para quem acabou de colocá-la pra fora.

Ver aquela cena, daquele homem grande segurando um serzinho tão pequeno, inundou meu coração. Lá estavam os verdadeiros amores da minha vida.

Meu coração quase desfaleceu quando ela foi levada para os exames, e depois virou sol quando a vi entrar novamente. Eu sei que em algum nível Bernardo está mais animado do que eu, perdendo sua primeira filha para um golpe e depois tendo outra menina, com certeza quebrou as penas dele.

— Ela está realmente aqui, nossa garotinha — disse animado. — O que foi, Oli?

— Só li os livros até a parte do parto, e agora? — Disse com os olhos arregalados, preocupada.

— Acho que você precisa descansar. — Ele retrucou brincando com meu dedo mindinho.

— Boa noite, mamãe. — Chegou uma enfermeira muito querida. — Eu vim te ajudar com sua primeira mamada.

O instinto é algo incrível. Eu só tinha lido mesmo até a parte do parto e, apesar de ver essas cenas inúmeras vezes em séries e filmes, a realidade é bem diferente. O bebê é tão frágil, tão pequeno, tão molenga que parece uma amoeba. Entretanto, apesar de passar por tudo isso, sentir seu cheiro natural, sua pele tocando a minha, me fez perceber que todo esse processo não teve peso. Foi bobagem perto desse sentimento que estou sentindo, esse amor incondicional. E que me fez ter certeza que nunca mais transaria com meu marido, porque a sensação que eu tive quando ela sugou a primeira vez foi que alguém tacou fogo no meu peito, como aquele troço ardia, Jesus!!

— Uau! Eu preciso registrar esta cena. — Ele rapidamente tirou o celular do bolso tirando uma foto do momento e nela era possível ver meu estado decadente.

— Ela dormiu.

— Ponha ela no moisés. — Sugeriu a enfermeira.

— Quero ficar com ela no colo.

— Tenho certeza que sim. — Ele sorriu calmamente. — Mas acredite, descanse enquanto dorme. Vai te fazer bem.

— Sim, minha vida. Vamos namorar muito ela ainda.

— Bem, o que não tem remédio... — concordei sem querer discutir. Entreguei o bebê ao Bernardo que o colocou no lugar mencionado e finalmente pude descansar meu corpo, meus olhos e minha mente.

[...]

Reabastecer as energias não são as palavras certas, o hospital é muito desconfortável e meu tipo de cansaço só seria curado com o passar dos dias.

— Que horas são?

— 23:15 — respondeu meu marido olhando para o relógio. — Como está?

— Como se um cavalo tivesse me atropelado.

— Sinto muito, meu amor, mas tem quatro avós sofrendo bicas para conhecer a neta.

— Meu Deus Bernardo, esqueci completamente deles. — Me movi na cama tentando sentar melhor. — Chama eles.

— Ok mulher, calma. — Beijou minha cabeça e saiu. Ao ouvir a porta se fechar, tentei arrumar o cabelo com as mãos, bebi um pouco de água e joguei no rosto. Pior do que estava, não consegui ficar.

Mais rápido do que eu podia pensar, quatro pessoas desesperadas apareceram, parecendo crianças indo ao parquinho.

— Oi mãe, estou bem. Acabei de parir um ser humano, mas estou bem. Obrigado por perguntar — disse mal-humorada depois de ver que eles estavam babando pela neta por vários minutos.

— Desculpe, meu amor. Mas ela é tão perfeita.

— Eu sei, fui eu que fiz.

— Como você está se sentindo? — Ela passou os dedos pelo meu cabelo.

— Acho que sobrevivo.

— Ainda não acredito que finalmente me deu uma neta, Bernardo.

— Depois de tantas indiretas né, mãe. — Ela o abraçou parabenizando-o.

— Agora você vai entender muito. — Disse em tom ameaçador. Oh Jesus, o que estava esperando por mim? — Temos que ensiná-lo a jogar golfe.

— Vou comprar um taco rosa.

— E bolas também. O kit completo. — Humberto e meu pai planejaram enquanto conversavam com ela. Tenho medo de como essa menina vai ser mimada.

A porta se abriu e apareceram dois seres com balões, um urso relativamente grande e algumas blusas que combinavam com a frase "a filha é dela" e uma pequena foto do meu rosto ao lado de uma seta.

— Onde está a nova integrante do bonde?

— Sinto muito nanica, ninguém se importa contigo.

— Estou me acostumando... Eric, você quer pisar em mim, essa maquiagem é um show.

— Ainda bem que você disfarça bem, porque o milagre da vida é um baita chá de cadeira. — sorriu.

— Era só ter falado que a gente trocava.

— Para estar no seu lugar, me faltam dois motivos e me sobra um.

— E qual é o nome? — Todos pararam o que estavam fazendo e olharam para Bernardo e eu, ainda não tínhamos decidido.

— Ainda não escolhemos.

— Não importa, vamos chamar de 02. — Dado disse espontaneamente. — Chefinho, não sei se você fez parte desse projeto, é a cara da nanica. — Provocou.

— Vou dar uma volta. — Bernardo respondeu sem querer jogar aquele jogo.

— Dá pra deixar ele em paz ao menos um pouco, Dado?

— Mas aí como eu me divirto?

— Oli, eu até queria pegar ela, mas a concorrência tá grande. — Ele se referiu aos avós.

— Nem eu tô conseguindo, quem dirá você.

— Ah, vocês estão aqui, eu disse que não podia entrar até que os visitantes saíssem. — A enfermeira entrou no quarto brigando com os meninos.

— Entraram escondido? — Perguntei abismada.

— Mais ou menos.

— Eric, não acredito que você está entendendo a loucura dele.

— Senhora, não podemos ficar só mais um pouco? — Perguntou Dado.

— Saiam, são regras do hospital.

— Por que tá me olhando assim? Por mim a gente comprava um urso maior.

— Agora! — Ordenou a enfermeira.

— Tudo bem, mas vou ficar com Josefino. — O bendito urso.

[...]

Nostalgia

Natal é definitivamente minha época favorita do ano. Tudo é aconchegante, com aquela sensação maravilhosa de família e amigos juntos. Ou, pelo menos, é o que se mostra nos filmes e séries, porque a realidade é outra coisa.

Tive um pequeno momento de paz quando fugi e entrei no escritório do Bernardo. Ele emitiu o decreto que não queria que ninguém entrasse, mas... aqui estou. Sentei-me em sua cadeira atrás da mesa e olhei em volta como se fosse a primeira vez que estive lá. A primeira coisa que vi foi a arte minimalista em forma de moldura, que tinha a foto que ele tirou de mim amamentando a Camila. Ficou lindo!

Uma coisa não posso negar, o Natal é uma época nostálgica. Ainda sorrio como uma boba por todas as aventuras que tivemos com nossa filha.

— Bernardo corre, pega o celular, rápido. — Camila e eu estávamos na sala assistindo a um desenho animado quando adormeci e acordei rapidamente, e ela estava tentando se levantar, não podia perder esse momento.

— O que? O que aconteceu? — Meu marido chegou desesperado por causa dos meus gritos.

— Ela vai andar, olha! — Seus olhos se arregalaram e dividiu sua atenção entre a filha e o celular.

— Essa praga não quer funcionar... eu consegui.

Camila depois de muita luta conseguiu se levantar segurando na cadeira. Me afastei e chamei ela, com passos em falso ela andou e logo desabou em meus braços.

— Como ficou o vídeo? — Com ela nos braços fui até Bernardo.

— Nãoooooooo!

— O que?

— Esqueci de apertar para gravar.

— Você está brincando comigo, não é?

— Não, é sério.

— Não acredito que perdemos.

— Os melhores momentos são vividos, não filmados.

— *Não me venha com essas frases de para-choque de caminhão, por favor.*

Mal sabíamos que teríamos que comprar um HD de 1TB só para colocar as fotos e vídeos que fazíamos dela em várias ocasiões.

— *Bernardo, você notou que Camila não engatinha? Ela fica apenas de quatro.*

— *Eu notei. Será que ela tem medo?*

— *Mas medo do que, especificamente?*

— *Não sei. Mas tenho uma ideia para ajudar.* — *Ele levantou e abaixou a sobrancelha rapidamente, ele ia aprontar.*

O processo foi exaustivo, mas os êxitos foram relevantes. Passamos o fim de semana inteiro andando de quatro na frente dela para tirá-la do medo. Ela conseguiu, mas resultou em várias sessões de quiropraxia e RPG. A idade chega para todos.

É cada coisa que os pais fazem por seus filhos, mas nossos corações se enchem de amor quando vemos cada passo em sua evolução.

— *Mama... mama... mama.* — *Acordei com alguém batendo no meu rosto.*

— *Meu Deus, meu Deus.* — *Eu pulei da cama animado.* — *Acorda Bernardo, ela falou, ela falou!*

— *O que? Quem? Onde?* — *Acordou atordoado.*

— *Ela falou mama.*

— *Ahhhh...* — *ele protestou e voltou para a cama, perdeu essa batalha.*

— *Meu amor, você disse mãe.* — *Eu a peguei* — *Repete; Ma-mãe. Ma-mãe. Fala!* — *Sem sucesso, é a primeira vez que sentem que têm poder, só falam quando querem.*

[Bernardo]

— *Fala papai. Pa-pai,* — Não havia nada neste mundo que fazia este ser humano dizer aquela palavra, aquela simples palavra. — *Diz meu amor, não basta ter dito mãe primeiro, agora você não quer falar com o pai.*

Tinha que aproveitar cada momento a sós com Camila para tentar convencê-la. Ela adorava ficar no escritório comigo, bagunçar tudo na verdade, mas eu abria um pouco a guarda com ela.

— *Caramba!* — Pisquei por um segundo e derramei café em mim mesmo.

— *Ca-amba.* — Fiquei apavorado quando a ouvi repetir.

— *Não, não, não diga isso.*

— *Ca-amba.*

— *Ah, que droga. Oli vai comer meu fígado.*

— *Doga!* — Sentei pesadamente na cadeira, Camila não parava de dizer isso.

— *Eu estou morto.*

— *Doga.*

— *Eu te dou o que você quer, você quer uma linda boneca?* — Comecei a pechinchar. — *Não diga mais isso. Fala papai.*

— *Ca-amba.* — Ela disse e continuou rindo com a mão nos dentinhos, provavelmente imaginando meu funeral.

— *Cheguei meus amores.* — Oli avisou.

— *Mama, ca-amba, mama.* — Saiu correndo enquanto gritava.

— *Deus me ajude.* — Eu rezei para o céu.

Meu desejo era ficar presa nessas lembranças, mas casamento e maternidade não vivem só de alegria. Já penei um pouco também, meus cabelos brancos que o diga.

— Eu sabia que te encontraria aqui, malandrinha. — Bernardo entrou na sala caminhando em minha direção.

— Como você adivinhou? — Ele me pegou pela mão para me levantar da cadeira.

— Aparentemente o fato de eu ter dito pra ninguém entrar aqui faz as pessoas quererem entrar.

— Aparentemente chama a atenção o quão perigoso é. — Eu respondi.

— Você acha?

— Claro que sim.

— Mesmo? Vamos assaltar um banco na próxima semana.

— Não me tente, eu vou aceitar. Se eu for para a cadeia, posso passar algum tempo quieta, sem gritos ou brigas.

— Talvez cometamos um crime não muito grave para não ficarmos muito tempo na cadeia, pelo menos até Camila completar 18 anos.

— Vou colocar isso na agenda.

— Está cansada?

— E o dia está apenas começando.

— Que pena, mas preciso de ajuda com os meninos.

— Talvez devêssemos adiantar o roubo. É realmente errado eu não querer ser mãe por um dia?

— Eu não te julgo se você não me julgar. Mas você sabe o que eu realmente quero?

— O que?

— Apenas um momento a sós. Ou estamos trabalhando ou cansados de trabalhar.

— Só isso? E eu quero sumir?!

— Planejamos o assalto e depois a fuga. Ou talvez, talvez, só fugimos mesmo.

— Vai ficar me devendo essa. — Descansei minha cabeça em seu peito. Senti seus braços envolverem meu corpo e sua cabeça descansando na minha. Um pequeno momento de paz que, quando se tem filhos, é quase impossível.

— Senti a tua falta. — Falou com um longo suspiro.

— Sinto falta de Yoda, meu amor.

— Querida, você sabe que ele não era meu fã número um.

— Você que não gostava dele.

— Mas adorei vê-lo chifrar seu pai — disse sorrindo.

— Ah é? Eu adorava quando comia suas roupas.

— Quase tive que comprar um guarda-roupa novo.

— Não acredito que já se passaram dois anos desde que ele partiu.

— Tenho pena das crianças, elas gostavam dele, não sei porquê.

— Meu amiguinho era ótimo. Eu realmente o amava.

— Eu sei, meu amor. — Meio segundo depois ouvimos uma batida forte na porta e um grito.

— Sou a favor de deixarem se matar.

— Eu também, mas alguns vão dizer que é crime, então...

Respiramos fundo e decidimos sair do limbo e entrar na zona de guerra.

— Mas o que está acontecendo aqui?

— Só pedi pro Ben levar as bolas pra perto da árvore. — Eric, nosso filho do meio, respondeu defensivamente.

— Tu jogou as bolas na minha cabeça. — Acusou o mais novo.

— Onde está Camila? — Bernardo perguntou.

— Não sou babá. — A mais velha passou calmamente enquanto comia um pedaço de bolo.

— Ok. Bê e Mila vêm comigo para limpar o lado de fora, e Eric fica aqui com sua mãe para limpar o lado de dentro.

— Temos que ter cuidado amor, somos minoria. — Eu sussurrei.

No final da tarde, depois de separar muitas discussões, brigas e lidar com a gritaria, havíamos terminado. No entanto, havia outro conflito no qual eu não ia me intrometer; o das avós.

— Tenho certeza que está pronto. — Minha mãe argumentou.

— O tempo de cozimento foi muito curto. Coloque-o de volta no forno. — Replicou minha sogra

— É um peru, não um mocotó. Já está pronto.

— A casca está branca.

— Está na hora de trocar os óculos.

— Por que você não cuida das sobremesas e eu cuido do peru?

— Porque ano passado comemos peru torrado. Deixa que eu sei o que eu tô fazendo. Faz a sobremesa...

Eu não ia me envolver nisso.

— Amor, tem que dar banho nos meninos.

— É com você. Dá banho no Bê, supervisiona o banho do Eric e eu separo as roupas deles.

— Sério?

— Sim, os convidados já estão chegando.

A maratona foi intensa, mas entre mortos e feridos, todos se salvaram. Bernardo e eu formamos um bom time, os meninos pareciam gente de verdade.

— Coloquei seu pai e o meu para cuidar dos meninos enquanto nos preparamos. — Bernardo entrou sem fôlego no quarto.

— Sabe que isso é furada, né? Eles babam nos netos e fazem o que querem.

— Temos pelo menos um tempo de paz até eles terem uma ideia maluca.

— Eu gostaria de ter, pelo menos, uma semana inteira... — Sentei-me cansada na cama. — Vai tomar um banho e eu vou depois.

— Por que não vamos juntos? — Me puxou para fora da cama, me colocando de pé novamente.

— Mãããããããeeeeeeee — ouvimos Mila gritar, ela provavelmente queria ajuda para escolher algo.

— O dever chama. — Passei a mão no rosto dele e saí.

— Você sabia que eu não me lembro da última vez que nos beijamos de verdade?

[...]

Relativamente compensou todo o aborrecimento, mas nunca se esqueça que uma boa festa é uma festa na casa de outras pessoas. No ano passado também foi aqui e, em uma brincadeira, resolvemos sortear e entramos pelo cano novamente. Mas ano que vem, nem se precisarmos inventar uma viagem, essa bagunça vai estar em outro lugar.

Aos poucos todos foram chegando e logo a festa estava completa. Conversavam em pequenos grupos e em diferentes cantos da casa.

— Oi Nanica. — Me abraçou em saudação.

— Achei que você não viria falar comigo.

— Eu acabei de chegar.

— Sim, e não acredito que tu trouxe aquela lambisgoia.

— Quem fala lambisgoia hoje?!

— Eu falo e não importa. Por que você a trouxe?

— Por que você não gosta dela?

— Ela é uma sonsa.

— Tu implica demais com as minhas namoradas.

— Sabe se o Eric vai vir? Tentei falar com ele e não consegui.

— Ele disse que quando chegasse de viagem ia tentar vir, mas acho que ele dá as caras sim...

— Ela tá vindo pra cá, eu já vou.

Procurei mais um lugar para ficar, de preferência minha cama, mas infelizmente não consegui. Então, me encostei em uma parede e fiquei quieta bebericando um mísero copo de licor.

De longe vi chegar a última pessoa, estava completa. Ele cumprimentou outras pessoas e se aproximou de mim.

— Estou feliz que você veio. — Nos abraçamos, não nos víamos mais com tanta frequência, ele viajava muito

— Eu não perderia, as festas de vocês são ótimas. Sempre tem briga ou um barraco entre os meninos, tudo é muito animado.

— Chegou cedo então.

— Onde está meu xará?

— Por favor, você e Eduardo não vão ficar provocando o Bernardo, não tenho energia para isso.

— Até ofende.

— Tio Eriiiiccc!!!

— Oi garoto. — Eles fizeram um toque especial de mãos, todos os anos eles adicionavam um novo movimento, não sei onde eles vão parar. — Vamos procurar seu tio Dado e depois vamos até teu pai.

— Tá falando de mim? — Bernardo veio por trás e já começava a me preparar.

— Não me deixe de fora da festa. — Eduardo também chegou e se tivesse sido planejado não teria corrido tão bem.

— Temos assuntos de Erics para pôr em dia — disse enfatizando o nome do meu filho.

— Jamais aceitarei este punhal que ganhei nas costas. — Dado reclamou.

— Ninguém mandou tu enlouquecer pela Mila.

— E eu que sou o pai? Ele poderia ter qualquer nome, mas não... tinha que ser Eric.

— Pelo amor de Deus, vai ser essa mesma ladainha pra sempre? Nove anos se passaram. Por favor. E Bernardo, se esqueceu que o nome do nosso menor também é Bernardo? — Arquejei cansada, toda vez era essa frescura. — Não tô vendo ninguém me homenagear, fui eu que coloquei todos esses pra fora do meu corpo, quase me estrepei toda e ninguém aqui tá me vendo reclamar.

— Ninguém mandou tu colocar esse nome no nosso filho — continuou com o mesmo discurso, ignorando tudo que eu havia dito

— Já esclareci esse ponto tantas vezes. Estou cansada da feiúra de vocês.

— Desculpe, mas minhas costas machucaram tua faca? — Disse Dado fingindo ressentimento.

— Atenção, atenção a todos. — Meu sogro começou a falar, finalmente mudando o foco da nossa conversa. — Primeiramente quero agradecer ao meu filho e nora por nos receberem novamente e, principalmente, pelos três netos maravilhosos que me deram.

— Vô. — Rezingou, Ricardo.

— Vou chegar até você, filho, estou falando do Bernardo. — Ele sorriu envergonhado.

— Ah bom.

— Quero te dizer meu filho, que você sempre foi e sempre será meu maior orgulho, metade do meu coração, a outra metade de sua mãe. E minha nora, Olivia, só Deus e eu sabemos o quanto aprecio e me alegro no dia em que você entrou em nossas vidas. — Bernardo me abraçou de lado, deixando um beijo casto na lateral da minha testa. — E então nos apresentou aos nossos netos que sim, eu sou um vovô babão. — Nós sorrimos, não posso negar, eram mesmo, todos eles. — E meu neto Ricardo, filho mais velho, jamais te esqueceria. Com você descobri a alegria de ser avô, embora você gostasse mais de brincar com a minha perna do que comigo. — Ele sorriu.

— Também quero acrescentar — continuou minha sogra. — Que aqui todos somos uma família, e compartilhamos uma parte importante do meu coração, meu filho, nora, netos e amigos que viraram família. Só peço a Deus muitos mais anos de vida para poder curtir mais com vocês.

— Um brinde. — Anunciou seu Humberto levantando o copo e todos o seguimos.

[...]

— É hora dos presentes.

— Pai, não era só amanhã?

— Este presente não pode esperar até amanhã.

Liz e Caio infelizmente tiveram que ir embora, estavam cansados e quando um puxa logo todos seguem. Meus pais e os de Bernardo, pela idade, não aguentavam as longas viagens noturnas, então eles também foram embora.

Este era um momento muito esperado pelos meus filhos, eles estavam ansiosos.

— Agora vem a surpresa que eu falei.

Saí e voltei com duas caixas com as surpresas dentro. Quando viram que tinham ganhado, enlouqueceram.

— Não acredito, não acreditooooo!!!!!! — Camila gritou.

— Cachorrinhosss!!!! — Eric comemorou.

— Amei papai. — Ben era o mais normal, ele abraçou minha perna logo soltando para ir brincar com eles.

— Vamos colocar qual nome? — Perguntou Mila.

— Oh!! Já sei. — Bernardo disse entusiasmado segurando a fêmea. — Couga.

— Que nome horrível... gostei — disse Eric sorrindo.

— Tu que é feio. Vai ser Couga.

— Está bom — disse Camila. — Vamos para nomes engraçados — ele levantou o animal, certificando-se de que era macho — o nome deste vai ser Choné.

Bernardo me olhou sem entender nada. Como eram horríveis os nomes.

— Eu chamaria Choné de filhote do credo da cruz. — Ele sussurrou para mim, desta vez não resisti e sorri. O cachorro era muito feio.

[...]

— Eu estou morto.

— Se fosse só você, daríamos um jeito. Estou destruída.

— Mas amor... — Ele se deitou de lado na cama olhando nos meus olhos. — Eu realmente quero fazer algo com você.

— O que?

— Eu quero fazer amor, sinto sua falta, Deus!

— Tão dramático.

— Temos que aproveitar enquanto tudo está calmo. Vamos lá... — comecei a me deliciar com seus beijos e carícias no meu corpo. Como dizer não a um coração que anseia? Meu corpo queria isso além da fadiga.

[...]

— *O que aconteceu?* — *Bernardo saiu do banheiro vestindo um roupão.*

— *Nada, por quê?*

— *Nada? Cê tá olhando para o seu celular como se quisesse tacar na parede.*

— *Não na parede, mas em duas mães desesperadas...*

— *Ainda tão falando sobre o casamento?*

— *Ai! É o tempo todo. Não, porque é azul. Não, é prata! Os vestidos, o bolo tem que combinas com a decoração. As flores têm que ser tulipas, não rosas brancas... Estou farta. Elas não te ligam?*

— *Não.* — *Deitou-se com os braços atrás da cabeça despreocupado.* — *Amor, isso é um disparate. Já nos casamos uma vez.*

— *Eu sei, eu disse que não precisava, mas elas insistem.*

— *Por quê?*

— *Dizem que não participaram da organização do primeiro, agora querem fazer tudo. Eu já disse que tá tudo bem, mesmo que nosso casamento tenha sido em cartório. Mas nãooooo, por que ouvir a noiva? Vou dar um perdido "acidentalmente" nelas, não aguento mais. Enquanto estamos aqui falando, 30 fotos e 50 mensagens já chegaram ao grupo de casamento.*

— *Uau!* — *Disse surpreso.*

— *Sim.*

— *Eu não sabia que a mamãe sabia usar o WhatsApp.* — *Olhei para ele com cara de deboche, era nessa parte que ele prestou atenção?* — *Mas acho que tive uma ideia que pode te ajudar.*

— *O que é?*

— *Já volto.* — *Ele entrou no armário e voltou já vestido.* — *Vou chamar os pirralhos, eles vão ajudar.*

— Para de chamar eles assim.

Joguei o travesseiro nele, mas ele foi mais rápido e fechou a porta. Alguns minutos se passaram e ele voltou com os três e os cachorrinhos que eram inseparáveis.

— Pai, eu estava quase dormindo. — Eric reclamou.

— Tu é flaco. — Ben disse vitorioso.

— Tu só acordou porque a Couga lambeu tua cara.

— Mãe, engole eles de novo e deixa só eu. — Camila disse pedindo paciência aos céus.

— Xiu. Silêncio, Tom e Jerry. Tenho uma ideia que vocês vão adorar. — Ele falou na nossa frente esfregando as mãos como se estivesse planejando algo maligno e obviamente os pirralhos, quer dizer, meus filhos adoravam ouvir tudo.

— Pai, vai ser só nós? — Camila disse muito animada, eles já gostavam de aprontar, que vão dizer quando souberem que ninguém vai brigar e que ainda é ideia do pai.

— Não, vamos precisar dos tios malucos de vocês.

As crianças ficaram encantadas com a notícia, traquinagem em família. E eu... honestamente, eu também adorei.

[...]

Tudo foi apressado, flores por toda parte, tudo corria para ficar lindo.

— Onde está a noiva? — Andréia gritou no meio daquele tumulto.

— Não se preocupe vovó. Mamãe está quase terminando de se arrumar. — Camila assegurou.

— Que bom. Agripino, vá pegá-la. — Ordenou.

— Amelia, ela está ficando louca, não me deixa em paz nem por um segundo. Como você pode lidar com isso, Humberto? — O homem de cabeça branca apenas sorriu com um copo de bebida na mão. Sabia que era pior contestar, afinal, tinha anos e anos de experiência com os nervos da esposa.

— Seu Agripino não precisa, vou buscá-la. — Disse Liz. - Quando chegarmos, darei a você.

— Ok, eu não estou em condições de ficar para cima e para baixo. — Ele disse a Liz. — Ouviu? — Gritou para Andréia ouvir a indireta.

Liz saiu sorrindo. Era bom que a ideia de Bernardo funcionasse, se não estariam mortos, todos eles. Ela dirigiu seu carro até onde estava Oli e voltaria de limusine, não importava o quanto dissessem, Dona Amelia e Dona Andréia não abriam mão daquele veículo.

Quando a noiva finalmente estava no carro, Liz mandou uma mensagem para Camila.

"Hora do show" - Entregue 16:15

Camila imediatamente avisou seus irmãos para estarem preparados, eles estavam mais felizes do que nunca fazendo aquela brincadeira. Bernardo, que sempre teve Couga nos braços, colocou-o no altar.

— Este cachorro feio tem mesmo que estar aqui?

— Ei! Vó Dedê, não é feio, é difelente. — Ben brigou.

— Ele tá estranho de terno.

— Não, vovô Berto, tá minutão.

— Não adianta falar de Couga com Bernardo, ele fica bravo. — Eric explicou.

— É mais bonito que o Bernardo. — Caio chegou zombando do amigo.

— Ah, eu concordo. — Eduardo disse rindo.

— Pare de falar assim do meu bebê. — Andréia protestou.

— Ben, fique quieto. — Camila pediu.

— Mila, esta gavata está apertada.

— Tu que tá gordo. — Eric zombou.

— Você que é feio, gordo e do cabelo ruim. — Respondeu Ben.

— Não fale do meu cabelo. — Eric gritou extremamente zangado com o irmão.

— Eu falei pra ficar só em mim, mas não... tinha que ter mais dois... — Camila reclamou mentalmente para seus pais.

— Ok, Bernardinho e Mistura. Parem de brigar agora. — Argumentou Dado, mas sua vontade mesmo era de gravar tudo para poder rir depois.

Quando o carro chegou na entrada, a marcha nupcial começou a tocar e todos se levantaram. O jardim estava realmente lindo e o único desejo que as mães respeitavam do casal era que fosse só para os mais íntimos, e assim foi. Eram basicamente a família e muitos poucos amigos.

Antes que Agripino pudesse chegar ao carro para pegar a noiva, Choné desceu do carro vestida de noiva e o carro foi embora. Todos olhavam para aquela situação sem entender. Humberto começou a rir, sabia que era alguma brincadeira do filho, ele e a nora formavam um casal perfeito, eram loucos. E dali sairia muita maluquice.

Quando Choné chegou ao altar amadeirado cheio de flores e se juntou ao Couga, os dois "noivos" olharam para todos. Quase não houve grand finale, porque Eric e Bernardo estavam brigando para ver quem ia apertar o botão. Quando Camila os ameaçou com um olhar eles rapidamente resolveram apertar juntos e a serpentina voou pra todo lado. Os convidados que não entendiam mais nada só ficaram ainda mais perdidos.

— Acho que está na hora de te entregar isso. — O ministro entregou uma carta aos quatro pais ali presentes.

"Papai, mamãe, dona Amélia, seu Agripino, desculpe não estar aí agora, mas decidimos adiantar nossa lua de mel. Espero que não fiquem bravos com a nossa brincadeira. Mas nós preferimos assim. Amamos tudo que fizeram por nós.

Mas eles estavam nos deixando loucos...

Oli... deixa eu escrever... enfim, como eu disse, estamos longe e vamos ficar alguns dias aqui. Até logo. Ah! Se quiserem brigar com alguém, briguem com os pirralhos, Caio, Liz, Eduardo e Eric também sabiam disso.

Até logo. Amamos vocês."

— Por isso quero matar o Bernardo, a gente ajudando e olha o que o bonito faz. — Diz Eric fingindo raiva.

— Tudo bem, todos vão explicar o que está acontecendo. — Andréia perguntou aos envolvidos. Só deram sorrisos amarelos e cada um foi para um canto. Camila e Bernardo só voltaram para pegar Couga e Choné.

— Então pessoal, não teve casamento. Vamos pular para a festa! — Anunciou Liz fazendo todos os convidados se levantarem e iniciarem a recepção.

[...]

— Não acredito que isso está acontecendo. — Meu marido disse emocionado.

— Nem eu, meu amor. Em minha mente eu a vejo dando seus primeiros passos. Se lembra quando ela te mandou para o hospital?

— Como vou esquecer? Tu tirou um milhão de fotos e ficava me mandando direto.

— Você ficou lindo com um galo no meio da testa. E então, você a proibiu de jogar golfe.

— Ela acertou o taco na minha cabeça.

— Foi sem querer, amor.

— Ainda consigo ouvir ela falando bobó ao invés da vovó. — Completou minha mãe.

— Foi um golpe baixo tirá-la do Golf, Humberto e eu adoramos fazer essa atividade com ela. — Protestou meu pai.

— Como se não levassem ela escondido, né meu sogro?

— A gente vai se atrasar, vamos. — Camila apareceu nos chamando para entrar.

É impossível que haja palavras suficientes e com tanta magnitude para expressar o que eu e Bernardo estamos sentindo. A nossa filhinha, nossa princesa, nossa primogênita está se formando na faculdade.

— Cês vão ficar chorando a noite toda? — Eric questionou tedioso.

— Sim, que chato. — Bê concordou.

— A vez de vocês vai chegar também.

Entramos e aplaudimos quando o nome dela foi chamado. Graças a Deus, eu não aguentava mais os surtos quando chegavam as datas das provas, não tinha santo que suportasse.

— Como eu queria que meus pais vissem.

— Eles estão meu amor, seu Humberto e Dona Andréia cuidam de nós e dos netos do paraíso. — Ele sorriu sem mostrar os dentes, pegou minha mão e a beijou.

Entre nós dois

[...]

— Agora que a Mila se formou, ela vai sair de casa e eu vou usar o quarto dela para colocar meus brinquedos.

— De jeito nenhum, vou usar para colocar minhas coisas.

— Eu disse primeiro, Lic.

— Como vocês são bestas, nem sabem se eu vou embora agora.

— Tá pensando em ficar aqui até quando? Já se formou, tem que sair daqui.

— Ninguém vai sair. Ninguém vai ficar no quarto de ninguém, todo mundo vai dormir. Amanhã começa de novo. — Bernardo chegou colocando ordem na bagunça.

[...]

— O que você quer, Eric?

— Nada, sua grossa.

— Faz horas que tu tá rondando aqui, o que tu quer? — O menino estava desesperado, aquele que era moreno como o pai estava branco como uma folha de papel.

— Fiz uma coisa, e papai e mamãe vão me matar.

— Fala logo. — A menina levou o irmão para o quarto assustada e quando ouviu ficou apavorada também.

[...]

— Papai, mamãe. Eu quero contar uma coisa.

— O que? — O menino olhou para a irmã, que retribuiu a saudação em apoio.

— A Júlia...

— Vocês terminaram? — Perguntou Olivia preocupada.

— Não, não é isso.

— O que aconteceu? — Perguntou o pai já com antecedência

— Não é nada... — Bernardo e Olivia se entreolharam confusos.

— Fala, Eric. — Incentivou a irmã.

— O que aconteceu? Meu filho, você pode me dizer qualquer coisa. — A mãe se apenou do filho, ele estava visivelmente nervoso e pálido.

— Ela...

— Meu filho, pelo amor de Deus, está nos assustando.

— Mamãe, papai... — ele respirou fundo, tentando em vão não chorar. — Pai, mãe Júlia está grávida.

Os pais ficaram como peixes fora d'água, olhando um para o outro.

— Essa foi boa, você tem talento para atuar, nos convenceu bem. — Bernardo disse assustado.

— Não, não é brincadeira, pai, é verdade.

— Fala sério?

— Sim mãe.

— Eric, filho, você tem apenas 19 anos. Em que estava pensando? — Olivia ralhou.

— Posso imaginar — brincou sua irmã.

— Camila!

— Mamãe, papai me perdoem. — O menino começou a chorar desesperadamente.

— O que você tinha na cabeça, Eric?

— Me desculpa, mãe.

— E onde está Júlia?

— Na casa dela me esperando pra contar pros pais dela. Seu José vai me matar.

— Vai mesmo.

— Camila! — A mãe a repreendeu mais uma vez.

— Não meu filho, calma. Vamos sentar e conversar com todos e tudo ficará bem. O que aconteceu não é apenas sua culpa.

— Mamãe, papai me perdoem. — Tudo o que o jovem queria naquele momento era obter o perdão de seus pais e de alguma forma parar de chorar.

Entre nós dois

— Eric, estou muito decepcionada e frustrada. Você foi muito inconsistente. É um filho Eric, não um boneco.

— E sem falar que você ainda é muito jovem para isso. — Completou Bernardo.

— Mas vamos resolver isso.

— Sim, e então você e eu vamos ter uma conversa muito séria, de homem para homem.

[...]

O dia foi lindo, como deveria ser. Foi um dia muito especial, único. Nossa Mila estava se casando, Bernardo mal conseguia segurar os pés de emoção e eu não estava diferente.

Depois de ganhar nosso primeiro neto, minha vida era babar por ele, e agora ver minha filha única se casar foi muita emoção. A cerimônia foi linda, rústica e com uma decoração simples, como ela sempre quis. Desde pequena ela falava para mim sobre como ela queria o casamento, e seguimos fielmente seu plano.

— É meu amor, quem diria que passaria tão rápido.

— Minha Oli, como eu queria parar o tempo e voltar quando todo mundo era pequeno.

— Sim, Bê se formou, Eric já é pai, Camila vai se casar.

— Mas uma coisa nunca mudou, você sabe o que é?

— O que?

— Na verdade, ela cresceu.

— O que?

— Meu amor por você minha, vida. Passar todos esses anos com você só me fez te amar e te admirar mais. Quando eu era criança eu olhava para meus pais e pensava que tudo que eu queria era encontrar alguém que me fizesse olhar para ela como meu pai olhava para minha mãe, e eu encontrei você. Você foi, e sempre será, o melhor desastre da minha vida.

— Ui, que romântico você é, meu amor - respondi com certo sarcasmo no tom.

— Pessoal, rápido aqui. — Ben chamou a atenção dos convidados com o microfone. — Com a permissão do casal, claro, quero dizer uma coisa...

em primeiro lugar estou feliz em ver minha irmã se casar. Parabéns a você Camila, e a você também Cristiano, o problema agora é seu. E também quero parabenizar meus pais por serem os melhores pais do mundo, e por isso quero aproveitar este momento em que a família está reunida para fazer um pedido... — Ele desceu da plataforma e se dirigiu a sua atual namorada.

— Você sabe que sou ruim com as palavras e fico meio atrapalhado, mas todos os dias que compartilho com você tenho certeza que quero viver como meus pais. Ana, você quer se casar comigo?

— Me abraça Bernardo. Meu bebê não... — exclamei com a mão no coração.

— Claro que aceito meu amor. — Ele tirou o anel do bolso e colocou no dedo da moça, sendo ambos ovacionados.

— Nanica, vovô Ben. Parabéns. — Dado veio por trás entre nós dois.

— Os anos passam e você nunca deixa de ser uma mala, impressionante. — Bernardo disse e foi até o filho para abraçá-lo.

— O que foi que eu disse?

— Tu não tem remédio. — Eu bati na cabeça dele e o deixei também.

[...]

— Mãe, vamos.

— Espere um minuto, filho. Me dê mais tempo.

— Pare de apressar a mamãe, seu peste. — Camila repreendeu o mais novo.

Ouvi a porta fechar, me deixando sozinha naquele ambiente. Impossível parar as lágrimas, sair daquele apartamento onde passei os últimos quarenta e dois anos da minha vida não foi fácil, cada canto tem marcas e lembranças do Bernardo e dos meus filhos.

Andei e passei as mãos por tudo. Nas portas havia marcas que eram as medidas dos meus filhos, a silhueta desgastada de Bernardo ainda estava na pintura do quarto. Os seus jornais queridos, as caixas de brinquedos das crianças, meu quarto com meus livros e minhas músicas. Tudo estava em seu lugar exato, mas nada era o mesmo.

Entrei no amado escritório do meu marido, ainda me lembro da primeira vez que estive lá, do medo que senti. Se soubesse que viveria tudo o que vivi com o Bernardo, teria tentado me aproximar dele antes, mas neste momento da vida não me resta tempo para arrependimentos.

Sentei-me em sua cadeira que dela ainda era possível sentir seu cheiro vívido. Abri a gaveta, peguei um pedaço de papel e uma caneta e comecei a escrever.

Meu amor, — e as lágrimas começaram a molhar o papel. — *Só Deus sabe o quanto sinto sua falta, eu sei que você não foi porque quis. Você nunca me deixaria só. Bernardo, você foi meu amigo, meu confidente, meu porto seguro, meu marido, meu amante por anos. E a única coisa que tenho a dizer é obrigado, obrigado por me amar, me escolher, me fazer sua, me dar uma família, a alegria da minha vida. Não posso ir muito longe, o pobre papel já está todo molhado, mas como diz a música: EU TE JURO QUE QUANDO CHEGAR AÍ EM CIMA, TE AMAREI MAIS*

— Meu amor para sempre, sua Oli.

Reminiscência

— Oii...

— O que está fazendo aqui? Pensei que ia viajar.

— Eu fui, mas tenho um novo hobby, visitar viúvas solitárias. — Se pudesse arrancava meus olhos fora, revirando-os.

— Eduardo, quando tu vai deixar de ser tu?

— Já dizia aquele técnico de futebol, vocês vão ter que me engolir. — Arfei com sua prepotência.

— Cheguei, uff! Oi linda. — O outro chegou esbaforido da corrida.

— Ma... O q.. O que *tá* acontecendo?

— Visita mulher, sabe o que é isso não? Porque *cês* tão parados na porta? — Passou por mim rapidamente sentando-se confortavelmente no sofá de canto. Logo depois Dado seguiu Eric e eu fui a única parada na porta. Sendo assim, dei de ombros e me juntei a eles.

— Não importa quando tempo passe, é estranho estar aqui. — Dado deu início a conversa.

— Já se acostumou?

— Ao apartamento? Sim. Ficar sem ele? Nunca. É que minha vida agora é outra. Meus filhos, meus netos, meus hobbys. Sabe? Eu viajo, vivo minha vida, vivo como eu imagino que ele gostaria que eu vivesse. Mas não tem um santo dia que eu não pense nele. — Me olharam com pesar.

— Ai, mas também pudera né amiga, era um senhor velho da lancha. Eu morria corna, mas não separava. — Eric respondeu me tirando umas boas gargalhadas.

— Que pena que não nos vemos mais com tanta frequência, né?!

— Sabe o que eu tava lembrando esses dias? — Eduardo se pronunciou trocando de tema.

— Quê?

Entre nós dois

— Do evento Mais Amor.

— Meu Deus!!! — Exclamei um tanto quanto surpresa com a lembrança.

— Gente, o que foi aquilo? — Eric perguntou retoricamente.

— A gente destruiu... Meu Deus do céu.

— Nunca vi Bernardo tão possesso igual naquele dia, e olha que eu já vi dias e dias dele, viu?!

— Mas, nós passamos da conta e não foi pouco não viu!

— Tu acha? — Dado perguntou irônico.

— Eu demorei um tempão pra conseguir arrumar emprego depois, porque até explicar que focinho de porco não é tomada, meu irmão....

— Ai, que pena... — Eric exclamou irônico. — Eu fui demitido... — Olhava os dois brigando enquanto segurava meu riso.

— Tu tá rindo né bonita, porque tu não precisava. Tu tinha teu sugar daddy.

— Ai, que injusto... Eu passei por maus bocados também.

— Ai, eu imagino. — Essa frase acompanhou uma feição irônica de Eduardo.

— Eu tive que aguentar semanas de TPM do Bernardo.

— Não, mas vamos combinar aqui entre nós... Foi de arrancar o pica-pau do ôco, hein?!

— Foi de outro mundo. — Eric concordou com Dado.

— Apesar dos pesares, foi incrível.

— Eu só tenho uma pergunta... O que tava passando pela nossa cabeça? — Dado perguntou nos deixando pensativos.

[...]

— *Minha linda Sara* — *disse Eduardo beijando a mão da secretária.* — *Sabe me dizer onde a Olivia está?*

— *Não precisa me bajular, Eduardo.*

— *Eu nunca fiz isso.* — *Respondeu fingindo estar ofendido.* — *Acho todas vocês lindas.*

— *Hum... Tá bom...* — *respondeu desinteressada.* — *Ela tá na sala da dona Liz.*

— E ela está só? — A secretária o olhou com perspicácia, sem saber qual seriam suas intenções com sua colega e respondeu com desconfiança e com um leve tom jocoso.

— Está sim. — Sabendo disso, Eduardo partiu para a sala com seus objetos escondidos.

Ele entrou na mesma hora com um sorriso travesso preparado para atacar. Abriu abruptamente a porta, já fazendo barulho com uma vuvuzela e disparando o canhão de confeti.

— *MINHA NOSSA SENHORA DO GUIDÃO TORTO!!!* Meu coração parou por cinco segundo, eu contei. — Oli, com a mão no peito, reagiu a ação do amigo com um mini infarto. Só que, para Eduardo, não saiu como ele imaginava, porque acabou engasgando com um dos confetes. Uma quase morreu do coração e o outro quase morreu asfixiado. Enquanto Oli se recuperava do susto, Eduardo tossia como um cachorro tentando se livrar do papel na sua garganta. Oli tremia e sua respiração estava entrecortada. Eduardo já estava quase roxo, só então perceberam a presença de uma outra pessoa que estava em choque e seus papéis estavam todos no chão, Liz.

Eduardo finalmente conseguiu se recuperar, se jogou na cadeira puxando de volta o fôlego necessário para fazer o que tinha que fazer ali.

— Mademoiselle — disse ainda meio sem voz. — Você quer ir ao evento do dia dos namorados comigo? Eu ia me ajoelhar, mas se eu fizer isso, eu não levanto. — A amiga ainda em choque ficou muda. — Anda nanica, não me faz passar vergonha.

— Aceito, mon chéri.

— Yes! — Comemorou e beijou a mão da mulher com delicadeza.

— Por que não chamou outra pessoa?

— A gente fofoca da vida de todo mundo, tu acha mesmo que alguém gosta de nós?

— Acho justo.

— Quero tu bem gata, se não eu te largo de mão.

— Tu se acha as cuecas do Zé Fernandes, né?!

— Quê?

— Meu filho, tu vai ficar cego com minha beleza.

— Quer pegar uma aposta de quem vai ficar mais bonito? — Perguntou desafiador.

Entre nós dois

— Com certeza. — Deram as mãos como dois competidores.

— Até mais, nanica. — Sorriu para a amiga e beijou sua testa com carinho. — Nos vemos no tablado — ameaçou a moça. O rapaz ia saindo feliz quando lembrou da chefa na sala e muito desconcertado disse que voltaria para limpar a sala.

— Tem certeza disso, Oli?

— Sim, por quê?

— Se esqueceu do Bernardo? O que você acha que ele vai pensar disso?

— Ele sabe que Eduardo e eu somos amigos, e ele não vai me convidar, então posso ir com outra pessoa.

— Parece que você não o conhece, ou está fazendo isso para provocá-lo.

— Não tô fazendo nada demais.

— Tá lembrada que ele te colocou de "castigo" no almoxarifado, né?!

— Verdade. — A mulher parou para pensar por dois segundos e, logo depois, seu olhar mudou para algo mais agressivo. — Agora que eu faço mesmo questão de ir com o Dado.

— Não tem como isso dar certo, não tem condições.

— Não se preocupe, dona Liz.

— Vocês gostam dessa provocação, né? Acho que nunca vou entender isso.

— Ele foi injusto me jogando no almoxarifado, ele vai ter que aprender que nem tudo está sob o controle dele. — Finalizou determinada enquanto sua amiga meneava a cabeça negativamente.

Os preparativos estavam a todo vapor: decoração, buffet, apresentações, bailarinas, artistas. Em poucas horas, tudo começaria. Nada poderia estar sequer um milímetro de centímetro fora do lugar. Era uma campanha muito importante, e o presidente era muito exigente. O evento iria contar com grandes empresários e figurões do ramo. Tudo seguia com muita elegância e sofisticação no ritmo temático do amor e do dia dos namorados.

— Abre logo!! — Olivia batia apressadamente a porta da casa dos amigos já sem paciência pelo tempo de espera.

— O que foi? — Perguntou Eduardo, exasperado.

— Finalmente, assim vamos chegar atrasados. — Aproveitou a brecha da porta e adentrou ao apartamento, carregando uma bolsa de tamanho um tanto quanto exagerado.

— Mas o que tu tá fazendo aqui?

— Eu vou me arrumar aqui.

— *Por quê?*

— *É melhor pra mim.* — *Enquanto respondia ia mexendo na bolsa pegando tudo necessário.*

— *Não ficamos de eu te pegar na tua casa?*

— *Não.* — *Oli respondeu com obviedade.*

— *Por que tá com essa cara de cachorro que caiu da mudança? Ainda não se arrumou?*

— *Eu falo pra ele faz horas.* — *Chegou Eric na sala e juntou-se à crítica contra seu primo.* — *Eu já tô quase pronto.*

— *Pronto? Você vai?*

— *Vou, Dado não te falou?*

— *Não. Como...?*

— *Só posso te dizer que tem cantos escuros daquela empresa que meu nome é sussurrado com desespero.* — *Após essa declaração, Olivia e Eric se entreolharam com desdém do outro rapaz.*

— *Tá, fiquem aí curtindo a feiura um do outro que eu vou tomar banho.* — *A mulher saiu apressada da sala, não notando seu celular tocando com um contato intitulado "Casa". Os meninos foram para um cômodo cada um para se arrumarem, não percebendo, assim, o aparelho vibrando e vibrando por diversas vezes. A não contestação das chamadas deixou a pessoa do outro lado da linha mais estressado do que já estava principalmente levando em consideração o que aconteceu da outra vez que ele ligou e Olivia não atendeu. Bernardo não tinha como lidar com qualquer ato de rebeldia naquele dia.*

Depois de vários chamados impacientes de Eduardo contra Eric e Olivia para que se apressassem, finalmente estavam os três prontos e elegantes.

— *Mi Lady...* — *Eduardo falou com Oli enquanto abria a porta do carro com um bom cavalheiro que fingia ser.*

— *E eu?* — *Eric reclamou no branco de trás do carona.*

— *Eu posso falar quatro nomes que não te classificam lady.*

— *Humilhação! Tu também não sabe os nomes da Oli.*

— *Que nomes?*

— *De macho.* — *Respondeu Dado insinuante.*

— *Eu sou quase virgem Maria.*

— *Só falta o virgem e a santa, né?!*

250

Entre nós dois

— *Xiu!! Não fala assim da minha lady, hoje não. Ela é minha lady, amanhã tu pode chamar ela do que tu quiser.*

— *Ahh!! Que gentil, que romântico.*

— *Eu sou o pacote completo.*

— *Olha, se peguem depois, já estamos atrasados.*

— *Hoje a noite promete!! — Eduardo falou como um diabinho de colã.*

Bernardo estava sentado em uma cadeira com as pernas cruzadas em X com o celular na mão tentando esconder sua impaciência e ao mesmo tempo vidrado na porta checando cada convidado entrando no evento, não podia faltar ninguém.

— *E aí, maninho? Já conseguiu derreter a entrada?*

— *HAHAHAHA — riu forçadamente — como você é hilário, Caio. Comediantes que se cuidem.*

— *Tá esperando uma convidada especial?*

— *Ela não vem.*

— *Por que não? É dia dos namorados.*

— *Não é a hora.*

— *Vem cá, qual é a de vocês, em? — Caio perguntou já não aguentando mais a curiosidade. Bernardo sorriu frouxo para o amigo o olhando em seguida.*

— *Fofoqueiro.*

— *Eu não fofoco! Às vezes, eu só quero descobrir coisas e passar a informação adiante, sabe? Como uma espécie de serviço público. — Foi tão boba a fala que acabou rendendo uma boa gargalhada dos dois. — Liz tá quase fazendo greve querendo descobrir.*

— *Por que ela não pergunta para a Olivia, ela sim gosta desse serviço público aí.*

— *Elas se conhecem a pouco, mas tu não me contar é sacanagem.*

— *Acredite em mim quando eu falo que ainda não.*

— *Tá, mas tu tá fazendo um péssimo papel como padrinho, porque meu casamento vai acabar por tua culpa.*

— *Tu é mole. Eu avisei a Liz para não casar. Até mandei um dvd pra ela.*

— *Ah, então esse dvd existiu mesmo? Mas tu quer jogar do contra, é? Vai jogar na minha cara? Eu também posso, por onde eu começo? — Começou a atritar suas mãos enquanto pensava em algo. — Ahhhh, essa é boa. Lembra de quando tu assistia aqueles filmes da Disney...*

251

— Não se atreva a lembrar disso. — A reação exasperada de Bernardo rendeu uma gaitada de Caio. — A tia Andréia me mandou a foto sua do hospital. — O homem colocou a mão no bolso para retirar o aparelho e foi somente o tempo para que seu amigo se jogasse em cima para tomar o pobre do celular. Por alguns segundos, se esqueceram de onde estavam, de suas idades e do que estavam fazendo. Ali era somente dois amigos de infância brincando, implicando um com o outro.

— Oh My God! O Cabaré abriu mais cedo, foi? — Hugo se aproximou dos dois no meio da rusga, assustado com o comportamento dos executivos. Liz que estava junto do diretor, ficou somente rindo da situação. Sabia do laço forte que um tinha com o outro, e sabia que o marido sentia muita falta do melhor amigo de infância. Ao ouvirem a voz do diretor ressaltaram recompondo-se com feição de crianças travessas.

— O que foi Hugo? — Bernardo perguntou retomando o fôlego.

— Preciso da sua alma gêmea defeituosa. — Ao ouvir isso, Bernardo voltou a rir apontando para Caio.

— Não fala assim do meu menino, Hugo. — Liz passou pelo homem e se aproximou mais do marido dando um beijo rápido ajeitando também as roupas do mesmo. — Mas precisamos mesmo de você, amor.

— Aconteceu algo grave? — Bernardo questionou.

— Nada com que se deva preocupar.

— Não, pode falar. É para preocupar ele sim. O que foi?

— Vem logo. — Liz puxou o marido pelo terno tirando de perto do amigo.

Bernardo sentou novamente onde estava, ficando na mesma posição de antes lembrando-se do que lhe preocupava. Tentou fazer novamente uma ligação e, da mesma forma de antes, foi direto para a caixa postal, o deixando tenso novamente.

Um garçom passou a sua frente e aproveitando a situação, pegou um copo com whisky, dando um trago imediatamente. Quando já estava no último gole, ele viu uma imagem que o fazia arrepiar de raiva e de uma outra sensação que, até então, ele não sabia identificar, ou talvez só não queria aceitá-la.

Olivia chegou à festa acompanhada dos dois cavalheiros como se fosse uma escolta, trajada com um vestido preto longo, que realçava sua cor e suas curvas, e uma maquiagem e penteados feitos especialmente por Eric. Em suma, ela estava radiante. Na entrada, eles deram uma checada no local e, em algum momento, seu olhar cruzou com o de Bernardo que a olhava transparecendo sua raiva e insatisfação.

Entre nós dois

— *Oh gente, por que aquele homem olha pra nós como se quisesse quebrar nosso pescoço igual faz com galinha?* — *Eric perguntou ressabiado sobre Bernardo.*

— *Liga não, ele nasceu com essa cara de mal comido mesmo. Vamos sentar.* — *Eduardo respondeu prontamente não ligando muito para o homem, considerando que para ele não era mais novidade.* — *Bora nanica.* — *Chamou Oli, que ainda estava congelada pelo olhar do marido e começou a puxá-la.* — *Pelo que eu consegui ver da programação vai ter o discurso do dr. Monstro, umas apresentações de ballet, a apresentação da campanha, e depois liberou geral.*

[...]

— *Boa noite, a todos aqui presentes.* — *Bernardo deu início ao seu discurso* — *Essa noite é muito importante e especial para nós, como empresa. A campanha foi pensada e executada com grande aferro para, mais uma vez, reafirmar-nos com grande competência neste país e granjear a satisfação dos clientes. Hugo, como sempre, se mostrou empolgado, e a conduziu magistralmente. Tivemos que trazer à tona nosso lado mais romântico...*

— *Geeenteee. Ele não tem a menor ideia do que tá falando né?!* — *Eduardo sussurrou para os amigos.* — *Nem se mostrar no dicionário, ele descobre o significado disso.*

— *Hoje sendo o dia dos namorados, nada mais lógico do que comemorar a divulgação desta campanha, e também o amor entre os casais e eu me incluo, sendo um homem casado que sou...* — *ouviu-se um suspiro de surpresa por todo o ambiente.*

— *Chocado em Cristo, como isso é possível?*

— *Eu consigo ouvir o teu tico e teco parando de funcionar.* — *Eric zombou do amigo.*

— *Nanica, fala alguma coisa. Esse desgramado é casado? Nem aliança ele usa!*

— *É, não tem nem marquinha.* — *Eric concordou.*

— *Acorda, mulher.* — *Eduardo sacolejou a amiga que estava em transe.*

— *Casado?* — *Oli repetiu não entendo nada. O que ele faria agora?*

— *Gente, ela tá aqui?* — *Eric perguntou astuto.*

— *Ou será que ela tá presa num porão?* — *Eduardo completou.*

— *Aproveitem o evento e boa noite a todos.* — *Bernardo finalizou seu pronunciamento e logo se escondeu atrás das cortinas do espetáculo.*

— *Vai pra onde?* — *Eric perguntou para Eduardo, depois que ele levantou ligeiramente.*

— *Eu vou atrás dele.*

— *Por quê?*

— *Pensa bem, hoje é dia dos namorados, ele falou dela pela primeira vez... Com quem tu acha que ele tá agora?*

— *Com ela. Verdade. Tira foto.* — *Eduardo saiu deixando somente os dois na mesa.* — *Mulher, o que foi? Reage.*

— *Nada, só fiquei surpresa. Ele não... parece uma pessoa que exala amor.*

— *Verdade. Eu nem conheço ele, mas meu olho quase pula pra fora. Ele tem cara de boy cavalo.* — *Olivia somente acenou fraco* — *Mas mulher... tu tá muito borocoxô pra ser só surpresa. - Eric instigou curioso.*

— *O que?*

— *Eu vi teu brilho sumindo quando ele falou... Tu por acaso tá apaixonada pelo boy?*

— *Gente, que desembesto!!!* — *Oli exclamou assustada.* — *Eu não troco mais que duas palavras com esse homem. Santa piedade.*

— *Hum... tá bom.* — *Eric concordou desconfiado, no seu ser ele sabia que existia algo escondido ali.*

— *Droga.*

— *O que foi? Viu ela?* — *Eric perguntou entusiasmado.*

— *Não, ele estava com o seu Caio.*

— *Talvez é o amante dele.*

— *Aqueles dois são almas gêmeas de outra vida.*

— *Que hora que vai começar o piseiro mesmo em?*

— *Logo... Oh, acabou a apresentação das bailarinas agora só falta da campanha.*

[...]

— *Nanica, vem pra pista comigo.*

— *E eu?*

— *Caça um. Danço a três não.*

Entre nós dois

— *Vamo dançar gentee!!*

— *Iii... Agora pronto, bateu a vibe só agora.*

— *Mentiraa... Tá ouvindo essa música? Vamo.*

— *Hola, comment allez, allez-vous? So nice to meet ya. You say we should go and get a room. - Dado cantava para sua acompanhante enquanto a levava até a pista.* — *Sabe dançar né?!*

— *Não, me conduz.*

— *Nanica, nanica, olha o que tu me fala.*

— *Oh, un, dos, tres; Un, dos, tres. Si te doy un beso ya estás a mis pies.*

— *Me provoca não... Opa! Obrigado.* — *Completou agradecendo o garçom que passou com as bebidas.* — *Bebe. Me segue... Pra cima, pra baixo, ao centro e pra dentro. - Enquanto falava fazia os movimentos e era seguido por Olivia.*

— *If you wanna turn it on. Go, get a lighter, después bailamos.*

— *Eu vou ficar jazim.*

— *Não começa, Dado. E o Eric?*

— *Deve tá pegando alguém por aí.*

— *Sério?*

— *Tu tem que sair mais com a gente.*

"Qué bien se ve me trae loco su figura". Outra música começa a tocar embalando os pares na posta.

— *Noooossssa!!! Essa eu treinei, vou dançar pra tu.*

— *O que, tá bêbo?*

— *Com um copo? Olha na minha cara mulher, respeita minha história... Qué bien se ve, me hipnotiza su cintura cuando baila hasta los dioses la quieren ver ya no perderé más tiempo, me acercaré.* — *Aparentemente Eduardo não estava mentindo, ele realmente sabia como dançar essa música, se mostrou um lindo bailarino e aproveitou seu dom para sensualizar para sua amiga e também arrancar boas gaitadas dela.*

Bernardo já havia voltado para o salão, estava analisando tudo atenciosamente. Até aquele momento, estava tudo correndo tudo como o esperado. Olhava tudo a sua volta, principalmente dois jovens que dançavam e bebiam animadamente. Cada gota de álcool que descia pelo sistema da mulher deixava Bernardo ainda mais estressado.

— *Eu nunca vi ninguém morrer de amor, nem de ciúmes, agora de cachaça...* — *O homem somente revirou os olhos sob a provocação do amigo. — Amor, sabe o que é o melhor do nosso casamento?*

— *O que, amor? — Liz entrou na brincadeira de Caio.*

— *É que todo mundo pode saber de nós, que estamos juntos, sabe?*

— *Um B.O. a menos na vida, né?!*

— *Óbvio, assim eu não preciso virar um bebum só de ciúmes porque pode ou não ter um rapaz dando em cima de você.*

— *É o casamento de Schrödinger.*

— *Nossa, como MINHA MULHER é inteligente. — Enfatizou o privilégio de poder dizer isso em público.*

— *Bernardo, o que... o que.... qual é a onda de vocês? — Liz perguntou ao amigo.*

— *Vocês sabiam que eu sei segredos dos dois?*

— *Só isso? Tu já foi mais assustador. — Caio cornetou o amigo.*

— *É, não vai nem chamar ela pra dançar? Tem certeza que quer ver ela dançando essa música com o Eduardo?*

— *Que mú...?*

"I don't know why this shit got me lazy right now, yeah. Can't do Percocets or Molly".

— *Onde eles estão?*

— *Relaxa Bernardo, não é nem como se eles estivessem fazendo algo errado escondido. Eu conhe... — Caio não pôde terminar a frase porque viu os dois sair de trás de umas cortinas, cada um indo para um lado do salão limpando a boca.*

— *Tá, aí eu já me perdi no personagem... Não sei. — Liz completou confusa pelo ocorrido.*

— Dado, tu lembra quando tudo começou a descer sem freio?

— Lógico. — Respondeu nostálgico. — Bernardo apareceu parecendo um demônio de tanta raiva. — relembrou com graça.

— *Nanica, quer fazer algo que provavelmente vamos nos arrepender, no mesmo segundo?*

— *Sim. — Ela respondeu extremamente alegre sem pestanejar, provavelmente pelo efeito do álcool.*

Entre nós dois

— *Eu amo tua versão cachaceira e com o juízo na ponta do pé.* — *Respondeu feliz, também com alguns sentidos já ébrios.*

Eduardo levou discretamente Oli para os bastidores para enfim por seu plano em prática.

— *O que foi?* — *Oli instigou e Eduardo percebendo sua completa falta de consciência sorriu elevando suas sobrancelhas.*

— *Balões de gás hélio.* — *Ele os mostrou e a mulher reagiu com grande entusiasmo.*

— *Tira um.* — *O rapaz puxou o pobre do balão com força até arrancar do restante.*

— *Quem sou eu? Quem sou eu?* — *Inalou o ar* — *O aluguel tá atrasado.* — *A voz saiu sibilante, diferente do que ele imaginava, levando assim, os dois caírem numa boa gaitada.*

— *Agora sou eu... Som, som, testando...*

— *Não é microfone não, retardada.* — Já embalados pelo álcool, cada palavra proferida é motivo de muita risada.

— *Leite me faz virar um balão fedido.*

— *Quem tá louca é ela.*

— *Cadê o Eric?*

— *Tá beijando por aí. Vamos também?!*

— *Vamos!* — *Os dois se aproximaram, Eduardo agarrou a cintura da amiga. Quando aproximaram seus rostos começaram a rir como bobos com o efeito, Oli soltou o balão fazendo-o voar entre eles soltando o pózinho em seus rostos. Com isso, Eduardo deu uns passos para trás tropeçando num fio e batendo na mesa com os balões presos, derrubando-a de lado fazendo com que aos poucos um por um fosse estourado. Os dois percebendo o que havia acontecido, tiveram um leve segundo de sobriedade sentindo a seriedade do problema.*

— *Discreta do Marcionilo, ferrou!!* — *Eduardo quase gritou, preocupado. O segundo de sanidade havia acabado pois Oli se agachou, não aguentando mais as pernas de tanto rir, e Eduardo se abaixou junto ela.*

— *Nanica, sebo nas canelas.* — *Os dois saíram do local, desconfiados, indo cada um para seu determinado banheiro limpar seus rostos.*

Depois do mal feito, eles voltaram para a pista encontrando Eric, e então deram início a uma dança a três.

— *Será que posso roubar a dama um instante?* — *Bernardo surgiu por trás de Oli e Eduardo que estavam mais próximos.*

— *Ave Maria, senti até um azidume.* — *Eduardo proferiu fazendo cara feia. Bernardo somente o encarou seriamente fazendo o rapaz se arrepender do que havia dito. Logo depois, pegou as mãos da mulher que estavam sobre a sua, jogando-as sobre o moreno, dando um sorriso amarelo para os dois saiu. Saiu puxando Eric para longe, porém observando tudo pois não iria perder aquela fofoca.*

Bernardo segurou Olivia mantendo uma distância considerável entre seus corpos.

— *Onde estava?* — *Ao som de uma música lenta, eles se moviam calmamente diferentemente dos seus corações que latiam acelerados. O rosto da mulher estava na altura do peito de Bernardo que, por sua vez, mantinha seu rosto ereto com o olhar distante.*

— *Quando?*

— *Não se faz...*

— *Conversando com o Dado.* — *Ouvindo isso o marido travou o maxilar sabendo que havia algo mais, mas tinha uma outra forma de tirar essa informação dela.*

— *Por que tá tão longe de mim?* — *Ele abaixou o olhar dando de frente com os olhos pidões da esposa. Sua espontaneidade fez ele soltar um risinho.*

— *Sou um homem casado.*

— *É, comigo.* — *Bernardo não sabia explicar, mas ouvir aquela frase o fez sentir uma paz inacreditável. Ele respirou calmamente e resolveu tomar uma decisão voluntária.*

— *Me encontre na sala ao lado das bailarinas em alguns minutos.* — *Dito isso, somente largou ela de qualquer jeito na pista e saiu rapidamente. Prontamente os fofoqueiros de plantão se aproximaram da mulher.*

— *Conte-me tudo, não me esconda nada.*

— *Que urucubaca pesada foi essa, amiga?*

— *Ele só estava finalmente me agradecendo por aquele dia do hospital e começou a elogiar o próprio evento.*

— *Tá vendo? Eu disse pra aproveitar que ele tava doente e pegar a cadeira de rodas e jogar ele do terraço. Tu podia fazer parecer que foi um acidente.*

— *Egocentrismo que fala, né?* — *Eric se conteve nas suas falas.*

— *Tu quer dizer bundão, né?! No mínimo. É por isso que eu não mando e-mail pra ele com "Respeitosamente", eu não respeito ninguém.*

Entre nós dois

— É por isso que tu voltou toda sonsa né?! — Acusou Eduardo.

— Nós preocupados e tu dando.

— Não gente, calma aí. Também não, foi só uns beijinhos.

— Mulher, tua cara nem treme mulher. Toma vergonha! — Denunciou Eric.

— Como dizia minha avó: tu mente que o cu nem sente.

Oli foi até Bernardo no local marcado depois de dizer para os meninos que precisava de ar fresco, mas ela foi buscar um outro tipo de ar fresco. Chegando lá, ela bateu na porta e, antes que terminasse, ela se abriu e a mulher foi puxada com força para dentro. A luz estava apagada, mas ela sabia que a pessoa ali era Bernardo. Ele a imprensou contra a porta e, sem perguntar, invadiu sua boca com gana enquanto passava suas mãos nas costas de sua esposa. Ao subir seus dedos ele espalmou na cabeça da mulher, entrelaçando-os entre seus fios de cabelos. Olivia respondeu arranhando o pescoço do homem. Bernardo encostou seu quadril fortemente contra o corpo pequeno à sua frente aumentando o calor de seus corpos. Entre beijos molhados, passadas de mão e delírio de desejo, Olivia achou ter ouvido ou realmente ouviu Bernardo dizer algo parecido com; você é minha, amor.

[...]

Depois de alguns minutos dentro daquela sala escura saciando suas vontades um do outro, resolveram voltar para o mundo real. Ainda um tanto bagunçados, abriram a porta e praticamente deram de cara com Caio, que passava procurando por Bernardo.

— *Opa! Se quiserem eu volto depois, devia tá bem bom, hein?! — Exclamou com um sorriso sacana, Bernardo deu um soco forte no braço do amigo como resposta.*

— *O que tu quer? — Questionou enquanto terminava de se arrumar.*

— *Hugo tá surtando.*

— *Isso é mais velho que minha avó de velocípede.*

— *Não mano, aconteceu alguma coisa com os balões do final. — Ao ouvir isso, Oli que estava somente ouvindo ruborizada, se assustou. Aqueles balões eram para algo importante? As apresentações não haviam acabado?*

— O que aconteceu?

— Não sei ainda, só sei que estão todos estourados.

— Como? Quem? — Bernardo indagou já impaciente.

— Não sei, Hugo foi olhar nas câmeras, eu fiquei de ti buscar. — Quando a mulher ouviu que tinha câmeras no local, esbugalhou os olhos aturdida. Bernardo ia quebrar ela e Eduardo no meio.

— Ah, e-eu tenho que ir. — Deu um beijo rápido na bochecha de Bernardo e literalmente saiu correndo até seus amigos. - O doce azedou, vambora. — Exprimiu ofegante.

— O que? O que foi?

— Vamos, eu explico no caminho.

Os três saíram do evento, entraram no carro e começaram a andar pelas ruas.

— Explica agora, nanica.

— Os balões iam ser usados para alguma coisa. Seu Hugo tá entortando o parafuso.

— Tá zoando?! — Eduardo perguntou retoricamente.

— Que balão?

— Mas o que tem demais? — Dado perguntou ignorando o primo.

— Tá chapado? Tem câmeras em todo canto.

— Agora tu me apertou sem me abraçar. Tamo no sal grosso.

— O que vocês fizeram? — Eric perguntou acusando.

— Tudo culpa do Eduardo, nunca mais caio nas tuas.

— Ei, um amigo me mandou uma mensagem me chamando pra uma festa, bora? — Eduardo mudou radicalmente o assunto.

— Vamo. — Olivia concordou, contradizendo-se.

— Gente, mas o que aconteceu?

— Fizemos merda Eric, o que tu acha?!

— E aí cês vão pra outra festa? Ao invés de resolver.

— É, ué.

— Misericórdia.

— Tu vai com a gente, né?! Até a Maria bipolar aqui aceitou.

Entre nós dois

— *Beloved? Meu nome é pronto.*

— *Tonight We are young So let's set the world on fire We can burn brighter than the sun.* — *Oli já tomada pela emoção e pelo álcool em seu sistema começou a cantarolar.*

— *Valha-me santo! Nada mais de cachaça pra tu.* — *Eric repreendeu a mulher.*

— *So if by the time the bar closes And you feel like falling down I'll carry you home tonight.* — *Eduardo contagiado pela amiga, continuou a canção.*

— *Já dizia a Teitei, i knew you were trouble.*

— *Ei, enfeite de mesa, onde tu tava?* — *O homem ao volante questionou a amiga que por sua vez, a resposta recebida foi a letra de uma música desconhecida.*

O trio chegou alguns minutos depois ao local da festa e descobriram que se tratava de algo estilo havaiano, um luau e a roupa a caráter era obrigatório.

— *Agora bem aí deu ruim. Não tem jeito da gente entrar não?* — *Eric inquiriu ao rapaz da entrada, que mais parecia uma guarda-roupa*

— *Vocês podem comprar uma roupa ali do lado.* — *Assim foi. Eles se dirigiram até o local, obviamente aproveitando-se da situação, cobraram uma boa quantidade nas peças.*

— *O diabo é moleque mesmo!* — *Exclamou com raiva, Eduardo.*

— *E ainda brinca de pipa.* — *Concordou Eric.*

— *Por que está reclamando? Eu deixei meus fundilhos por dois cocos amarrados com um barbante e uma saia de papel laminado.*

— *Quando a gente for demitido, vamos fazer isso.* — *Caçoou Dado.*

— *Vamo entrar logo, este short tá apertando o meu lugar favorito.*

— *E quando chegar lá tu vai tirar por acaso?*

— *Hum nã, eu vou beber pra esquecer.*

Enquanto eles aproveitavam a festa bebendo, dançando e comendo, Bernardo procurava a esposa por cada espaço miserável daquele evento. Ele havia visto a gravação e tudo que tinha acontecido e a cena do quase beijo dos dois fez seu sangue ferver em suas veias como água em processo de ebulição. Liz e Caio tentaram acalmá-lo, mas completamente em vão. Depois de um tempo e perguntar para algumas pessoas, descobriu-se que eles haviam ido embora. Olivia estava testando cada pingo de sua paciência, e mais uma vez ele ligava e ia direto para caixa postal, já estava virando amigo da gravação.

— Sabe o que até hoje eu não consigo lembrar? Porque eu estava toda machucada no dia seguinte? — Perguntei aos meus amigos.

— Também pudera, né?! Vocês inventaram aquela competição de flertar e beber. — Eric me justificou.

— O que?

— Vocês apostaram que a cada número de telefone que conseguiam o outro tinha que beber dois shots.

— É por isso que um cara ficou a noite toda no pé.

— Não, eu paguei ele pra tentar te beijar. — Eric confessou rindo do primo e logo me junto a ele.

— Mas o que aconteceu?

— Me admira de ti, mulher... Tu se jogou de cabeça na fonte.

— O que? — Eduardo e eu questionamos juntos sobressaltados.

Já embalados pela madrugada resolveram que ainda existia algo de lógica em seu cérebro (ou não). Então saíram caminhando pelas ruas rindo, conversando e cantando extremamente alto. Caminharam até uma praça e sentaram na borda de uma fonte e continuaram o barulho. Eles queriam viver, aproveitar a juventude e se deixar levar pela noite, porém vizinhos velhos e ranzinzas não concordavam com eles. Resultado? Chamaram a polícia.

— Tão ouvindo? — Questionou, Eduardo.

— Como? Tu não cala a boca. — Eric respondeu.

— Não um; uiuiuiuiuiuiuiuiuiuiuiui.

— Não, filho duma catilanga.

— Gente, é os gambé. — Gritou alarmado.

— Vamo se esconder no rio. — Olivia pulou de cima da borda, da fonte para dentro, certa de que era funda, mas acabou ralando todo o seu corpo do lado direito. Nem sentiu nada na hora, devido a adrenalina. Os meninos saíram correndo cada um para o lado, mas a embriaguez não os deixou ir longe porque logo foram pegos pelos policiais. Olivia que nadava em círculos na fonte, foi pega logo em seguida. Foram aprendidos e colocados na viatura.

— Eu só lembro de acordar na delegacia no dia seguinte numa dor de cabeça que, se o Cristo Redentor sentisse ela, ia até fechar os braços! — Memorei.

— Eu lembro de vomitar, e muito! — Confessou Eric.

— A humilhação veio, gente — completou Eduardo.

— Agora, foi sacanagem do dr. Monstro não pagar nossa fiança em.

— A raiva que vocês fizeram ele passar em.

— Mas ele não pagou nem a minha — protestei.

— Nada a ver, o maluco era ricão.

— Sorte que a tia socorreu a gente, né Dado.

— Sorte o caramba, ela me descachimbou todo.

— Mesmo assim, se dependesse do Bernardo eu ia ficar lá no mínimo uma semana.

— Tu já falou pras tuas crias que tu foi presidiária por dois dias? — Eric questionou, perspicaz.

— Cê é louco? Mas quando eu passava raiva no Bernardo, ele me chantageava. E vocês?

— Só pro meu boy, meu bebê ainda tá muito novinho.

— Novinho… sei… quem tem filho barbado é mandi. — Eduardo zombou do primo.

— Tu por acaso contou?

— Lógico, falei pro meu moleque já ficar esperto comigo. Mas, eu disse que fiquei dois meses e que minhas tatuagens eu fiz na prisão com ponta de caneta quente.

— Eu tenho um número de um psiquiatra, tu quer? — Perguntei embasbacada.

— Foi um bom rolé. — Eric falou nostálgico.

— Sim, inclusive saudades.

— Bora sair? Faz tempo já. — Convidei.

— Mas, não vamos ser presos de novo não, né?! — Eduardo perguntou.

— Se tudo der certo, sim. — Eric respondeu bem-humorado.

— Não sei, sou pai de família agora.

— E….? — Olivia questionou.

— Nada, só gosto de falar isso. Vamos?

— ÓBVIO!